KB009095

돌봄의 얼굴

돌봄의 얼굴

요양보호사들의 일기

옥희살롱 기획

봄날의책

여는 글

이지은

혼자만 알고 있기에는 어쩐지 아쉬운 것들이 있다. 2021년 옥희살롱에서 진행했던 '요양보호사를 위한 온라인 사진+글쓰기 워크숍'과 그 후 반년 정도 이어졌던 후속 모임에서 요양보호사들이 쓰고 함께 나누었던 글들이 그러했다. 그들의 글은 돌봄 현장의 일상을, 좋은 돌봄에 대한 질문을, 그리고 삶을 생동하게 하는 돌봄의 가치와 의미를 소박하지만, 혹은 그렇기에 울림을 가진 말들로 풀어내고 있었다. 옥희살롱에서 활동하던 연구자들에게는 중요한 배움의 기회를, 그리고 모임에 참가했던 요양보호사들에게는 자기 돌봄과 성찰의 기회를 주었던 그 글쓰기 모임의 기록을 책으로 묶어내기로 했다. 노년의 삶에 대한 막연한 두려움과 돌봄에 대한 협소한 이해를 넘어서기 위해 구체적인 일상 속에 이미 존재하고 있는 가능성을 보는 것이 필요하다고 생각했기 때문이다.

이 워크숍은 코로나19 재난 상황이 1년 남짓 지속되고 있던 2021년 봄 기획되었다. '고립'이 일상화되었던 그 시기, 요양보호사들이 노인들의 곁에서 어떻게 위기 속 일상을 살아내고 또 만들어나가는지를 기록하기 위해서였다. 돌봄 사회로의 전환을 요구하는 목소리들이 높아지는 한편, 여러 시설에서의 격리와 고립이 미디어를 통해 반복적으로 보도되고 있을 때였다. 사안의 긴급성과 심각성을 알리고자 하는 노력들이 그 의도와는 달리 노년의 삶에 대한 오래된 두려움을 증폭시키고 있는 것은 아닐까 질문하게 되었다. 그 어려운 상황 속에서도 분투하고 있는 돌봄노동자들과 그들이 함께 만들어내고 있는 노년의 일상에 대한 이야기들이 필요하다고 생각했다. 요양보호사들이 그런 이야기들을 들려준다면, 지금 이 시기를 함께 살아가는 시민들에게 돌봄의 의미와 가치를 다시 생각할 기회를 줄 수 있으리라 기대했다. 각자의 현장에서 좋은 돌봄을 실천하기 위해 애쓰고 있는 이들이 돌봄에 대해 함께 쓰고 생각하는 과정에서 스스로의 역량과 가치를 새롭게 발견할 수 있으리라는 바람도 있었다.

그해 9월부터 한 달 동안 워크숍을 진행했다. 옥희살롱의 김영옥과 이지은, 그리고 사진작가 최혜영이 일상을 글과 사진으로 기록하는 것에 대한 짧은 강의를 온라인으로 진행했고, 워크숍에 참가한 요양보호사들은 '밴드'라는 SNS 형식의 모임 앱에 매일 짧은 글과 사진을 올렸다. 9월 내내 늦은 저녁이 되면 우리의 스마트폰은 새로 올라온 글과 댓글 소식을 분주하게 알려왔다. 자정이 넘어서 올라온 새 글에도 조용히 조회 수가 올라가고 다정한 댓글이 달리곤 했다. 댓글로 오고 가는 지지와 응원, 공감과 조언 들에 힘입어 각각의 글에, 참가자들의 글쓰기 작업에 생기가 더해졌다. 그 한 달 동안 이 워크숍 밴드는 서로가 서로를 글쓰기를 통해 돌보고 움직이게 하는 곳이었다. 그렇게 나누었던 에너지를 놓치고 싶지 않은 마음들 덕분에, 온라인 전시를 끝으로 마무리될 예정이었던 모임은 이듬해 4월까지 이어졌다. 강의를 시작하는 오후 6시에도 창으로 해가 들던 늦여름에 시작해, 밤이 가장 긴 동지를 지나 제비가 돌아오는 이듬해 삼짇날까지. 반년이 넘는 시간 동안 참가자들은 여러 이야기를 열정적으로 나누었다. 각자의 자리에서 직면했던 돌봄의 어려움, 그러한 어려움을 만드는 제도와 돌봄에 대한 인식의 문제, 현장에서 자신들이 하루하루 발휘한 기지와 그것이 만들어낸 변화들, 그리고 나이 들어가는 돌봄노동자로서 스스로 생각하는 노년의 삶과 돌봄에 대한 이야기들을 글과 사진에 담아냈다. 그렇게 이야기들은 차곡차곡 쌓여갔다.

이렇게 쓰인 글들은 무엇보다 '일상'에 관한 것이다. 일상은 그것이 아무리 지루하고 단조로운 반복 같아 보여도 유지해내는 자체가 대단한 성취다. 돌봄노동자와 노인, 어느 한쪽이라도 바이러스에 감염되면 일시적으로라도 돌봄 관계가 끊어져야 했던 코로나19 상황에서는 더욱 그러했다. 여기 모인 글들은 그들이 매일의 일상에서 어떤 놀라운 일들을 해내고 있는지 보여주는 동시에, 재난 상황 속에서 이들의 노고가 있었기에 가능했던, 생동하는 삶의 장면들을 드러낸다.

여러 달 동안 글을 나누는 작업을 통해 우리는 각자가 노인의 집에서, 주간보호센터에서, 요양 시설에서, 출퇴근길에서, 그리고 근무 외 시간에 느끼는 크고 작은 정서적인 진동들을, 고민들을, 고단함과 즐거움 들을 함께했다. 돌봄노동자이면서 생활인이자 나이 들어가는 여성인 각자의 목소리와 그 사람의 삶의 궤적이 눈에 들어오기 시작했다. 돌봄 노동의 저평가, 현장 상황에 걸맞지 않은 경직된 장기요양보험 시스템, '서비스 이용자'의 부당한 요구들과 재가 방문 요양에서 특히 두드러지는 돌봄노동자의 취약한 위치 같은 구조적인 문제들은 요양보호사들의 일상을 고단하게 한다. 그럼에도 이들이 '좋은 돌봄'을 고민하고 자기의 몸을 분주히 움직여 이 경직된 제도의 구멍을 채우게 하는 동력이 무엇인지를 목도하게 되었다. 돌봄 노동의 전문성에 대한 노동자로서의 자부심, 돌봄이 지속됨에 따라 만들어지는 노인의 일상과 관계의 변화에서 느끼는 성취감, 노인에 대한 호기심과 노인과의 관계 속에서 무엇인가를 새롭게 발견하는 기쁨, 그리고 나이 들어가는 한 사람으로서 먼저 나이 든 다른 이에 대한 공감. 각자의 개성과 삶의 궤적에 따라 동력의 원천도, 수행해나가는 돌봄의 방식도, '좋은 돌봄'에 대한 생각도 다르지만, 문제적인 조건 속에서도 돌봄노동자로서의 삶을 지속할 수 있는 동력은 그들 스스로가 온 힘을 다해 만들어낸 노인과의 관계였다.

반년 넘게 이야기들을 함께 나누며, 요양보호사들의 몸과 마음을 움직이게 하고 그들의 돌봄을 통해 또 다른 움직임을 가지게 되는 노인들이 우리의 마음에 들어왔다. 참가자들의 글에서 노인들은 저마다의 얼굴과 목소리를, 과거와 현재, 그리고 (노인에 대해 이야기할 때 우리가 종종 잊게 되지만) 미래를, 습관과 기억, 미련과 꿈을 가진 사람들로 등장했다. 노인과 나눈 대화, 노인의 안녕에 대한 걱정, 노인과 그 가족에게 느낀 서운함 등을 담은 글을 읽으면서, 점차 노인들의 과거의 삶과 현재의 일상을 구체적인 것으로 떠올릴 수 있게 되었다. 그렇기에 우리는 일면식도 없는 노인들의 안부를 궁금해하고 그들의 내일이 평안할 수 있기를 바라게 되었다. 글을 통해 정이 들었던 한 노인이 고관절을 다치고 갑작스레 건강이 악화되어 돌아가셨다는 소식을 접했을 때에는 진심으로 명복을 빌지 않을 수 없었고, 그의 단짝이던 다른 노인이 잘 지낼 수 있기를 바랐다. 로맨스를 빙자한 사기로 쌈짓돈을 잃고 있었음에도 경찰이나 다른 사람들의 도움을 완강하게 거부하던 한 노인의 안부는 글쓰기 모임이 끝나고 한참 뒤에도 종종 궁금해졌다. 부당한 대우나 난감한 상황에 처하면서도 노인들의 자존심을, 일상을, 삶을 지키고자 애쓰는 요양보호사들의 이야기는 돌봄노동자의 일상뿐 아니라, 지금 한국 사회에서 노인들이 놓인 곤궁한 처지에 대해 묻게 했다.

요양보호사들의 일은 일상생활을 위한 '지원' 서비스를 근무시간 동안 제공하는 것을 한참 넘어서기 마련이다. 근무시간이 끝난 뒤에도, 그리고 돌봄 관계가 종료된 이후에도 노인들에게 마음을 쓰는 요양보호사들의 글은 그들 자신의 일상에 대한 기록일 뿐 아니라, 그들의 일상을 다른 방식으로 구성해가는 돌봄

노동에 대한 기록이다. 동시에 이 글들은 돌봄 노동을 통해 그들과 관계 맺는 노인들의 삶의 기록을 담고 있기도 하다. 돌봄 노동자의 노동, 마음, 일상, 그리고 노인의 삶, 그 모든 것은 손쉽게 분리되지 않는다. 이는 돌봄 노동이 누군가가 특정한 방식으로 존재할 수 있도록 하기 위해 그와 함께 있으면서 무언가를 하는 관계적인 노동이기 때문이다. 만약 돌봄 로봇이 인간의 돌봄을 대체할 수 없는 부분이 있다면 그것은 돌봄이 기계가 수행하기에 '아직'은 너무 복잡한 영역이기 때문이 아니라, 요양보호사들이 그래왔듯 마음 씀을 통해 타인의 삶에 연루되고 그 사람의 삶을 기억하는, 돌봄 관계를 통해 영향을 줄 뿐 아니라 영향을 받으면서 돌보는 사람이 되어가는 윤리적 과정이기 때문일지도 모르겠다.

우리가 글을 통해 만났던 요양보호사들은 노인들이 혼자서 꾸려가기 어려운 일상의 면면에 도움을 줄 뿐 아니라, 노인들의 일상이 지금과는 조금 다른 것들이 되도록 변화를 만들어내고 있었다. 그들은 함께 밥을 먹으면서 일상을 나눌 수 있기에 기다려지는 사람이 되기도 하고, 혼자서 밖에 나가기 어려운 노인의 산책길을 함께하면서 노인의 일상에 새로운 습관과 익숙한 장소를 더하는 동반자가 되기도 한다. 바깥출입이 어려운 노인에게 길에 핀 봄꽃을 건네는 요양보호사는 새롭게 찾아온 계절을 전해주는 전령이 될 수도 있다. 돌봄을 통해 노년의 시간은 단순히 현재 상태를 '유지'하는 것을 넘어 새로운 사람과 사건,

기억 들이 만들어지는 가능성의 시간이 된다.

이 프로젝트를 위해 한국여성재단에 제출한 지원금 신청서에 우리는 이 워크숍이 요양보호사들의 '힘 돋우기'를 목적으로 한다고 썼었다. 하지만 글쓰기 모임에 참여하면서 오히려 힘을 얻은 것은 우리, 즉 옥희살롱 연구활동가들이었다. 옥희살롱은 꽤 오랜 시간 아파하고 돌보고 나이 드는 일에 관해 같이 이야기를 나누고 글을 쓰면서 다른 미래에 대한 상상을 만들어가고자 해왔지만, 우리 스스로도 그것이 어떻해야 가능할지, 어떤 모습이 될 수 있을지 생각하기 어려울 때가 있었다. 이 글쓰기 모임에 참여했던 요양보호사들은 어려운 상황 속에서도 노인의 이웃으로 노인에게 말을 걸고 또 그를 기리면서, 그들 각자의 방식으로 노인의 '좋은 삶'을 함께 만들어가는 사람들이었다. 이런 사람들과 함께라면 노년도 한번 살아볼 만하지 않을까 하는 생각이 드는 순간이 많았다. 그 순간들에 우리가 얻은 힘을 이 책의 독자들에게도 전하고 싶다.

이 책에 실린 글들이 다소 투박하거나 거칠게 느껴질지도 모르겠다. 요양보호사의 글은 온라인 글쓰기 모임에서 쓰인 것들 중 일부를 추려내고 오탈자를 손보는 정도로 최소한의 수정만을 거친 것이다. 기획 단계에서는 몇몇 글만을 선택해 이를 보다 익숙한 형태의 긴 글로 고쳐 쓰는 방안도 고려했었다. 글들을 주제별로 묶는 방안도 검토해보았다. 책이라는 형식에는 어쩐지 그런 것이 어울릴 것 같고 이해하기도 쉬울 것 같았기 때문이다. 그럼에도 우리는 최종적으로 각각의 요양보호사가 쓴 글을 시간순으로 배치하고 특별한 가공을 거치지 않기로 결정했다. 요양보호사 한 명 한 명의 개성과 목소리가, 그가 돌보는 사람과의 이야기가, 그리고 매일의 일상에서 경험되는 복잡한 감정과 불완전한 조율이 잘 전달되기를 바랐기 때문이다. 다소 불친절한 구성이지만, 이 글들이 요양보호사들이 분투하고 있는 현장에서 요양보호사와 노인의 일상을 따라갈 수 있는 기회가 되었으면 좋겠다. 그럼으로써 우리가 원하는 돌봄이 무엇인지, 어떻게 더 나은 노년의 삶이 가능해질 수 있을지 함께 생각하는 기회가 되기를 바란다. 이러한 바람을 가지고, 저자별로 묶은 각 장에 옥희살롱 연구활동가들이 쓴 '동행 글'을 덧붙였다. 요양보호사들이 각자 돌보는 노인들과 함께 걸어가는 사람들이라면 그들이 쓴 글은 그 여정의 기록이라 할 수 있다. 그 여정에 동행했던 독자로서, 앞으로 우리와 함께할 독자들과 나누고 싶은 생각들을 동행 글에 담았다. 이 글들이 더 많은 동행과 발견, 놀라움과 즐거움을 만들어낼 수 있기를 바란다.

차례

오귀자

2021년 9월 4일 오후 8:43

오늘 교육 유익했습니다. 늘상 마음속에 글이 가득해도 표현이 어렵습니다. 오늘 교육을 통해 조금씩 시도해볼 수 있을 것도 같습니다. 감사합니다.

2021년 9월 5일 오후 8:20

해 질 녘 하늘에 구름이 너무 예뻤다. 옥상에 올라가 사진을 찍다 보니 건너편 옥상에서 누군가 핸드폰으로 사진을 찍고 있었다. 나 말고 누군가도 같은 하늘을 보며 아름답다고 느끼고 있다는 동질감에 피식 웃음이 나왔다.

오귀자

2021년 9월 6일 오후 10:14

근무 끝낸 오후에 손○○ 요양보호사를 만났다. 62세 여자 대상자를 오늘 처음 방문하여 서비스했는데, 말기 암이라고 한단다. 병원에서 3개월 말기 판정을 받았는데 6개월째 항암 치료와 기도로 이겨내고 있다는 말을 들으니 자신이 없다고 했다. 어떤 말로도 위로의 표현을 할 수가 없어 그만두겠다고 하는 말을 듣고 헤어졌는데 전화가 왔다. 집에 돌아가면서도 생각하고 저녁밥을 먹으면서도 생각해보았단다. "안 될 것 같아. 이런 상황에서 요양보호사 교체라는 말을 들으면 아픔이 더할 거 같고 나도 아파서." 생의 막바지에 아픔을 덧입히고 싶지 않아 서비스를 지속하겠다는 손○○이 예쁘다. 그 마음이 전해져 내 심장도 잠시 멈춘 것 같았다. "맞아! 그게 요양보호사의 사명이야!"

2021년 9월 7일 오후 10:07

어르신은 정형외과에서 몇 차례 물리치료를 받으셨다. 어르신은 물리치료실 침상에 오르내리기 힘들어하시고 등의 통증 때문에 더욱 그러하셨다. 발판 할 낮은 의자가 없느냐 물었더니 "어르신처럼 키 작은 환자는 안 옵니다"라고 했다. 단 한 사람을 위해서라도 플라스틱 의자를 준비해두는 친절한 마음이 아쉽다. 인근에 소문나 환자가 넘치는 병원인데…….

2021년 9월 8일 오후 11:08

어르신들을 만나보면 대체로 젊은 시절 오직 가족을 살피느라 취미 활동이나 자신을 돌보는 일을 하지 않고 보내셨다. 그래서 나이가 들어 후회하신다. 난 나이 들어 그림과 놀아보려고 연필 드로잉과 컬러링북 하기, 꽃 그림 그리기를 하는 '동행'이라는 소모임에 속해 있다. 오늘도 어렵다고 투덜거리며 컬러링북 숙제를 했다.

오귀자

2021년 9월 10일 오후 8:56

오늘 온라인 치매 교육을 받았다. 아무리 능력 있는 요양보호사라고 할지라도 똑같은 방법으로 어르신께 서비스를 한다면 잘하는 것이라고 볼 수 없다고 하셨다. 그렇다. 대상자들은 백인백색이다. 그중 단 한 가지라도 어르신이 만족감을 느끼신다면 그것이 좋은 돌봄이 아닐까 생각한다.

2021년 9월 11일 오후 10:55

오늘은 토요일인데 근무다. 추석 연휴가 있어서 토요일 모두를 근무해도 일정이 모자란다. 나의 신체 리듬은 토요일은 쉬어야 한다며 힘들다고 신호를 보내왔다. 무거운 발걸음으로 어르신 댁에 도착하니 어르신 아드님이 방문해 있었고 오후까지 머물 예정이니 돌아가시라고 했다. 세 시간 근무 후 태그를 해야 하는 장기 요양의 시스템을 설명할 수도 없고, 설명하여 이해한다 한들 남아서 근무를 마칠 수도 없었다. 돌아오는 길에 하늘을 보니 구름이 너무 예뻤다. 사진 한 장을 찍고 나니 씁쓸한 마음을 구름이 실어 가버렸다.

2021년 9월 12일 오후 6:35

내가 서비스하고 있는 어르신은 4등급인데 세 시간 근무 중 한 시간을 인지 프로그램 활동을 하고 있다. 미술 활동으로 어르신이 좋아하시는 꽃 그림을 그리기로 했지만 어렵다고 하셔서 꽃 위치를 동그라미로 표시해드렸다. 그랬더니 그림을 어렵지 않게 그리고 색칠하신 후 사인까지 해서 벽에 붙여놓고 흐뭇해하신다.

2021년 9월 15일 오전 12:19

어르신 댁 콘센트가 작동을 중지했다. 전파상에 전화했을 때 고치러 오겠다는 말을 듣고 퇴근했는데 다음 날 출근하니 그제야 고치러 왔다. 콘센트뿐만 아니라 스위치도 고치고 나니 먼지가 수북했다. 어제 고쳤더라면…….
먼지 치우고 가구 정리를 하고 나니, "딱 시간 맞춰 와서 정리해줘서 고맙다."
"어르신은 축복이고 전 일복입니다."
돌아오는 길에 다시 생각했다. 일복이 축복일까?

오귀자

2021년 9월 16일 오후 11:47

난 향림 텃밭을 자주 간다. 은평구청에서 관리하는 주말농장인데 텃밭 입구에 꽃밭이 있어 여러 가지 식물과 꽃이 피어 있어서 좋다. 사람들의 왕래가 적고 한가해서 더욱 좋다. 네 잎 클로버도 찾고 철 따라 피는 꽃을 찍기도 하고 구석구석을 살피며 혼자 중얼거리기도 한다. 오늘은 민들레 홀씨에게 "내년 봄에 피려면 서둘러 날아가 땅에 묻히렴" 말하고 입으로 후 불었더니 바람이 흩어주었다.

2021년 9월 17일 오후 6:59

오늘 어르신 목욕 서비스를 했다. 치매 어르신 특성 중 한 가지는 목욕을 싫어하신다는 것이다. 춥다거나 몸 상태가 안 좋아서, 또는 머리가 아프다면서 나중으로 미루신다. 따뜻한 물에 발을 담그시면 기분이 좋아진다고 했더니 슬그머니 따라 일어서신다. 목욕이 끝나자 내 얼굴의 구슬땀을 보며 수고했다고 위로해주신다. 오히려 감사한 마음이 든다.

2021년 9월 17일 오후 9:30

내가 참 힘겨워했던 어르신이 계셨다. 버스 세 정거장 떨어진 곳에 시장이 있는데 때마다 보행이 불편한 어르신과 동행하기에는 거리가 멀었다. 어르신이 설명하신 대로 채소를 골라서 사 왔지만 맘에 맞지 않을 때에는 잘못 고른 요양보호사 탓이고, 어르신과 동행하여 직접 골라서 샀을 때에는 나쁜 물건 파는 가게 탓이고. 음식을 조금 더 익히면 물탱이라고 하시고, 조금 설익히면 살아났다고 버리시고. 나는 어르신 맘에 들지 못하고 스스로 멍청이가 되어갔다.
돌아오는 길에 쭈그리고 앉아 양지쪽에 핀 꽃을 보고 또 보고, 담장 너머로 얼굴 내민 꽃을 한참을 우두커니 서서 보기도 했다. 다음 집 이동 시간이 바빠도 먼 길을 돌아 공원에 가서 꽃들을 들여다보며 마음속의 돌을 녹였던 기억이 난다.
요양원 입소하신 어르신은 잘 계실까?

오귀자

2021년 9월 18일 오후 9:01

"어르신 어젯밤 누가 왔었나요?"

"아무도 안 왔어."

딸이 전화로 넷째 아들과 며느리가 다녀간다고 말해서 알고 있었지만, 어르신 기억을 되살려보려고 자꾸 질문을 해본다. 그럼 누가 어르신 좋아하는 게장을 가져왔어요? 누가 식혜를 가져왔어요? 여기 복숭아도 있네요.

"몰라."

"아들과 며느리가 자고 아침에 갔어요?"

"처갓집 가서 나흘 밤 자고 온대."

"그것만 생각이 나셨군요."

어르신과 난 배꼽 잡고 웃었다.

단 한 가지라도 기억할 수 있어서 다행입니다.

2021년 9월 18일 오후 9:45

오후에 동쪽 하늘이 아주 파랗고 맑았다. 북한산 족두리봉에 걸려 있는 흰 구름이 멋있고 웅장해 보였다. 높은 건물이 없고 전깃줄이 없는 곳을 찾아가서 사진을 찍으려고 장소를 물색하고 나니 구름이 어디로 가버리고 없었다. 바람 따라 흘러가는 게 구름인 것을. 뜬구름을 잡는다는데 그게 난가?

2021년 9월 19일 오후 10:55

어젯밤엔 구름 사이로 여물지 못한 보름달이(8월 열이틀) 뜨더니 오늘 밤엔 하늘이 맑아 달이 또렷하고 별도 잘 보인다. 이틀 후면 추석의 여문 보름달을 볼 텐데 비가 올 거라고 하니 어떨지?

오귀자

2021년 9월 21일 오후 11:31

간밤에 비가 내리고 천둥소리 요란했지만 오늘은 날씨가 화창했다. 오후에 고양동 산책로를 혼자 걸었다. 스치는 가을바람, 맑은 하늘. 주위에 사람이 없어 오랜만에 마스크 벗고 가을을 마셨다. 내가 서비스하는 두 분 어르신께 계절을 보여드리려고 들꽃 사진도 찍었다. 추석이라 가족들이 다녀갔겠지만, 연휴가 길어 또 다른 가족인 나를 기다리고 계시겠지.

2021년 9월 23일 오전 2:15

추석 연휴가 길어서 연휴 마지막 날인 오늘은 근무했다. 독거 어르신들이기 때문이다. 주무시고 계신 어르신을 깨우니 추석 연휴인 것을 잊어버리시고 "하루쯤 쉬지 일찍 왔네" 하시며 곁에 누워 자라고 하셨다. 식사 후에 함께 커피 마시자고 했더니 일어나셨다. 아침 식후 커피 한 잔을 즐기시기 때문이다.

2021년 9월 24일 오전 1:35

2개월 전의 일이다. 아침에 부엌에서 넘어졌는데 일어날 수가 없다고 어르신이 전화하셨다. 119 이용 종합병원에 갔다. 환자는 고통스럽다고 아우성을 쳐도 종합병원이라 대기 시간이 너무 길었다. 엑스레이 찍고 뼈에는 이상이 없다는 말과 약 처방 받는 데 한나절이 걸렸다. “시간이 지나야 회복됩니다”라는 의사 선생님의 말을 믿지 못하고 네 개 병원을 전전하며 엑스레이를 찍던 어르신. 2개월이 지난 지금에야 “의사 선생님 말이 맞네” 하신다.

오귀자

2021년 9월 25일 오후 5:51

아침에 눈 뜨면 우리 (고양이) 얼룩이가 어느새 알아채고 방문을 긁는다. 문을 열어주면 애원의 눈초리로 "에~옹" 한다. 머리를 쓰다듬어달라는 소리다.
오전에 방문하는 어르신은 나와 대화하는 것을 좋아하신다. 정작 설거지나 세탁 등은 전혀 하지 않으시면서 언제나 "내가 다 할 테니 여기 앉아 이야기나 하자" 하신다. 함께 노래를 부른다든지 회상 노트를 읽어드린다든지(회상 노트는 어르신 과거 이야기를 내가 받아 적은 노트) 어떤 사건을 호들갑스럽게 이야기하면 그거 듣는 걸 좋아하신다. 내가 계속 일하고 있으면 곁에 와서 "일일랑 드문드문 해"라고 하신다.

2021년 9월 26일 오후 8:07

서비스 대상자들은 백인백색이다. 난 거기에 맞추어 서비스하려고 노력한다. 그렇게 맘먹고 서비스하니 내 속의 불평이 다소 작아진다.

2021년 9월 28일 오전 1:13

얼굴은 보지 못했지만

어르신 며느리가 지방에서 매일 전화해서 어르신 안부를 묻는다. 오늘은 어르신과 통화 후 전화를 바꿔달라고 했다. “죄송해요. 급히 오느라 입었던 옷 세탁 못 하고 왔어요.” 미안해하는 마음이 느껴져 오히려 미안한 마음이 생겼다. 이것이 마음이 전해지는 소통일까?

2021년 9월 28일 오후 9:43

나도 좋아해야 하나요?

요즘은 핸드폰으로 음악을 듣는 시대인가? 우리 어르신이 카세트를 구매하려고 가전 판매점을 갔는데 카세트가 한 제품만 있었다. 요즘은 카세트나 CD 제품을 찾는 사람이 없어서 구비하고 있지 않다고 했다. 우리 어르신은 한 가지 제품이라도 있어서 다행이라며 구매해서 밤낮으로 듣고 계신다. 국악을 좋아하셔서 판소리, <흥타령>, <춘향가> ‘쑥대머리’ 등을 들으시고 함께 듣기를 바라며 음악과 설명을 내 귀에 억지로 쑤셔 넣어주신다. 식사 시간에도 음악에 빠져 계셔서, “너도 식사 시간에는 쉬거라”라고 하며 카세트를 꺼버렸다. 나의 유머에 어르신은 화도 못 내고 웃으셨다.

오귀자

2021년 9월 29일 오후 11:08

"자라 보고 놀란 가슴 솥뚜껑 보고 놀란다"라는 속담이 있다. 우리 어르신이 부엌에서 넘어져 통증으로 몹시 고생하셨다. 그래서 집 안에서나 밖에서 낙상을 두려워하신다. 집 안에서도 벽이나 의자를 붙잡고 걸으신다. 근력 운동을 하면 힘이 생기지 않을까 하는 생각이 들어 의자를 붙잡고 함께 운동했다. 나의 93세는 어떠할지? 두려움이 앞선다.

2021년 10월 3일 오후 8:10

일주일만 참았더라면

우리 교회 남자 집사님은 연로해서 오랫동안 교회에 나오시지 못했는데 최근 부인인 권사님이 치매 증상이 생겼다고 한다. 일주일 전 두 분이 함께 요양원에 입소하셨는데, 오늘 집사님이 입소 일주일 만에 소천하셨다고 한다. 코로나 거리두기로 오랫동안 교회에 나가지 못해 얼굴 본 지도 오랜데…….

2021년 10월 5일 오후 11:54

"공주에 가서 집 하나 지어서 함께 살자."
"딸이 셋이나 있으면서 왜 저랑 삽니까?"
"그런 말 말아라. 너는 큰딸이고 너랑 살고 싶다."
그 후 난 제3신경통으로 일을 중단했고 어르신은 요양원에 입소하셨다. 어르신이 주신 파란 수건을 보니 하늘나라에 계신 어르신이 생각나고 마음속에서 아련함이 솟는다.

2021년 10월 6일 오후 11:58

정말 꼬인 날

출근 준비 중 미국 사는 시누이 전화가 왔다. 곧이어 오늘 구의원 면담에 관한 내용 공유 전화가 와서 출근 시간이 늦어져버렸다. 걸어가면 5분 정도 지각을 할 것 같아서, 또 오후 일정의 피곤을 줄이고자 버스를 타려고 버스 정류장으로 달려갔다. 20분이 지나도록 버스가 오지 않아서 결국 20분을 지각했다. 오후 근무 끝나고 태그를 한 후 약속 장소에 서둘러 가려고 하는데 오전 어르신 댁 열쇠가 왜 내 가방 안에 있는 거야? 자녀들이 수시로 방문하기 때문에 지정된 곳에 두어야 하는데 아침에 열고 들어가 그냥 왔으니.

오귀자

2021년 10월 8일 오전 12:01

준비

김○예 어르신은 4등급으로 치매 증상이 있어 인지 활동 프로그램을 실시하고 있다. 내일은 미술 활동이 계획되어 있어서 미리 생각난 것을 연습해보았다. 때로는 어르신이 피곤하다며 누워 계시다 주무실 때가 있다. 주어진 인지 활동을 해야 하는데 난감하다. 그러므로 눈치껏 시간 조절을 잘하고 흥미를 유발할 내용을 잘 선택하려고 노력하고 있다. 내일 인지 활동 시간에는 쨍한 원색을 사용해야겠다.

2021년 10월 9일 오후 1:40

오늘은 잊어도 마음은 또렷한 92세 어르신

오늘 유난히 하늘이 파랗고 흰 구름이 뭉게뭉게 참 예쁘다. 건너편 아파트 단지 너머로 북한산 족두리봉에 걸려 있는 구름은 더욱 예쁘다. 하늘을 올려다보며 “어르신! 제가 하늘에 올라가 솜구름 한 뭉치 따 올 테니 이불을 만들어주시겠어요?”라고 하니 “이불은 만들어줄 수 있으나 구름은 못 따 올걸”이라고 농담하신다. 조금 전 밥을 먹은 것도 커피를 마신 것도 따님이 다녀간 것도 생각이 나지 않는다고 말씀하시는 어르신은 “이보다 어떻게 더 잘해?”라고 나의 서비스를 평가하신다. “날마다 늙은이들과 있으면 빨리 늙는데 어쩌누?”라고 말씀하시는 우리 어르신 마음에도 흰 구름이 가득해 보인다.

오귀자

2021년 10월 10일 오전 9:55

들길 따라서

들길 따라서 나 홀로 걷고 싶어
작은 가슴에 고운 꿈 새기며……

요즘 계속 비가 오고 날씨가 흐렸는데 모처럼 상쾌한 오후라 콧노래 읊조리며 향림 마을을 걸었다. 내가 좋아하는 꽃들이 피고 진 흔적 속에 아직 남은 꽃들의 색이 참 곱다. 마지막 피려고 기다리고 있는 국화를 보러 또 오겠다는 맘을 남기고 돌아왔다.

2021년 10월 14일 오전 12:05

구름 속에 숨고 싶다

줌으로 은평 요양보호사 모임을 했다. 스물세 명이 참가 신청을 했고 10월의 주요 내용으로 요양보호사 돌봄 사례집을 진행하기로 했다. 어젯밤 이 부분을 담당해보라는 연락을 받았지만 준비할 시간도 없고 또 자신감이 없어 오늘 근무시간 내내 마음이 편치 않았다. 떨리는 마음으로 진행했지만 모두가 호응을 잘해주어서 무사히 마쳤다. 잘했다는 평가는 받았지만 부끄러움뿐이다.
오늘 하늘은 유난히 푸르고 구름이 참 예뻤다. 구름 속에 숨어버리고 싶을 만큼.

2021년 10월 17일 오후 1:06

코스모스 꽃밭

오늘은 인지 활동으로 미술 활동을 했다. 처음에는 어르신이 귀찮아하는 표정을 나타냈지만 시작하니 관심을 가지고 적극적으로 활동하셨다. 배 포장지와 색종이로 가을을 장식하니 "코스모스 꽃밭이네!"라며 벽에 붙이자고 하셨다. 꼼꼼한 우리 93세 어르신은 코스모스 꽃잎이 각도가 정확하게 붙여지지 않았다고 아쉬워하신다.

오귀자

2021년 10월 21일 오전 1:02

새집 때문에

한○○ 어르신은 며칠째 목욕을 거부하셨다. 날씨가 추워졌으니 옷만 갈아입으시라고 해도 나중으로 미뤄서, 춥거든 입으시라고 곁에 두고 왔는데 추우셨는지 갈아입으셨다. 오늘은 "머리에 새집이 지어졌어요. 머리만 감아요"라고 했더니 무슨 말이냐고 물으셔서, 내 머리를 마구 헝클어 "이게 새집이에요"라고 했더니 깔깔 웃으셨다.
"새집을 다듬어요" 하며 보자기를 목에 두르니 시원하게 잘라달라고 하셨다. 반곱슬머리라 실력 없이 잘라도 크게 티 나지 않아서 다행이다. 새집 핑계 삼아 목욕하게 되었는데 자꾸만 미안하다고 고마움을 표현하신다. 내 속도 시원하다.

2021년 10월 22일 오후 11:07

자기 돌봄

오늘 대상포진 예방주사를 맞았다. 날마다 어르신 돌봄에만 힘쓰고 있었는데 오늘은 '나' 돌봄을 했다는 생각이 든다. 매우 중요한 일이다. 잘했다고 칭찬해줘야지.

2021년 10월 24일 오후 9:06

나의 서비스의 소중함

난 두 분의 독거 어르신을 서비스하고 있다. 93세 김○○ 어르신은 요즘 걷기도 힘들 만큼 기력이 없고 식욕도 없는데 불면증이 심하여 고통스럽다고 호소하신다. 내가 어르신 댁에 도착하면 기다림이 힘들었다 하시고, 돌아오는 시간에는 내일까지 어떻게 기다리느냐고 하셔서 늘 그곳에 내 마음을 남겨두고 돌아온다. 주말이면 내가 오지 않는다는 생각에 미리부터 몸이 아프다고 하신다.

한○○ 어르신은 92세인데 치매 증상이 있다. 주말에 “내일 오지 않습니다. 저 보고 싶어도 울지 말고 잘 계세요”라고 호들갑 떨며 하는 인사에 “쉬는 날도 있어야지” 하시며 손을 흔드신다.

내가 문밖에 나오자마자 잊어버리시겠지. 어르신 댁 문밖을 나올 때마다 마음이 싸릿하다. 이렇듯 날 기다리시고 마주 보며 웃을 수 있다는 건 소중한 서비스가 아닐까?

오귀자

2021년 10월 26일 오전 7:55

나도 그날이 올 텐데

김○○ 어르신이 등을 다친 후 3개월이 지난 지금도 "아프다 죽겠다 차라리 죽었으면 좋겠다"라고 하신다. 치매 어르신의 응대처럼 마치 처음 듣는 양 응대해보기로 했다. 그랬더니 우리 둘은 그 내용만 반복하고 있으므로 감당하기 어려웠다. 그래서 한 귀로 듣고 한 귀로 흘리기로 건성건성 응대했다. 그랬더니 눈치를 채셨나? "이 담에 늙어보시오. 왜 내가 그랬는지 생각날 것이오." 어쩌나, 나도 분명 그 길에 들어설 날이 올 텐데. 갑자기 늙음이 두렵다.

2021년 10월 26일 오후 10:06

그땐

전에 망상증이 있는 여자 어르신을 서비스한 적이 있었는데 아침에 방문하니 온 집 안을 샅샅이 뒤지고 계셨다. 간밤에 어떤 남자가 두 팔을 벌려야 안을 만큼 큰 하얀 개 두 마리를 맡겨서 밤새 돌봤는데 없어졌다고 했다. 곧 개 주인이 찾으러 올 거라면서. 내가 두 팔을 벌려 이만한 하얀 개 두 마리냐고 어르신이 말한 대로 흉내를 냈더니 어떻게 아느냐고 물으셨다. 조금 전 아파트 입구에서 어떤 남자가 이만한 하얀 개 두 마리 데리고 가는 것을 봤다면서 두 팔을 벌렸다. 어쩜 고맙다는 말 한마디 없이 끌고 갔느냐고 내가 먼저 화를 냈더니 어르신은 "그러게 말이야" 하면서 식사하셨다. 지금은 웃지만 그땐 살얼음판 같은 나날이었다.

오귀자

2021년 10월 27일 오후 10:56

꽃 보고 골내는 사람은 없지

한○○ 어르신을 만난 지 3개월쯤 되었을 때, 개나리꽃 한 다발을 꺾어다 꽃병에 꽂아 식탁 위에 놓아드렸다. 다음 날 방문했더니 꽃이 사라지고 없었다. 어르신이 꽃을 싫어하셔서 버리셨다고 생각했다. 그런데 방에 들어가 보니 TV 탁자 위에 놓여 있었다. 물을 갈아주려고 보니 꽃병 안의 물이 뽀얗게 흐려져 있었다. 왜 물이 뽀얗느냐고 여쭤보니 꽃이 잘 피어나라고 우유를 넣어줬다고 하셨다. 순간 내 마음이 뭉클했다. 어르신의 꽃 사랑이 느껴졌다. 아무리 치매 어르신이라도 꽃에 영양이 필요함을 느끼셨기 때문일 것이다. “꽃 보고 골내는 사람은 없지”라고 말씀하셨던 게 생각나서 혼자 웃었다.

2021년 10월 30일 오전 10:36

안성맞춤

어르신 댁에는 전기밥솥이 바닥에 놓여 있다. 그래서 허리와 무릎이 아픈 어르신에게 늘 불편해 보였다. 무엇을 놓을까 생각하고 있었는데 집 근처에 누군가 이사 가면서 두고 간 물건 중 딱 좋은 게 눈에 띄었다. 들고 와서 닦아놓으니 어쩜 이렇게 안성맞춤인지. 기억을 잊으신 우리 어르신은 신기하게도 잊지 않으시고 며칠째 "어디서 이렇게 딱 맞는 걸 들고 왔어?" 하시며 좋아하신다. "늘 허리가 아팠는데 참 좋아."
저도 좋아요.

오귀자

2021년 10월 30일 오후 8:56

업은 아이 3년 찾는다

아침에 어르신 댁 방문하니 어르신은 주무시고 계셨다. 머리맡에 틀니를 빼놓고 주무셔서 닦으려고 보니 위 틀니만 있었다. 아래 틀니 어딨느냐고 찾으니 모른다고 하셨다. 이불 속과 부엌, 화장실까지 다 찾아도 없어서 가슴이 철렁 내려앉았다. 공원에서 떨어뜨리고 오셨나? 아! 130만 원!

"혹시…… 아 해보세요!"

어르신은 갑자기 두 손으로 얼굴을 가리고 흐느끼듯 웃으셨다. 아래 틀니는 끼고 계셨던 것이다.

"어르신! 업은 아이 3년 찾는다는 말 아세요?"

2021년 11월 2일 오후 6:46

늙은 꽃 젊은 꽃

며칠 전 한○○ 어르신의 아들이 국화꽃 화분을 사 왔다. 아들은 뒤쪽 탁자 위에 놓아두었는데 꽃을 좋아하는 어르신은 식탁 위에 놓으셨다. 이제 큰 꽃들이 시들어가고 곁가지에서 작은 꽃들이 피기 시작했다.

"어르신, 시든 꽃은 잘라버릴까요?"

"자르지 마! 늙은이도 있고 젊은이도 있게."

누가 우리 어르신을 인지 장애증이라고 말할 수 있을까?

다음 날까지 기다렸다가 "시든 꽃을 잘라내야 젊은 꽃에게 영양이 가서 잘 핀대요" 하며 허락받고 시든 꽃을 잘라내니 곁가지의 작은 꽃들이 서로서로 피어났다. "예쁘네" 하신다.

오귀자

2021년 11월 6일 오전 12:35

도둑?

한○○ 어르신은 당뇨가 있어서 식이요법이 필수다. 그런데 어느 날 아들이 황도 통조림 한 상자를 사다 통조림만 꺼내어 한쪽에 쌓아두었다. '혈당이 높아질 텐데 어쩌지?' 걱정하면서 빈 상자를 버리려고 보니 뭔가 쓰여 있었다. "어머니 간식이니 가져가지 마세요."

어쩌면 이럴 수가? 어르신께 따질 수도 없고 가족에게 전화하는 것도 자존심이 상했다. 센터에 전화하니 설마 내게 썼겠느냐고 했다.

"그럼 누구에게? 자기 가족들에게?"

며칠간 어두운 마음이었으나 참고 시간이 지나니 감정이 굳었네.

2021년 11월 6일 오후 11:29

가을의 고궁

우리 모임의 이름은 '미녀들의 모임 민들레'다. 매월 1회 모임을 갖는데, 코로나19로 인해 오랜만에 모임을 가졌다. 덕수궁 뜨락 걷기, 가을 단풍, 미녀들의 수다 보따리 풀기, 사진 찍히기. 우리의 찍사는 사진 찍어서 멋있게 나올 곳을 찾아 우리를 줄 세운다. 사진이 예쁘게 나오든 말든 우리는 즐겁다. 맛있는 점심. 커피. 간식으로 싸 온 고구마는 참으로 달고 맛있었다.
전에는 덕수궁 앞뜰만 걸었는데 이번에는 뒤뜰 구석구석을 관람했다. 뒤뜰의 연못에는 수초 잎 위에 낙엽 비가 내려 물이 보이지 않았다.
그 유명한 덕수궁 돌담길을 돌아 저녁 식사를 메밀면으로 먹은 즐거운 토요일. 돌봄 현장으로 돌아가 좋은 돌봄을 실천하고 우리 미녀들 담 달에 만나요.

오귀자

2021년 11월 8일 오전 10:25

혈당 주의

한○○ 어르신은 아침 식후 꼭 커피 한 잔을 즐기신다. 아침 식사 후 수저도 내려놓기 전에 커피 물 올렸느냐고 물으신다. 자녀들은 커피가 떨어지지 않게 준비해둔다. 난 어르신 당뇨가 걱정되어 믹스 커피 끝부분을 손가락으로 꼭 잡아 설탕을 조금 남긴다. 어쩌다 깜빡 잊고 끝까지 다 넣으면 커피가 참 맛있다고 말씀하신다. 쪼끔 내 가슴이 찌릿거린다. 어르신, 그래도 어쩔 수 없어요. 좀 맛이 덜해도 혈당을 높이지 맙시다.

2021년 11월 17일 오후 11:40

하마터면

김○예 어르신의 순환기내과 진료 예약일이라 “어르신, 내일 12시 20분에 와서 30분에 출발해야 하니 점심 드시고 준비하고 계세요”라고 당부했다. 다음 날 서둘러 11시 40분에 어르신 댁에 도착했는데 어르신이 안 계셨다. 아들이 와서 함께 가셨나 보다 생각되어 오늘은 비자발적 휴무가 되는구나 싶었다. 그러나 확인코자 어르신께 전화했더니 버스 정류장에 미리 나가서 나를 기다리고 있다고 하셨다. 확인 전화 하지 않고 집에 돌아왔으면 어쩌시려고? 헐레벌떡 버스 정류장에 갔더니 계시지 않았다. 다른 정류장에 계시나? 귀신에 홀린 듯 가슴이 철렁했다. 두리번거리니 50미터 앞에서 택시를 잡고 계셨다. 내가 오는 걸 보고 서둘러 택시를 잡았다는데, 그러시면 나를 부르셨어야죠. 아무튼 그렇게 서둘러 예약 시간보다 한 시간 30분이나 빨리 도착했다. 웃어야 할지 울어야 할지. 아! 나의 늙음은 어떠할까?

오귀자

2021년 11월 20일 오후 8:51

눈물이 났대요

김○예 어르신은 심장판막증으로 순환기내과 진료를 계속 받아야 한다. 심장판막증은 수술하면 완쾌될 수 있으나 어르신은 연세가 많아 수술할 수 없어서 계속 약물 치료를 받아야 하는데 병원 예약이 오전에 잡혀서 아들에게 동행을 부탁했다. 난 오전에 다른 어르신을 서비스하는 시간이라 어쩔 수 없었기 때문이다.

여러 가지 검사가 없이 단지 의사의 진료만 받는 날이었는데도 어르신은 돌아와서 섭섭함에 눈물이 났다고 하셨다. 한 회 건너 피검사, 소변검사 등 여러 가지 검사를 받아야 하는데, 그런 날이었다면 더 힘들었을 것이라고 하셨다. 아들은 더욱 잘 부축할 거로 생각했는데 그렇지 않았나 보다. 어르신은 다시는 아들과 함께 가지 않겠다고 하셨다.

코로나19 시기라 특히 감염의 두려움과 어르신 안전 때문에 앞뒤 좌우를 살피는 요양보호사의 예민함이 쉽지는 않다.

요양보호사는 어르신과 동행 시 앞뒤 좌우 위아래 모두 살핀다. 아들은 손도 잡지 않고 앞서가면서 왜 느리게 걷느냐고 재촉하고, 아픈 걸 말하라니 의사 선생님께 쓸데없는 말을 해서 약의 양만 늘리게 했다고 하신다. 요양보호사는 어르신 아픈 상황을 열심히 먼저 설명한다.

2021년 11월 23일 오후 10:08

무서운 불면증

김○○ 어르신은 오래전부터 불면증에 시달리고 계신다. 잠이 오지 않으면 병원에서 처방받은 수면제를 드시는데, 정량을 복용하고도 잠을 이루지 못하면 참지 못하고 또 약을 드신다. 한번은 약을 복용한 후 수면 중에 가스레인지에 불을 켜고 사골을 올렸다. 졸여지다 못해 뼈까지 타서 부엌에 온통 누런 기름이 껴 닦느라고 내 팔이 고생했다. 그래서 타이머를 부착했는데, 또 부엌을 온통 뒤집어놓고 프라이팬으로 창문을 깨서 난리를 내는 등 몇 차례 사건을 일으키셨다. 어제는 신경안정제 한 정을 드신 후 잠이 안 와서 또 한 정 반을 드셨다고 했다. 3개월쯤 전에는 수면제 과다 복용 후 집 안에서 넘어져 죽을 것 같은 고통이라며 응급실부터 여러 병원을 순회하여 나를 얼마나 힘들게 했는지. 이러면서도 과다 복용을 하는 건, 불면증의 고통이 더 큰 건지 참을성이 없는 건지 정신적인 문제인지 알 수가 없다.

오귀자

2021년 11월 25일 오전 12:22

하찮은 일인가?

김○○ 어르신은 내가 퇴근 후 갑자기 이명이 크게 들리고 어지럼증이 왔다면서 동네 내과를 갔다고 하셨다. 증세를 말하니, 선생님이 119 불러서 종합병원 응급실을 가셨어야지 왜 내과를 오셨느냐며 3일분 약을 처방해주고, 계속되면 큰 병원 가시라고 권했다고 했다.

이명은 전부터 있던 거라, 내과 의사 말을 생각하며 다니시던 신경과를 갔다. 담당 선생님의 진료가 없는 날이라, 다른 선생님께 상황을 말씀드리고 일주일분의 약을 처방받았다.

그 후 이틀간의 약을 드시곤 걸음을 걸을 수가 없다고 하셨다.

새로 처방받은 이명 약 때문인 것 같아 그냥 퇴근할 수가 없었다.

그렇다고 나 혼자의 판단으로 약을 드시지 말라고 할 수가 없어서 고민이 되었다. 일단 센터에 상황을 설명하고 어르신 딸과도 통화를 했다. 약을 중단해야겠다고 하니 그렇게 하는 것이 좋겠다고 했다.

그러는 사이 나의 퇴근 시간은 두세 시간이 지났다. 돌아와서 토요일과 일요일에 몇 차례 확인 전화 하며 상황을 물으니 괜찮아졌다고 말씀하셨다.

그때를 생각하면 지금도 아찔해진다. “그러니 어떡하죠?”라고 하며 무심하게 시간 맞춰 퇴근했다면 어르신은 의사의 처방만 믿고 계속 약을 복용했을 것이다. 어르신 자신과 센터장 그리고 딸은 무심했지만 나는 그럴 수 없었다. 내가 무심해서 주말의 이틀간 어떤 상황이 벌어졌다면?
나만 아찔하고 모두 무심하게 여기는 일들. 요양보호사의 업무를 하찮게 여기는 사람들. 사람들. 사람들.

오귀자

2021년 11월 25일 오후 6:29

낮에 나온 반달

낮에 나온 반달은 하얀 반달은
햇님이 쓰다 버린 쪽박인가요
꼬부랑 할머니가 물 길러 갈 때
치마끈에 달랑달랑 채워줬으면

낮에 반달이 떠 있어 어릴 적 부르던 노래가 생각났다. 요즘 아이들이 듣는다면 물을 것이다. 왜 할머니가 어디로 물 길으러 가셔? 부엌에 수도를 두고?
난 어릴 적 우리 집 옆에 쪽박으로 물 푸는 우물도 있었고 두레박으로 퍼 올리는 우물도 있었다. 시대가 변해 펌프가 생겼고 지금은 수도가 있다.
반달 때문에 우물 역사까지 이야기했네.

2021년 11월 29일 오후 7:01

관계가 서먹해졌어요

어르신 댁 도착하니 어르신 보행기에 배추와 무, 양념거리가 실려 있었다. 93세 어르신은 무 한 개도 들고 계단을 오르내리시지 못한다. 그래서 내가 방문하면 당연히 들고 오려니 하고 두신 것이다. 조카가 와서 함께 김치를 담갔지만 조카를 주기 위해 김치 담그고 몸살이 나셨다. 절반을 조카에게 주셨다. 93세 어르신이 조카 주기 위해 김치 담그는 게 맞느냐, 50세 조카가 김치 담가 고모께 드리는 게 맞느냐 따져 물었다. 조카가 김치를 사서 먹는다고 해서 담가 주었다고 하셨다. "조카가 김치를 사 먹는 건 조카가 사는 방식이다"라고 말해서 어르신과 난 며칠간 서먹한 상태가 되었다. 맘 편히 할 수도 없고 안 할 수도 없는 나의 업무다.

오귀자

2021년 12월 3일 오전 12:23

혈당과 요구르트

한○○ 어르신은 요구르트를 좋아하신다. 그래서 어느 날은 하루에 일고여덟 개를 마실 때도 있다. 혈당 때문에 늘 염려가 된다. 그래서 밤에라도 마시지 않기를 당부드리지만 곧 잊어버리셔서 아무 소용이 없다. 그래서 매일 물병을 방에 놓아둔다. 물병에 물이 그대로 있을 때도 있다. 나는 어르신 혈당 낮춤에 도움이 되고 싶은데 매우 어렵다.

2021년 12월 5일 오후 9:07

우기면 장땡

주일 아침 교회 가기 위해 분주하다. 김○○ 어르신의 전화가 왔다. 며칠 전 병원 다녀왔던 약이 아무리 찾아도 없다고 하셨다. 나는 식탁 위에 두고 왔는데 어르신은 내가 어디에 두겠다고 말한 기억이 분명히 생각난다고 하며 우기신다. 더 찾아보시라고 한 후 혹시 내가 들고 왔는가 싶어 가방을 다 뒤집어 털며 찾아보았으나 없다. 3개월분 약이라 많은데 돌아오는 길에 떨어뜨리고 왔나? 많은 생각이 머릿속을 스친다. 당장 가보기에는 거리가 멀어 마음이 답답하다.

조금 후 또 전화가 왔다. 아까 찾을 때 그 약봉지가 있어 만져보기는 했는데 아닌 줄 알았다고. 마음에 먹구름을 덮어주셨다.

오귀자

2021년 12월 10일 오전 12:13

이 음식은 잘 드실 거지요?

한○○ 어르신은 식사를 조금 드시고 반찬을 고르게 드시지 않아 반찬을 만들 수도, 그렇다고 안 만들 수도 없어 늘 고민하게 된다. 오늘 출근하니 코다리가 있었다. 오늘은 잊어버리지 않고 기억해서 동네에 오는 트럭에서 샀다고 하셨다. 무 넣고 조렸더니 너무 맛있다며 드셨다. 제발 "버려"라고 하지 말고 다 드셔요. "매는 싫어도 맞을 수 있지만 음식 싫은 것은 먹을 수 없지." 말씀은 정말 잘하십니다.

2021년 12월 12일 오후 4:13

1인 시위 다녀옴

장기요양공단은 어르신 서비스 시간을 82시간에서 72시간으로 단축하더니 요양보호사에게 지급되던 처우 개선비를 폐지하고, 2022년에는 치매 인지 활동 가산비를 폐지하겠다고 한다.
서울시는 2차 종합 계획에서 요양보호사 독감 무료 접종 예산과 처우 개선비 등을 삭제했다. 코로나19 시기에 필수 노동자라고 칭하면서 혜택을 더하기는커녕 있던 걸 폐지한다면 의욕마저 폐지할 뿐이다.
1인 시위를 마치고 돌아와 얼굴에 열이 난 듯하여 여러 번 체온을 측정하였다. 자다가 깨면 또 측정하고 아침에 일어나자마자 측정했다. 방문하는 어르신들의 감염이 두려워서다. 감염이 두렵다고 이용자나 보호자 들이 방문을 거절해서 근무가 단절된 요양보호사들이 많다. 이래도 돌봄 현장이 괜찮다고 생각해서 그러시나요?

오귀자

2021년 12월 13일 오후 10:11

어찌 이런 우연이

오늘 근무 마치고 병원 가려고 아침부터 서둘렀는데, 병원이 먼데 5시까지만 진료라니 그 시간까지 도착이 어려워 내일로 미뤘다. 허탈한 발걸음으로 집에 오려다 오전 근무지인 한○○ 어르신 댁에 오전에 하려다 못 한 코다리조림이나 해드리려고 들렀다. 어르신은 꿈나라에 계신 듯 문을 열어도 모르신다. 무를 썰어 가스레인지에 올리고 불을 켜니 불통이다. 가스레인지 중간 밸브에 부착된 타이머 배터리가 방전됐기 때문이다.
배터리 사다 끼우고 조림이 끝나니 어르신이 나오셨다. 어르신이 가스레인지 켜다 안 되면 안양 사는 딸에게 전화해도 빨리 오기 어려운데. 오늘 기분이 허탈해 어르신 댁 들렀다가 큰일 한 건 했네. 다행!

2021년 12월 16일 오전 12:01

공익광고

오늘 김○○ 어르신이 "텔레비에서 요양보호사 광고를 하던데"라고 하셨다.

"'아줌마 NO! 요양보호사'라는 거요?"

"맞아, 그거." 93세 어르신이 공익광고를 보고 하신 말씀이다.

"요양보호사라고 부르지 않고 아줌마라고 부르기 때문에 그런 공익광고를 하는 거예요."

"나는 선생님이라고 부르는데"라고 하셨다.

"어르신은 손님이 오거나 남 앞에서 부를 땐 아줌마라고 하시잖아요. 조카나 손님 오면 '아줌마, 커피 세 잔', 시장 가면 '나 도와주는 도우미'라고 하셔서 시장 사람들이 '도우미랑 시장 왔네' 하잖아요."

"사람들이 모르기 때문에……"라고 말끝을 흐리셨다.

오귀자

2021년 12월 17일 오전 1:40

임시방편

내가 활동하는 소모임 '동행'은 연필 드로잉 모임인데, 코로나19 때문에 비대면 수업이라 수채화 물감이나 색연필 이용 컬러링을 하고 있다. 이번 주 숙제는 크리스마스카드를 그리는 것인데 난 미처 숙제를 하지 못했다. 줌으로 하는 수업 시간 30분 전인데 무언가를 해야만 할 것 같아서 남들이 웃거나 말거나 급히 작품을 만들기로 했다. 갑자기 생각한 거라 예쁜 한지도 없어 화장지를 뜯어 꽃잎 만들어 붙이고 물감을 혼합할 새도 없이 연두색으로 잎을 그렸다. '행복하세요'라고 쓰려고 했는데 가족들이 옆에서 말을 걸어서 '행복행'이라고 쓰고 있는 게 아닌가. '행복행요'라고 쓰라고 놀리는 가족들. 할 수 없이 실수한 '행' 자 위에 꽃 한 송이를 더 붙이고 잎을 그렸다.

수업을 하려고 카톡방에 작품을 올렸다. 난 부끄러운 변명을 했는데 선생님께서 "어쩜 오늘 수업에서 설명하려고 하는 콜라주 기법을 먼저 했느냐"라고 하셔서 모두 웃었다.

2021년 12월 17일 오후 8:53

참 잘했어요

한○○ 어르신은 상추나 배추 등 쌈을 참 좋아하신다. 그래서 쌈을 자주 준비해두는데 식사할 때 냉장고에서 쌈만 꺼내시고 쌈장 꺼내는 것은 잊으셔서 쌈을 맛있게 드시지 못한다. 그래서 쌈을 큰 그릇에 담고 도자기로 된 작은 소주잔에 쌈장을 담아 그 그릇 안에 넣어둔다. 어르신은 나의 아이디어를 느끼지 못하시나 난 나의 아이디어를 스스로 칭찬하니 참 기분이 좋다.

오귀자

2021년 12월 18일 오후 11:34

오늘 하루

모처럼 한가한 토요일이다. 요즘 허리가 아팠으나 치료받을 시간이 없었다. 오늘은 가끔 가는 한의원에서 침을 맞고 원장님께 김○○ 어르신 불면증 상담도 했다. 한약 요법도 있다고 하니 어르신과 상의해보기로 했다.

한의원 앞 이름난 김밥집에서 김밥과 주먹밥을 샀다. "이틀이나 안 오면 난 뭘 먹지?" 하시던 김○○ 어르신 말씀을 떠올리며, 식기 전에 드시게 하려고 마라톤을 했다. 김밥만 드리고 다음 어르신 댁으로 가려고 했는데 하고 싶은 말이 많다고 붙잡아 할 수 없이 함께 김밥을 먹었다.

한○○ 어르신 댁으로 가던 중 자주 뵙는 어르신이 이 추운 날씨에 폐지를 모으고 계셨다. 김밥을 드린 후, 식기 전에 드시라고 당부하고 한○○ 어르신 댁으로 갔다. 주무시고 있던 어르신은 내가 왜 지금 왔는지 모르고 반기신다. 주먹밥 드신 후 즐겁게 함께 커피를 마시고 아침 약을 드렸다. 잠시 후면 내가 다녀간 것을 잊어버리실 것을.

딸에게 김밥 사다 준다던 내 손은 빈손인 채 볼에 스친 찬 바람에 정신이 들었다. 무의식 속에 요양보호사의 일을 마치고 돌아온 것 같아 피식 웃음이 나왔다.

일기예보대로 눈이 내렸다. 내게 주신 선물 같아서 기분이 좋다.

2021년 12월 20일 오전 11:35

손수건

한○○ 어르신은 콧물이 나오지 않아도 습관적으로 계속 코를 닦으신다, 화장지가 수북하게. 화장지에서 먼지가 떨어져 해로울 것 같았다. 키친타월을 준비해드렸더니 부드럽지 않고 거칠어서 좋지 않았다. 그러던 차에 어르신 서랍에 손수건이 여러 개 있는 것을 보았다. 모두 빨아서 주무시는 머리맡과 식탁 위에 두고 쓰시게 했더니 화장지를 쓰지 않으셨다. 매일 손수건 빠는 수고로움이 있지만 어르신께는 좋은 것 같아 잘했다는 생각이 든다.

오귀자

2021년 12월 28일 오후 11:39

성탄절 예배를 드린 후 아이들의 성탄절 축하 성극을 보았다. 특히 유치부 아이들의 율동은 많은 사람에게 웃음을 준다. 제법 의젓하게 율동하는 아이들 곁에서 몸을 꼬고 서 있는 아이. 그들을 향해 손뼉을 많이 쳤다.
집에 돌아와 한가롭게 TV 앞에 누워 자다 깨다 시간을 보내는데, 뉴스에서 나오는 한파주의보와 동파주의보라는 말에 정신이 번쩍 났다. 한○○ 어르신 댁 보일러 생각이 났다. 옥외에 있는 보일러실에 열선 처리가 되어 있는데 스위치가 꽂혀 있는지 확인하지 않고 왔기 때문이다. 어르신께 전화한다 해도 어르신은 할 수 없으시니 30분이나 걸리는 어르신 댁으로 달려갔다. 이미 동파되었으면 어쩌냐 하며…….
다행히 스위치는 꽂혀 있었다. 다음 날은 일요일이고 근무가 없는 날이라 간 김에 주변을 정리하고 있는데 아들과 며느리가 방문했다. 사유를 설명하고 민망한 마음으로 나오는데 고맙다는 표현이 없어 아쉬운 마음이 들었다. 내가 과잉 활동인가?
월요일에 출근하니 집 안이 싸늘하고 보일러 가동이 멈춰 있는 게 아닌가. 서둘러 헤어드라이어를 쏘았지만 어디를 쏘아야 할지 알 수가 없었다. 일단 바닥 쪽부터 쏘기로 하고 한참 동안 쏘았더니 보일러 가동 소리가 들렸다. 아! 다행!
섭섭하던 마음도 함께 풀렸다.

2021년 12월 29일 오후 12:26

어르신 그곳은 춥지 않으시죠?

2년 전 이맘때, 그때도 한파로 몹시 추웠다. 김○희 어르신은 무릎이 아파서 아예 외출을 못 하실 뿐 아니라 집 안에서도 엉덩이로 이동하셨다. 그런데 지하에 사셔서 집이 춥지 않다고 늘 보일러를 꺼놓고 계시는 바람에 동파될 수 있으니 켜놓아야 한다고 당부를 드렸다.

영하 15도 밤 11시쯤 전화가 왔다.

"우리 보일러가 안 돌아가요. 언 것 같아요."

내가 자다 말고 일어나 아들 방 침대 위에 깔린 전기장판을 빼내니 잠자던 아들이 "난 얼어도 괜찮고 할머니만 위하세요?" 한다.

뛰어가니 어르신은 냉방에 계셨다. 우선 하룻밤을 전기장판으로 주무시고, 다음 날 서비스 신청하니 보일러에 연결된 수도관이 동파되었다고 했다. 자라 보고 놀란 가슴 솥뚜껑 보고 놀란다고, 한번 고생하신 어르신 그날 이후로는 절대 보일러를 끄지 않으셨다.

어느 날 갑자기 뇌경색으로 하늘나라에 가신 어르신, 그곳은 동파 염려가 전혀 없는 곳이지요?

오귀자

2021년 12월 30일 오후 10:18

한바탕 웃음

한○○ 어르신께 아침 식사를 드린 후 커피를 마시려는데 자세히 보니 조끼를 뒤집어 입고 계셨다. 내가 호들갑스럽게 장난치며 놀렸다. 옷을 뒤집어 입으면 떡을 먹는다는데 어르신 덕분에 나도 떡을 먹게 되었다고.

"떡 줄 사람이 아무도 없으니 생각도 말아."

"줄 사람 없으면 만들어 먹으면 됩니다."

냉동실에 있는 가래떡을 꺼내어 전자레인지에 데웠다.

"따끈따끈한 떡 만들었어요."

어르신은 드시다 말고 웃고 또 드시다 말고 웃고. 있는 떡을 만들었다고 우겼더니 웃음꽃이 폈다. 어르신! 다 잊어도 우리가 웃었던 것은 기억해주세요.

2022년 1월 4일 오후 11:40

여자는 여자

김○○ 어르신이 식욕이 없다고 점심 식사를 반도 드시지 않았다. 기력이 없어 마치 침대가 잡아당기는 느낌이라고 하셨다. 머리 염색을 하겠다고 하셔서 속으로 걱정이 되었지만, 정성껏 염색을 하면서 여러 가지 이야기를 나누었다. 별 잘못도 없이 남편에게 한 대 맞았는데 이 말 듣고 어르신 할머니가 몽둥이 들고 쫓아와 손주사위를 때릴 수 없어 툇마루를 두들기고 가셨다는 이야기. 바로 옆집 담장 너머에 사는 옆집 오빠가 편지 써서 돌담 위에 올려놓고 돌멩이로 눌러두었다던 이야기. 이런저런 이야기를 나누다 머리까지 감고 나니, 어르신은 생기가 돋아 함께 커피를 마셨다.

"에라! 잠이 안 올지라도 한 잔 마실 거야."

94세 어르신께 염색이 힘이었네.

오귀자

2022년 1월 6일 오전 11:08

복 받으세요

아침에 출근하여 한○○ 어르신 의치부터 닦아드린다.

"고맙습니다. 이런 것까지 닦아주어서."

"걱정 마세요. 이런 것 닦아드리려고 옵니다"라고 했더니 "복 받으세요"라고 하셨다. 당연한 일 하면서 복 받으라는 덕담 받으니 갑자기 마음속에서 울컥하며 올라왔다. 그래, 나도 작은 일에도 복을 빌어보자.

2022년 1월 8일 오후 10:39

아파보니 아픈 사람 심정을 알겠네

오후부터 팔이 아프기 시작했는데 저녁이 되니 더 심하게 아파서 마사지를 했다. 자고 나면 좀 나아지려니 했는데 손가락을 움직일 수도 없게 통증이 심했다. 스스로 옷을 입을 수도 없었다. 병원으로 달려가면서 별별 생각을 다 했다.

정형외과에는 웬 환자들이 그리 많은지? 엑스레이를 찍고 의사를 만나기까지 또 많은 시간을 기다려야 했다. 의사 선생님은 갑자기 아픈 게 아니라 오래전부터 석회화가 시작되었다고 했다. 주사를 맞고 약 처방을 받고 오전 어르신 약을 드려야 하기에 어르신 댁으로 갔다.

늘 아프다고 하시던 어르신들을 생각했다. 어르신들이 통증을 호소할 때 늘 엄살 반 통증 반이라고 생각했던 것을 후회했다.

주사와 약이 효과가 좋았는지 하루 지나니 근무는 할 수가 있다.

하루빨리 완치되어야 하는데…….

오귀자

2022년 1월 14일 오전 10:55

선택권

김○○ 어르신은 무슨 일이나 본인이 선택권을 행사하신다. 그래서 시장도 항상 동행하여 물건을 고르신다. 만약 요양보호사가 혼자 가서 사 올 경우, 어르신이 말씀하신 대로 사 왔지만, 다른 색은 어떻더냐, 싱싱한 것으로 골라서 샀느냐, 크기는 어떻더냐, 라고 하셔서(난 의심증이라고 이름 붙임) 무척 신경이 쓰인다. 그래서 보행이 불편하고 걸음이 느리셔도 운동 삼아 가자며 동행한다.
어제는 날씨도 춥고 기력이 없다고 걱정하면서도 마트에 프라이팬 등 물건을 사러 가셨다. 힘이 드셔 마트 앞에 멈춰 서서 나 혼자 들어가 사 오라고 하셨다. 난 속으로 '여기까지 오셔선 나 혼자 사 오라고요? 어떤 트집 잡으시려고요?' 생각하며 손 붙잡고 마트에 들어갔는데, 어르신이 고르지 않고 내 맘대로 고르라고 하신다. 몹시 힘이 드셨나 보다.
예쁜 조화 코너 앞에서 분홍색 장미 한 다발을 골라 들고서 예쁜 꽃을 골라보라고 하셔서 연보라와 흰색 수국을 집었더니 고개를 갸웃거리셔서 얼른 놓고 분홍 장미가 예쁘다고 권해드렸다. 그래, 그게 함정인 것을…….
집에 돌아와 분홍색 장미를 너무 좋아하셨다. 수국을 계속 권했다면 며칠간 내 속이 쪼그라들었을 텐데 참 다행이다.

2022년 1월 20일 오후 3:07

소재 활용 아이디어

어르신 댁 방문하는 길에 등나무 넝쿨 한 줄기가 바닥에 떨어져 있어서 주워 왔다. 풀밭에서 마른 강아지풀 꽃도 함께 꺾어 왔다. 치매 인지 활동에 응용해보려고 주워 왔는데, 어떻게 이용할지 연구를 해야 한다.
크리스마스가 다가오고 있으니 어르신과 크리스마스 장식을 만들어보자고 했더니 어르신이 좋다고 하셨다. 꽃병에 마른 강아지풀 꽃을 꽂고 등나무 가지도 함께 꽂았다. 등나무 긴 가지 끝을 테이프로 벽에 고정하고 가지 중간에 작은 장식품을 매달았다. 빨간 색종이로 어르신 한 개 내가 한 개 하트를 접어 마주 붙이니 입체적 하트가 되었다. 작은 눈사람을 만들어 매달아놓으니 아이디어가 좋다고 어르신이 손뼉을 치셨다. 이 작은 인지 재활 활동으로 인한 즐거움으로 어르신께서 행복한 크리스마스와 복된 새해를 맞으시기를 기도한다. 어르신! 불면증의 고통을 벗어버리고 건강하세요.

오귀자

2022년 1월 28일 오전 12:36

밥을 먹지 않아도 화장은 했다

김○○ 어르신은 93세인데 항상 화장을 곱게 하셨다. “밥은 굶어도 화장은 항상 했지”라고 하셨다. 기력이 없거나 우울하거나 몸이 아파도 화장을 하고 나면 기운이 나고 활력이 생겼다고 하셨다. 마치 어떤 활력소를 몸에 장착한 것처럼. 그런데 코로나19 이후 마스크를 쓰기 시작한 후부터 화장하지 않고 지내니 답답하기 그지없다고 하신다. 누구나 바라듯 마스크 벗고 화장하고 산뜻하게 외출하고 싶다고 하신다.

지금은 하늘나라에 가신 이○희 어르신이 생각난다. 양쪽 무릎 관절염으로 인해 외출을 전혀 할 수 없는 독거 어르신이다. 여동생에게 머리 염색약을 사다 달라고 부탁을 했더니 밖에도 나가지 않는데 왜 염색을 하려느냐고 해서 몹시 섭섭하고 화가 났다고 하셨다. 내가 늘 염색약을 사다 염색을 해드렸다.

이○희 어르신도 같은 마음이었을까? 나이를 먹어도 여자는 여자인 것을.

2022년 2월 2일 오전 9:58

설빔

한○○ 어르신께 목욕 서비스를 하려고 하는데 날씨가 춥다고 나중에 하겠다고 하셨다. 설을 맞이하려면 몸도 마음도 상쾌해야 하지 않겠느냐고 말씀드려도 마찬가지였다. 마침 아들 며느리가 코로나 거리두기 때문인지 미리 다녀가면서 예쁜 티셔츠를 사다 놓은 게 있었다. 티셔츠가 예쁘고 두툼하여 너무 따뜻하겠고, 그리고 며느님이 참 고맙다며 호들갑을 떨었다. 나중에 하시겠다는 말씀을 꺼낼 겨를도 없이 서둘렀다.
일주일에 한 번씩 이런 아이디어가 필요하다. 아들이 욕실에 벽걸이 난로를 달아놓았으니 얼마나 따뜻한지 봅시다. 또는 속옷을 새로 샀으니 등등.
머리끝을 살짝 다듬고 목욕을 끝내고 나니 어르신은 너무 고맙다고 하셨다. "땀을 뻘뻘 흘리면서 나를 위해 고생하는데 나는 싫다고 했으니 미안하기만 하구먼."
그러나 한 시간쯤 지나면 이 따뜻한 기억이 어두움 저편으로 날아가버릴 것을 생각하니 마음 한구석이 싸릿하다. 새해 복 많이 받으시고 건강하시라고 서로 인사를 나눈 후 설 연휴로 4일간을 오지 않는다고 말씀드리니 "나는 어쩌라고?" 하셨다.
지금은 나를 잊으시고 가족들과 잘 보내고 계시겠지만 안부가 궁금하다.

오귀자

2022년 2월 6일 오전 12:46

봄은 어디쯤 오고 있을까?

오늘 날씨가 매우 춥다. 영하 7도라고 해서 집을 나설 때 무장을 했다. 옷깃을 단단히 여미고 두꺼운 목도리를 두르고 장갑을 준비하고 모자를 눌러썼다. 이렇게 날씨가 추우니 우리 어르신들이 걱정된다. 보일러나 수도가 이상은 없는지? 발걸음이 더 바빠진다.

며칠 전 내린 눈이 응달에는 채 녹지 않아 미끄러워 넘어지지 않으려고 종종거리며 웅크리고 걸었다. 문득 허리를 펴고 위를 쳐다보니 나무들이 두 팔을 벌리고 서 있었다. 조금이라도 더 햇볕을 받기 위해서 겨드랑이까지 드러내고 있는 것일까? 부모의 심정 같다는 생각이 들었다. 햇볕을 받아 싹을 내고 잎을 내고 꽃을 피우고 열매를 맺고. 자식에게 아낌없이 주고 싶어 하는 부모 마음. 어서 봄이 오기를 기다려본다.

2022년 2월 8일 오후 9:52

어르신 돌봄 안에서만 있는 가치

'예쁜 그림' 소모임 단톡방에 "오귀자 축하"가 카톡거렸다. 좋은 돌봄 인식 개선 공모전에 응모한 시가 인쇄되어 발표되었다며 축하한다는 인사다. 상을 받아서 울컥한 게 아니고 어르신 돌봄 안에서만 공감되는 내용이라고 생각되어 목이 메었다. 치매 어르신과의 인지 활동에서만 이해되는 내용이 아닐까?
난 해남 바닷가에서 자랐다. 그래서 서산에서 사셨던 어르신의 이야기에 잘 공감할 수 있다. 그것도 나에게는 감사한 일이다.

오귀자

2022년 2월 12일 오후 11:44

내 식구와 남 식구

김○○ 어르신은 94세에 독거이시다. 어르신이 부엌에서 넘어져 옆구리와 등에 통증이 심하다고 하신다. 오랜만에 아들이 찾아와 등에 파스를 붙여드리고 이불을 덮어드리고 다독거려주면서 병원에 가서 주사라도 맞으시라고 하면서 갔다는 것이다. 항상 그랬듯 요양보호사를 염두에 두었을 것이다.

처음으로 파스를 붙여주고 이불 덮어 다독거림을 해주었다면서 대여섯 번을 되뇌며 좋아하셨다. 나랑 치과, 안과, 내과, 신경과 등 모든 진료 과에서 거의 매일 진료를 받으시고 이제는 불면증으로 인하여 신경정신과까지 진료 동행하고 있으며 내가 수없이 파스를 붙여드렸는데……. 역시 내 식구와 남 식구의 차이일까?

2022년 2월 17일 오전 2:03

이젠 먹을래

내가 어렸을 때에는 쌀이 보리쌀보다 적었다. 그래서 쌀을 조금 넣은 꽁보리밥을 먹고 자랐다. 어머니께서 잔칫집에 다녀오시면 언제나 떡을 가져오셨다. 그 당시에는 여러 가지 떡을 만들어 잔치에 오신 손님들에게 싸 주었기 때문이다. 쌀이 적으니 인절미는 조금이고 쑥떡, 멥쌀떡, 좁쌀떡 등이었던 것 같다. 우리 큰오빠는 찹쌀 인절미만 먹겠다고 고집부리며 울었는데, 버릇 고치려고 울거나 말거나 가족들이 모두 먹고 몇 개 남지 않게 되면 "이젠 쑥떡도 먹을래"라고 했다며, 부모님이 오빠가 다 클 때까지 놀리셨다.

요즘 김○○ 어르신이 방 안에서 넘어져 등, 허리, 가슴, 옆구리 통증이 심하다며 전보다 더 식욕이 없다고 하신다. 식사를 하시라고 했더니 생각이 없다며 일어나지 않으셨다. 입맛이나 생각으로 드시지 말고 건강으로 드시라고 설득해도 싫다고 하시더니 근무가 끝나서 태그를 한 후 집을 나오려는데 "미안한데 떡국을 끓이거나 빵을 데워 함께 먹자"라고 하셨다. 간다고 하니 이젠 빵이라도 먹을래, 하십니까? 어린아이였던 우리 오빠 닮았나요?

오귀자

동행 글

요양보호사의 좋은 돌봄이 당신과 나의 노후 보장이다 _ 김영옥

밴드를 개설해 요양보호사의 일과 생활을 하루에 세 문장씩 글로 남기자는 제안을 했을 때 그는 “마음속에 쓸 글이 가득”이라고, 그런데 잘 꺼낼 수 있을지 모르겠다고 했다. 밴드 활동이 지속되면서 그의 말이 여러 번 떠올랐다. 그의 머릿속에는 표현되어 기록으로 남기를 기다리는, 그래서 타인과 공유할 수 있는 경험이 되려는 행함의 기억이 정말 많았다. 짧게 또는 길게 문장이 된 그의 돌봄 경험은 돌봄 위기의 면모들을 구체적으로 일깨운다. 위기와 악조건에도 불구하고 최선을 다할 때 돌봄은 어떤 모습이고 어떤 감정의 파고를 일으키는지 드러낸다.

무엇이 돌봄 위기의 내용인지, 무엇이 위기를 심화하는지 ‘전문가’의 진단은 많았을지 모르겠지만 돌봄 현장을 지키고 있는 사람의 목소리는 언제나 부족했고 관심받지 못했으며 곧 사라지곤 했다. 돌보겠다는, 돌볼 수 있다는 사람의 수나 돌봄에 투여되는 시간의 양이 절대적으로 부족하다는 게 위기의 내용이어야 할까. 사실은 돌봄에 관해 시민사회와 국가 차원에서 용인하고 있는 무지, 가치의 평가절하가 위기를 더욱 심화하고 있지 않은가. 바로 그 무지와 평가절하가 돌보겠다는 사람도 돌봄에 투여될 시간도 막아서고 있지 않은가. 요양보호사 오귀자의 글을 읽는다는 건 돌봄이 노동으로, 관계로 이해되고 정착되는 과정의 구체적이고 세세한 면모에 동행하는 것이고, 시민으로서 당신과 나의 자리를 명확히 하는 것이다.

다음 문장은 오랜 시간 발화되기를 기다리며 그의 머릿속에 머물던 말 중에서도 아마 가장 원형적 기억 중 하나에 해당할 것이다. 이 원형적 기억은, 돌봄에서는 적어도 두 사람이 관여한다고 해서 저절로 관계가 형성되는 건 아니라는 지극히 당연한 사실을 쓰리게 가리킨다.

> 내가 참 힘겨워했던 어르신이 계셨다. 버스 세 정거장 떨어진 곳에 시장이 있는데 때마다 보행이 불편한 어르신과 동행하기에는 거리가 멀었다. 어르신이 설명하신 대로 채소를 골라서 사 왔지만 맘에 맞지 않을 때에는 잘못 고른 요양보호사 탓이고, 어르신과 동행하여 직접 골라서 샀을 때에는 나쁜 물건 파는 가게 탓이고. 음식을 조금 더 익히면 물탱이라고 하시고, 조금 설익히면 살아났다고 버리시고. 나는 어르신 맘에 들지 못하고 스스로 멍청이가 되어갔다. 돌아오는 길에 쭈그리고 앉아 양지쪽에 핀 꽃을 보고 또 보고, 담장 너머로 얼굴 내민 꽃을 한참을 우두커니 서서 보기도 했다. 다음 집 이동 시간이 바빠도 먼 길을 돌아 공원에 가서 꽃들을 들여다보며 마음속의 돌을 녹였던 기억이 난다. 요양원 입소하신 어르신은 잘 계실까?
>
> 김영옥

이 문장은 여러 생각을 불러일으킨다. 우선 사사건건 만족을 모른 채 상대방에게서 나쁜 면만 찾아내는 어떤 고집 센 '노인네'가 떠오른다. '이런 식이라면 곤란하죠. 도무지 돌봄 받으실 준비가 안 되어 있잖아요!'라는 말이 터져 나올 지경이다. 더 심할 경우 '아이고, 죽이 되든 밥이 되든 혼자 사시라고 하세요. 그게 제일 속 편하겠네, 쯧…….' 이렇게 말하고 싶은 사람도 있을 것이다. 그러나 마지막 문장에 다다르면 이 힘겨웠던 돌봄의 이야기는 무심코인 듯 다른 장으로 넘어가 있다.

자신을 '멍청이'로 만드는 어르신을 화자는 돌볼 수 있을 때까지, 즉 재가 요양이 끝나고 요양원으로 삶의 장소가 바뀔 때까지 돌봤다. 이 기간이 얼마인지는 모르겠지만, 생략된 채 행간을 채우고 있는 돌봄의 손짓 몸짓이 궁금해진다. '그럼에도 불구하고' 이어진 돌봄의 시간이 과연 변화를 만들어냈을까, 두 사람 사이에 어떤 형태로든 관계라 부를 수 있는 주고받음의 망이 엮였을까 묻게 된다. 그 시간이 요양보호사로서 돌봄을 수행하는 그의 손길을 어르신이 어떤 형태로든 이해하고 인정하는 배움의 과정이었길, 하여 그의 "마음속의 돌"이 차츰 온기를 품고 조금은 말랑말랑 녹여지는 시간이었길 희망하게 된다. 아니, 그렇다고 믿고 싶다. 기억의 끝에 덧붙여진 안부의 말이 소중한 까닭이다. "요양원 입소하신 어르신은 잘 계실까?" 이렇게 안부를 묻는 마음에서 우리는 돌보는 행위가 싹틔우고 자라게 하는 관계의 흔적을 감지할 수 있다.

문장이 된 또 다른 머릿속 돌봄의 장면을 짚어보자.

> "공주에 가서 집 하나 지어서 함께 살자."
> "딸이 셋이나 있으면서 왜 저랑 삽니까?"
> "그런 말 말아라. 너는 큰딸이고 너랑 살고 싶다."
> 그 후 난 제3신경통으로 일을 중단했고 어르신은 요양원에 입소하셨다. 어르신이 주신 파란 수건을 보니 하늘나라에 계신 어르신이 생각나고 마음속에서 아련함이 솟는다.

이 어르신은 앞의 사례와는 달리 요양보호사인 그를 많이 좋아하셨다. 요양원에서 돌아가시기 전 그곳의 요양보호사가 "제가 누굽니까?" 물으면 "오귀자"라고 답하실 만큼 어르신의 사랑은 끝까지 한 결이셨단다. 그는 "찾아가 뵙지 못한 것이 두고두고 후회되고 힘들었다"라고 말한다. 여전히 가족의 돌봄을 최우선으로 여기는 사회문화적 심리가 우세한 분위기에서 요양보호사의 '좋은' 돌봄은 종종 '가족'과 연관되어 기술되거나 평가된다. '가족은 이렇게 돌보지 못해요'가 돌봄노동자의 전문성을 강조한다면, '가족처럼 돌봐요'는 돌봄노동자의 진심을 가리킨다. 같은 사람이 모순된 용법으로 사용하는 '가족'은 더 넓은 사회문화의 배경 아래 모순을 또렷이 드러내면서 동시에 모순 없이 이해된다. "공주에 가서 집 하나 지어서 함께 살자"라는 말에서 나는 "저 푸른 초원 위에 그림 같은 집을 짓고"라는 오래전

유행가 가사가 떠올랐다. 어디 가서 집 짓고 같이 살자는 말은 단순한 동거 제안 이상의 의미를 품는다. 친밀함의 농도를 가장 대중적으로 표현하는 말 아닐까. 그의 마음속에서 솟는 아련함은 그때의 관계가 어르신의 요양원 입소로 중단되지 않음의 증거다.

위의 두 사례는 특히 방문 요양, 즉 계약에 따른 노동으로 수행되는 돌봄이 돌봄 의존자 노년의 집에서 수행될 때의 여러 특성을 잘 드러낸다. 언론에 보도되는 노년 돌봄의 사례는 주로 요양 시설에 해당하여, 돌봄이 필요한 개별 노년의 집으로 찾아가 행하는 돌봄 노동의 경우는 별로 알려지지 않는다. 여기서 '어르신'은 자기 집이기에 더욱 눈치 보지 않고 자기 '기분대로' 처신할 수 있고, 또 밥과 빨래와 청소, 목욕 등의 돌봄 속에서 자라나는 친밀한 감정도 더욱 짙을 수 있다. 돌봄 서비스를 두고 이른바 이용자와 제공자가 벌이는 '밀당'은 계약을 매개로 한 노동이기에 가능하지만, 그 노동의 내용이 다름 아닌 돌봄이기에, 노동이라면 가능하지 않을 영역으로 넘어가곤 한다. 돌봄 노동에서 어렵지 않게 발견하는 참아냄과 견딤은 단지 '내게는 일이 필요하니까'의 경제적 이유를 넘어선 어느 지점에 있다. 교대로 업무가 진행되고, 또 돌봄 자체가 '시설화'될 위험이 있는 요양 시설과 달리 방문 요양에서 돌봄은 좀 더 사적이고 긴밀할 수 있다. 때론 전면적인 관계로 나아가기도 한다. 그래서 거리두기나 적절함 등에서 위태로운 동요가 일어날 수도 있지만, 전면적인 관계가 여는 살아온 생의 이해는 참으로 소중하다. 위에 소개한 두 개의 장면은 방문 요양의 두 극을 스케치처럼 보여준다. 현실에서는 매우 다양한 장면들이 그 사이에서 아코디언의 주름처럼 펼쳐지고 다시 접히면서 방문 요양이라는 리듬을 연주할 것이다.

때론 유머러스한 웃음을 자아내고, 또 때론 어이없는 당혹감을 불러일으키며 공존하는 돌봄의 장면들. 오귀자가 그리는 다양한 장면들은 노년 돌봄의 주요 지점들을 깊이 들여다보게 돕는다. 핵심은 살아온 삶의 내력이야말로 현재 요구되는 돌봄의 맥락이라는 것, 그렇기에 그 맥락까지 고려하는 돌봄의 태도와 기술을 찾아내야 한다는 것이다. 그의 말을 빌리자면 "백인백색"의 원리가 적용되어야 할 뿐, 좋은 노인 나쁜 노인이라는 이분법적 판단은 '도리'가 아니다. 말하자면 맞춤형 돌봄이어야 한다. 맞춤형이라지만 매번 사전 정보도 워크숍도 없는 상태에서 그 어르신의 삶의 장에 '들어서버린' 터라 계속 세밀히 느끼고 관찰하고 탐색해야 한다. 긴 연구의 과정이다. 하면서 익히고, 익히면서 연구한다. 돌봐드려야 할 분이 90세를 넘긴 '독거노인'일 경우, 행하고 익히고 연구하는 이 나선형의 심화 과정에서 또한 빠질 수 없는 것이 있으니, 바로 섬세한 감응력과 창의적 연기력이다.

그는 현재 두 분의 독거 어르신께 돌봄 서비스를 제공하고 있다. 그는 자신이 제공하는 돌봄이 그 두 분께 소중한 것임을 확

신한다. 그에 따른 자부심도 크다. 주말이면 요양보호사인 그가 오지 않는다는 생각에 미리부터 몸이 아프시다는 93세 김 어르신은 그가 도착하면 기다리느라 힘들었다 하시고, 돌아갈 때면 다시 내일까지 어떻게 기다리느냐고 하신다. 그래서 "늘 그곳에 내 마음을 남겨두고 돌아온다"라고 그는 쓰고 있다.(이 문장은 읽을 때마다 마음 한 귀퉁이에 따스한 눈물이 고인다.)

92세에 인지 장애 증상이 있으신 다른 한 분은 주말을 앞두고 문을 나서는 그에게 잘 쉬라고 손을 흔드신다. 그는 "어르신 댁 문밖을 나올 때마다 마음이 싸릿하다." 기다림과 마주 봄, 그리고 웃음이 있는 이 돌봄이 분명 어르신들께는 현재 삶을 생동케 하는 원동력이다.

'좋은 돌봄'이 무엇일까 고민하며 행하는 그의 돌봄 행보엔 유머와 창발적 아이디어가, 다면적 마음 씀이 지속해서 동행한다. 그의 '백인백색 어르신 돌봄'과 함께 또 우리의 주의를 끄는 것은 사적 개인으로서 그의 면모다. 소모임 '동행'에서 연필 드로잉과 컬러링북 칠하기, 주말농장 텃밭에 가기, 교회 생활 하기, '좋은 돌봄 실천 걷기 소모임'에서 활동하기, 요양보호사 돌봄 사례집 모임과 한 달에 한 번 만나서 걷고 먹고 마시며 수다 떠는 '민들레' 모임에 참여하기. 사적 생활 세계에서 그가 행하는 다양한 자기 돌봄과 활동은 돌봄 노동 현장에서 그가 발휘하는 역량과 어우러져, 돌봄노동자이며 사적 개인이며 시민인 오귀자의 모습을 입체적으로 그려낸다. 우리는 집단으로 호명되는 요양보호사가 아니라 '오귀자'라는, 개성을 지닌 한 인격체를 만나게 된다. 이로써 그가 수행하는 돌봄이, 그가 묘사하는 장면들의 더 넓은 배경과 맥락이 이해된다. 그가 크리스마스 토요일에 한파주의보를 듣고, 돌보는 어르신 집의 동파 위험을 막기 위해 30분이나 되는 거리를 달려가 보일러를 살피고 이런저런 주변 정리도 할 때 독자인 우리는 어르신의 관점에서 안도하고 고마워하고, 그때 만난 아들과 며느리가 고맙다는 말 한마디 건네지 않을 땐 목격자의 관점에서 나서고 싶어진다. 오귀자가 보여주는 돌봄의 전문성은 독거노인으로 살다 죽을 나 같은 사람에겐 더할 나위 없이 중요한 '노후 보장'이다. 사회가 이런 돌봄 역량을 어떻게 더 키우고 돌볼 것인지가 사회보장제도의 근간이어야 할 이유다.

김영옥

김영희

2021년 9월 4일 오후 10:07

옥희살롱 입학 첫날부터 지각했다. 다행히 자기소개 시간이라 은근슬쩍 묻혀 지나갔다. 이 수업이 모두 끝날 때까지 얼마나 더 지각을 할지. 이제 지각을 넘어 제발 결석은 하지 않기를 감히 다짐해본다.

2021년 9월 6일 오전 3:01

남편과 아들이 벌초하러 갔다. 예년 같으면 그냥 가나 보다 하고 별로 신경 쓰지 않았다. 그런데 올해는 아들과 먹는다며 점심을 챙겨달라고 했다. 결혼하고 40년 만에 처음 있는 일이다. 새벽에 일찍 일어나 도시락 싸느라 부산을 떨었다. 코로나 이전에는 문중에서 일가친척들이 모여 함께 벌초를 하고 가까운 식당에서 점심을 해결했었다. 그러나 코로나가 벌초 문화도 바꾸어놓았다.

김영희

2021년 9월 7일 오전 5:39

"밥은 언제 줍니까?"
"어르신 식사 안 하셨어요?"
"예, 안 했어요."
점심 드신 지 30분이 채 지나지 않았다.
"어르신, 지금 밥 뜸 들이는 중인데 조금만 기다리세요. 밥 맛있게 해드릴게요."
나는 오늘도 눈 하나 깜짝하지 않고 능청스럽게 거짓말을 한다.

2021년 9월 8일 오전 6:44

엄마가 병원에 입원해 계신다. 생의 마지막 지푸라기 하나를 잡고 계신다. 코로나로 인해 면회는 할 수 없고 의사나 간호사를 통해 상태를 알 뿐이다. 엄마와는 휴대폰으로 목소리만 듣고 있다.
그것도 상태가 괜찮을 때에만 가능하다.
어제는 아버지에게 전화해 배가 고프다고 하시며 서글픔을 호소하셨다고 한다. 엄마는 말기 암으로 입원 후 입으로 먹을 수가 없고 수액으로 연명하고 계신다. 그것도 부종이 심해서 수액도 조금씩만 들어간다고 들었다. 아직 정신은 있어 현재 자신의 상태에 무척 고통스러워하고 계신다.

2021년 9월 9일 오전 7:13

새벽 운동을 했다. 운동이라야 집 가까운 형산강 둑길을 한 시간 남짓 걸어갔다 오는 것이다. 가을장마라 비가 와서 못 가고 새벽잠의 달콤한 유혹 땜에 일주일 가까이 빼먹었다. 이불 속을 빠져나오기가 힘들지 일단 집을 나서면 제법 서늘한 가을바람이 상쾌하다. 돌아오는 길은 발걸음도 가벼워진다. 내일은 오늘보다 더 가벼워질 내 발걸음을 기대해본다.

2021년 9월 10일 오전 5:37

고구마를 캤다. 평소 상추나 열무는 시골에 온 후 뿌려서 수확해봤지만 고구마는 처음이다. 오일장에 갔다가 우연히 눈에 띈 고구마 모종을 지난봄에 심었다. 심고 난 후 완전 방치해두었다. 잦은 비로 풀밭인지 고구마밭인지 모를 정도로 풀이 무성했다. 그래도 때가 되니 줄기도 쭉쭉 뻗고, 얼마 되지는 않지만 크고 작은 고구마를 한 소쿠리 캤다. 오늘 저녁에는 고구마 줄기를 삶아 갈치조림을 해 먹어야겠다.

김영희

2021년 9월 15일 오전 9:31

새벽 운동을 나갔다. 강둑길은 태풍 영향으로 바람이 많이 불었다. 모자가 날아가지 않도록 푹 눌러쓰고 바람과 맞서 걸어갔다. 얼마 전부터 돌아오는 길에는 위를 보는 습관이 생겼다. 평소 아무렇지도 않게 다녔던 길 바로 눈앞에서 순식간에 바닥으로 무언가가 떨어졌다. 올려다보니 5미터쯤 되는 가로등 덮개 위에 앉아 있던 비둘기의 분비물이다. 그다음부터는 가로등 아래를 지날 때마다 위쪽을 쳐다보는 습관이 생겼다.
오늘은 비둘기가 몇 마리나 앉아 있나 살펴보고 혹시 지나가는 순간 새똥 세례를 받을까 봐 뛰어서 지나간다. 그런데 오늘은 한 마리도 보이지 않는다. 새들도 심한 바람에는 몸조심을 하라는 연락을 받았나 보다.

2021년 9월 19일 오후 2:30

예술 작품 빚듯 송편 만들기에 열중이십니다.
“와 이레 못 생깃노, 손이 굳어 예쁘게 안 만들어진다.”
왕년의 솜씨가 나오지 않는가 봅니다.
“아뇨, 이쁘게 만드셨네요. 양쪽 끄트머리만 꼭꼭 눌러 속만 안 터지면 됩니다” 하며 칭찬해드렸더니 한마디 더 하시네요.
“옛날에는 왜 그렇게 송편만 만들면 잠이 쏟아지던지…….”
여러 가지 음식 준비하느라 명절이면 얼마나 피곤하셨겠어요.
옆에서 묵묵히 송편 빚던 어르신이 “아마도 올해가 송편 만드는 마지막 해가 안 되겠나” 하며 서글픈 듯 넋두리를 하시네요.
“모르긴 해도 10년은 더 만드실 겁니다.”
“무슨 그런 택도 없는 소리를 하노” 하시며 손사래를 치셨지만 내심 싫지는 않으신가 봅니다. 오늘도 어르신들과 좋은 추억 하나 쌓아갑니다.

2021년 9월 24일 오후 6:58

우리 어르신이 파마와 염색을 하러 미용실에 왔어요. 걸음도 겨우 걸으시는 할머니도 여자랍니다. 흰머리보다는 검은 머리로 단장하고 싶으신가 봐요. 이 세상 소풍 끝나는 날까지 단정한 모습 유지하도록 지켜드릴게요.

김영희

2021년 9월 25일 오후 5:41

아침 운동 하러 나가려는데 비가 내렸다. 어이구, 잘됐다 생각하고 다시 누웠다. 한 시간쯤 뒤 밖을 보니 날이 맑아지길래 다시 주섬주섬 옷 갈아입고 강둑길을 걸었다. 한참을 가다 보니 눈앞에 무지개가 건물 사이로 비쳤다. 참으로 오랜만에 본 무지개였다. 무지개가 눅눅했던 기분을 환하고 설레게 만들었다.

2021년 11월 6일 오전 6:42

두 어르신이 소파에서 서로 기대서 나란히 낮잠을 즐기고 계십니다. 브로맨스? 절대 아닙니다. 눈만 마주치면 으르렁거리는 절대 앙숙이세요. 간밤에 어여쁜 마나님과 오랜만에 만나 회포를 푸느라 못 주무셨나? 아니면 밤새 화장실 들락거리느라 잠을 설치셨나? 괜한 생각들을 하고 있네요.
두 어르신 모두 한밤중인 것마냥 잘도 주무시네요. 이제 일어나서 또 한바탕 티격태격 싸우셔야 밤에 더 잘 주무실 텐데…….

2021년 11월 14일 오후 2:16

저희 양로원에서 김장 담그기 행사를 진행했습니다. 김장을 한다고 알렸더니 "나이 많은 사람들이 하믄 추접고 흰머리 떨어져서 안 된데이" 하시며 별로라고 반응하십니다.
"괜찮아요. 머리에 흰 모자 쓰고 앞치마 입고 고무장갑 끼고 하시면 됩니다."
참여하시는 어르신은 김장 복장으로 무장하고, 지켜보시는 어르신은 김장 감독관으로 초대해 행사를 진행했답니다. 아흔이 훌쩍 지난, 치매가 있으신 어르신이 참여하려고 하자 한 감독관 어르신이 "시키지 마라, 못 한데이" 하시며 제지했습니다.
감독관의 명령을 무시하고 그 어르신도 참여하시도록 했습니다.
양념을 바닥에 많이 흘리셔서 신발에도 묻고 앞치마에도 묻어 요양보호사들이 닦느라 애는 먹었지만 어르신은 재미있어하셨습니다. "배추 깐물(바닷물)에 젤이면 김치 해놓으면 참 맛있데이" 하시며 경험담을 늘어놓자 주변의 어르신들도 맞다며 고개를 끄덕였습니다. 과거의 실력이 되살아나서인지 신이 나서 너무 열심히 하는 바람에 배추가 금세 바닥을 보이기 시작했습니다. "공장이 잘 돌아가서 너무 빨리 문 닫게 생겼어요. 천천히 하세요" 하며 말렸지만 아쉬운 듯 끝났습니다.
방구질(방귓길) 나자 보리 양식 떨어진다는 말이 이때를 두고 한 말인 것 같습니다.

김영희

곳곳에서 열심히 한 흔적이 눈에 띕니다. 옷 여기저기에도 그렇고, 신발은 발등 부분보다 바닥에 빨건 양념이 더 묻어 있네요. 그래도 해냈다는 자부심으로 뿌듯해하시는 모습이 보기 좋습니다. 그날의 점심에는 수육과 막걸리가 추가되었답니다.

2021년 12월 24일 오전 10:59

동지팥죽

한 해 중 밤이 가장 길다는 사실보다 동지팥죽 쒀 먹는 게 제일 먼저 생각납니다. 우리 양로원에서도 어르신들과 팥죽에 넣을 새알심을 만들었습니다. "너무 크면 넘기기 힘들지도 모르니까 작게 빚으세요" 말씀드렸지만 크기가 제각각입니다. 새알심을 잘 빚고 계시던 한 어르신이 맞은편 어르신께 "겉이 매끄럽해야지, 턱턱 갈라지면 안 된데이" 하고 한 말씀 하시더니, 말 떨어지기 무섭게 "아이구 맞다. 내가 너무 말이 많다. 이노무 입을 꼬매든지 해야지 안 되겠다" 하십니다. 평소에 주변 어르신들을 잘 챙기시지만 관심만큼 잔소리 또한 만만치 않으신 어르신입니다. 그래도 어르신 본인이 먼저 알고 있어 정말 다행입니다. 그렇지 않으면 싸움이 일어나거든요.
새알심의 다양한 크기만큼 성격 또한 다양한 분들이 서로를 챙기기도 하고 때로는 아웅다웅하면서도 양로원의 하루하루는 잘 돌아갑니다. 어르신과 직원 들의 손맛이 어우러져 올해 팥죽도 너무너무 맛있었답니다.

김영희

2022년 1월 18일 오후 5:59

웬 위조지폐(?)냐고요? 저희 양로원에서만 통용되고, 그것도 딱 한 분에게만 적용되는 지폐가 있습니다. 그 한 분은 보통 때에는 누가 봐도 정상입니다. 그런데 망상이 너무 심할 때에는 남편인 영감님을 폭행하는 통에, 하는 수 없이 아들의 연락으로 이곳에 오시게 되었습니다. 나중에 안 사실이지만 처방된 약만
잘 챙겨 드셨으면 그렇게 심하진 않았을 것이라고 합니다. 하지만 너무 난폭해서 가족도 함부로 근처에 가지 못했다고 합니다.
연락받고 모시러 갔더니 먹지 않은 약이 수북이 쌓여 있었다고 합니다. 양로원에서 약 잘 챙겨 드시고 원하는 것 해드리니까 너무 잘 계십니다.
그러나 딱 한 가지 문제가 있다면, 씀씀이가 너무 헤프십니다.
아들에게 연락하여 돈을 받으면 30만 원, 많게는 50만 원을 하루만에 다 써버리곤 했습니다. 평소 자신에게 잘해준 직원에게 5만 원에서 10만 원을 주머니에 찔러 넣어주기도 하고, 나머지는 마트에 직원과 동행하여 커피믹스랑 과자들을 사 와 직원들과 이웃한 다른 어르신들께 다 나눠주신 적도 있습니다. 그러고는 아들에게 또 전화해서 돈 보내라고 합니다. 젊은 시절 시장에서 장사를 하셨다고 합니다.
방법을 생각하다가 어쩔 수 없이 위조지폐를 남발하게
되었습니다. 어르신께 요즘 사용하는 5만 원권 상품권이라고

하여 드리면 처음에는 고개를 갸우뚱하셨지만 이제는 믿고 잘 받으십니다. 드리기 전에 다른 어르신이 알면 달라고 하니까 절대 보여주면 안 된다고 단단히 일러둡니다. 한번은 직원과 함께 간 마트에서 문제의 5만 원권을 어르신이 계산원에게 주더랍니다. 얼른 어르신께 여기는 카드밖에 안 되니까 다른 마트에 가자고도 하고, 어떨 때에는 마트 계산원에게 미리 눈을 찡긋해 별말 없이 받게 하고는 나중에 직원이 몰래 계산하고 나온 적도 있었습니다. 저에게도 아무도 없는 방에 데리고 가더니 문제의 5만 원권 두 장을 주머니에 찔러 넣어주었답니다. 호주머니에 든 지폐를 만지며 죄책감보다는 인정받았다는 기분이 들어 뿌듯했습니다.

김영희

동행 글

함께 새알심을 빚으며 _ 이지은

김영희는 주거 지원이 필요한 노인들을 위한 주거 복지 시설인 '양로원'에서 오랫동안 일해왔다. 양로원은 의료 복지 시설로 분류되는 요양원과 달리 신체적, 인지적 기능에서 특별한 문제가 없으나 자기 집에서 거주하기 어려운 상황에 처한 노인들이 함께 살아가는 곳이다. 그가 일하고 있는 양로원에는 이런저런 이유로 치매나 다른 건강상의 문제를 가진 노인들 역시 거주하고 있었다. 김영희의 글은 노인이 그간 살아왔던 집이 아닌 곳에서, 낯선 이들과 함께 살아가게 되는 '시설'에서 일상이 어떻게 생동감 있는 것이 되는지, 그곳이 어떻게 노인들이 함께 '거주'하는 장소가 되는지를 보여준다.

내가 '거주'의 장소로서의 시설에 대해 생각하게 된 것은 몇 년 전 '치매'를 앓고 있는 어머니와 단둘이 살고 있는 70대 중반의 한 남성과 이야기를 나누면서였다. 그는 어머니와 함께 살기 시작한 이후로는 쇠약해진 어머니가 혹시라도 혼자 움직이다 낙상하시진 않을까, 무슨 일이 갑자기 벌어지는 것은 아닐까 하는 걱정에 깊이 잠들어본 적이 없다고 했다. 그럼에도 어머니를 아직은 시설에 모실 수 없다고도 했다. 그는 요양원에 어머니를 모시는 것이 그 생명이 저물어가는 과정을 더욱 재촉하는 것이라 여기고 있었다. 지금 자신이 노모와 함께 보내고 있는 일상이 '생활'이라고 할 수 있는지, 그것을 '삶'이라고 할 수 있을지 의문이 든다고 하면서도, 그나마 남아 있는 어머니의 생명조차 그곳에서는 제대로 돌보아지지 않을 수도 있다고 생각하는 듯했다. 하지만 자신은 노모와 같은 상황이 되었을 때 시설에서 생의 마지막을 보낼 것이라고, 자신이 아직 그것을 선택할 수 있을 때 스스로 시설에 가 자기 '죽음의 처소'를 만들겠다고 했다. 중간중간 그가 느끼는 깊은 고독감을 마주해야 했던 그 대화를 나눈 이후에도 자주 곱씹었다. 그럴 때면, 그가 노모를 돌보면서 새롭게 배워 아침마다 정성스레 끓여내는 죽을 어머니가 흡족한 표정으로 드시곤 한다고 제법 즐거운 표정으로 말했던 것이 떠올랐다. 사실은 그 역시 알고 있었을 것이다. 그 주고받음의 장면들 속에 삶이, 생활이 있다는 것을, 혹은 그러한 관계 속에서의 실천과 이에 대한 감응 속에서 삶과 생활이 만들어진다는 것을 말이다. 그가 아침상에 올리는 죽은 단지 어머니의 '생명' 혹은 건강을 유지시키기 위한 수단만이 아니라, 흡족한 표정을 만들어내고 이를 통해 어머니가 고유한 입맛과 취향을 가지고 있는, 아들의 돌봄에 응답할 수 있는 사람임을 드러내는 계기를 만들어내는 수단이기도 하다. 그렇다면, 돌봄이 있는 한 요양 시설 역시 삶이 (이전과는 다른 방식이더라도) 지속되고 새롭게 만들어지는 '삶의 처소'가 될 수 있지 않을까.

국민건강보험공단이 발간한 『2022 노인장기요양보험 통계

연보』에 따르면 2022년 말 현재, 65세 이상의 노인 인구 938만 명 중 10.9퍼센트에 달하는 101만 9,130명이 혼자서는 일상생활이 어려워 장기요양보험 인정을 받았다. 그중 80퍼센트에 약간 못 미치는 81만 1,289명의 노인이 자택에서 방문 요양 서비스를 받거나 주야간보호센터 등을 이용하며 자택에서 거주하고 있지만, 노인 요양 시설(요양원)과 노인 공동생활 가정, 양로시설 및 요양 병원 등 자신이 살던 지역사회를 벗어나 여러 형태의 시설에 거주하는 노인의 수 역시 20만 명에 이른다. 아주 거칠게 말하면, 65세 이상 노인 50명 중 한 명이, 지속적인 돌봄이 필요한 노인 다섯 명 중 한 명이 자기가 살던 '지역사회'를 떠나 '시설'이라 불리는 곳에서 살고 있는 것이다. 이렇게 볼 때 시설에서 노년의 시간을 보내는 것은 더 이상 예외적인 것이 아니다. 그럼에도 불구하고 요양 시설에서의 '삶'을 상상하는 것은 여전히 쉽지 않은 일처럼 보인다. 앞서 언급했던 남성 노인이 시설과 죽음을 연결시켰던 데서 엿볼 수 있는 것처럼, 혹자에게 시설은 노년의 삶에서 죽음으로 흘러가는 시간의 일정 부분을 하릴없이 흘려보내는 곳일 수도 있다. 적절한 돌봄을 어렵게 만드는 인력 기준과 임금 체계 등 현행 장기요양보험 체계의 실태를 고발하는 기사를 통해 지금 요양원에서 치매 노인이 어떤 방식으로 '방치'되고 있는지를 접해본 적이 있는 독자라면, 시설이 그 시간의 흐름마저 재촉하는 곳이라는 말에 고개를 끄덕일 수도 있겠다.

코로나19 팬데믹을 거치는 동안 시설을 '삶'이 있는 곳으로 상상하는 것은 더욱 어려운 것이 된 듯했다. 감염에 취약하고 예후가 상대적으로 좋지 않은 것으로 알려진 노인들이 모여 살고 있는 시설들은 집단감염이 언제든 발생할 수 있는 위험한 장소로 여겨졌다. 집단감염 우려에 따른 방역 조치들은 시설 안에서의 일상을 크게 변화시켰다. 가족이나 친지의 면회가 제한되었을 뿐 아니라, 종종 시설을 방문해 거주하고 있는 노인들의 일상에 또 다른 활력이 되어주었던 자원봉사자 등의 출입도 불가능한 날들이 이어졌다. 이런 상황에서 시설의 울타리 안에서만 지내야 했던 노인들의 일상을 꾸려가는 일은 오롯이 요양보호사를 비롯한 돌봄노동자들의 몫이 되었다. 집단감염이 발생한 시설에서 벌어진 파국에 가까운 상황이 사회적 주목을 받았지만, 이전과는 달라졌을 시설 거주 노인들의 일상이, 삶이 어떻게 꾸려지고 있는지, 돌봄노동자들은 그 삶의 자리에 어떻게 함께하고 있었는지에 대한 이야기는 찾아보기 어려웠다. 위기 상황에서 던지기에는 너무 '사치스러운' 질문이었을까. 어쩌면 일상, 삶에 대한 질문이 시설 앞에서 멈추기 때문은 아니었을까.

장애인 수용 시설과 같이 사회로부터의 격리, 집단 수용, 감시와 훈육 등으로 구축되어온 '시설'의 폭력적인 역사를 고려할 때, 시설 안에서 '삶'이 어떻게 가능해지는지를 묻는 것은 자칫 그 역사를 지우고 현 상태를 긍정하는 것으로 보일 수 있다. 거주자 개개인이 자기 공간을 가지고 적절한 돌봄을 제공받기에는 여러모로 역부족인 지금의 노인 돌봄 체계 안에서는 더더욱 그러하다. 그럼에도 불구하고 그곳을 자신의 처소로 하고 있는 노인들이 어떻게 살아가고 있는지, 그 안에서의 삶을 생동하는 것으로 만드는 것은 무엇인지 물을 필요가 있다. 구조적 제약이 있음에도 시설은 사람들이 다른 이들과 함께 거주하는 장소, 죽음으로 향하는 시간을 흘려보내는 곳이 아닌, 새로운 관계와 기억 들이 만들어지는 장소가 될 수 있다. 김영희는 노인들이 함께 삶을 영위하는 장소로서의 시설, 그 시간 속으로 우리를 초대한다.

김영희의 글에서 특히 눈을 끄는 것은 철마다 양로원에서 하는 행사들에 대한 것이다. 2021년 9월부터 연말을 넘겨 다음해 초까지 함께 글을 나누는 동안 추석과 동지, 김장철이 지나갔다. 김영희가 일하는 양로원에서는 노인들이 함께 송편을 빚고 팥죽에 들어갈 새알심을 만들면서 명절 기분을 내기도 하고, 김장을 담그면서 다가오는 겨울 준비를 함께하기도 한다. 이런 공동 작업들은 나름의 리듬을 가지고 매일 반복되는 양로원의 일상에 계절의 변화, 시간의 흐름을 끌어들이는 동시에, 작업하면서 주고받는 이야기들 속에서 과거의 기억들을 함께 나누며 지금 이곳에서의 관계를 더 두텁게 만드는 시간이기도 하다. 치매 노인도 시간을 들여 일을 하다 보면 몸이 기억하는, 잃어버린 줄 알았던 "과거의 실력"이 되살아나 신이 나고 뭔가를 해냈다는 "자부심"을 느낄 수 있으므로 공동 작업의 시간은 새로운 철을 맞는 작은 축제 같기도 하다. 김영희는 왕년의 송편 빚는 솜씨가 안 나와 서운해하는 노인을 격려하고, 제각각인 새알심 크기에서 노인 각각의 개성을 보고, 조금은 서투른 움직임에 여기저기 묻어버린 김장 양념을 닦으면서도 뿌듯해하는 노인의 모습에 즐거워하면서 이 시간을 추억할 것으로 함께 만들어 간다. 다른 노인의 서투른 솜씨에 핀잔을 주는 노인의 말까지도 이 축제의 일부다.

이 축제 같은 공동 작업의 장면들은 시설에서의 삶이 여러 한계와 부족함에도 불구하고 삶의 모습을 띨 수 있는 가능성을 보여준다. 비록 시설에 연례적으로 하는 행사에 지나지 않는 것처럼 보일 수도 있겠지만, 이 장면들은 함께 음식을 준비하고 나누어 먹는 동네잔치의 모습에 훨씬 가까워 보인다. 시간과 일, 음식을 나누면서 이들은 자신들이 살고 있는 이곳의 일상을 함께 만들고, 이 과정을 통해 시설은 그들이 함께 거주하는 장소가 된다. 그들이 다른 거주자들과 함께 무엇인가를 '하는' 시간이, 몸의 움직임이 소환해내는 과거의 기억들이, 그리고 그 기억들을 함께 나눌 수 있다는 사실이 이 장면들을 '삶'의 장면으로 만들어낸다. 그렇다면 삶을 생동하게 만드는 것은 사실 그렇게 함께하자는 초대와 함께할 기회인지도 모르겠다. 함께 크기도 모양도 각양각색인 새알심을 빚으며 노인들 각자의 서로 다른 기억이, 습관이, 이야기가 끌어내어지고, 각각의 다른 삶이 드러나고 또 이어지는 것처럼.

이지은

김홍남

2021년 9월 4일 오후 8:52

나는 5년 차 요양보호사다. '요양보호사를 위한 온라인 사진+글쓰기 워크숍'에 참여하기 위해 곧바로 퇴근하였다. 집에 도착하여 노트북으로 접속하여 1강을 들었다.

2021년 9월 5일 오후 1:47

오늘도 치매 어르신들과 하루를 시작한다. 식사 잘하시고 집에 가신다고 나가는 문을 찾아서 끝없이 배회하신다. 배회하는 중에 낙상이 일어날까 눈을 뗄 수가 없다.

김홍남

2021년 9월 6일 오후 1:33

비 오는 날이면 마음이 편안하다. 쉬는 날이면 농사일하는 남편의 일을 도와줄 때가 빈번해서 근무 때보다 더 힘든 하루를 보내곤 했다. 그래서 쉬는 날 비가 오면 나만의 시간을 가질 수 있어서 기쁘다. 거실에서 커피를 마시며 창밖의 비 내리는 풍경을 감상한다.

2021년 9월 9일 오후 10:05

가을장마가 끝났나 보다. 화창한 날 창밖에서 불어오는 바람이 상쾌하다. 연이 어르신이 보따리에 가지가지 물건을 챙겨 넣으며 집에 가자고 하신다. 요 며칠 비가 와서 비가 그치면 가시자 했다. 오늘은 날이 맑아서 비 핑계는 물 건너갔다. 다른 것으로 화제를 바꾸어야 한다. 어르신이 집중할 수 있는 일이 무엇이 있을까 고민하다 프로그램실에 있는 아기 모형 인형을 가져왔다. 연이 어르신께 안겨주며 아기를 봐달라고 부탁드렸다. 실제 아기인 양 조심스럽게 품에 안고 아기가 웃는다며 가만히 들여다보신다. 아기 볼에 어르신 볼을 비비고 발을 만지더니 차갑다고 이불을 덮어주신다. 한참을 아기 보는 일에 푹 빠지셨다. 안고 다니시며 아기 자랑을 하신다. 울지 않고 웃기만 하는 순둥이라고.

2021년 9월 12일 오후 10:06

오늘은 야간 근무 중이다. 바쁜 일을 마무리하고 어르신의 취침 상태를 라운딩했다. Y 어르신이 아기를 팔베개해주며 편안하게 잠드셨다. 아기를 돌보며 안정감을 찾으시어 다행이다.

2021년 9월 15일 오후 8:54

Y 어르신이 아침부터 보따리에 짐을 싸서 집에 갈 준비를 하신다. 한동안 아기 돌보며 잘 계시더니 불현듯 집 생각이 나시나 보다. 아이는 나한테 보라고 하시며 집에 가신다 한다. 집에 있는 아이도 밥해 먹이고 돌봐줘야 한다고 하신다. 기어코 보따리를 머리에 이고 생활실을 나오신다. 원내를 배회하시다 도저히 나가는 문을 찾을 수가 없다며 한숨을 내쉬셨다. 아기가 Y 님을 찾는다고 방으로 모시었다. 아기 인형을 품에 안고…… 나를 찾았어…… 하시며 사랑스럽게 웃으신다.

김홍남

2021년 9월 17일 오후 10:56

황금 마차

황금 마차가 열렸다. 한 달에 한 번 어르신의 신청을 받아 물품을 준비한다. "나는 포도가 먹고 싶다", "나는 배가 먹고 싶어", "나는 예쁜 옷이 필요해", "나는 입이 궁금해서 과자가 있으면 좋겠어" 등 어르신들의 요구 사항에 맞추어 물건을 준비한다. 현금을 가지고 계신 분은 직접 돈을 지불하여 구매하시고 후불로도 구매가 가능하다. 신나는 음악과 선생님들의 북장단에 황금 마차가 등장한다. 이날만을 기다린 어르신들은 활력이 넘치며 좋아하신다. 필요한 과일이나 옷가지를 손에 쥐고 만족해하는 모습에 어르신과 선생님 들 모두가 즐거운 시간이었다.

2021년 9월 21일 오후 9:26

코로나 이전에는 명절 때 자녀들이 방문하여 어르신을 집으로 모셔 갔다. 이제는 면회조차 마음대로 할 수가 없다. 예방접종을 완료한 가족에게만 대면 면회가 허용된다.

아침을 드시게 한 후에 어르신들을 중앙 거실에 모시었다. 추석을 맞이하여 원장님과 전 직원이 추석 감사 인사를 드리기 위해서다. 떡, 과일, 강정을 상에 올리고 추석의 풍요로움을 전하는 시간을 가졌다. 선생님과 어르신 들이 노래와 춤으로 추석을 즐겼다.

대면 면회도 사전 신청을 받아서 순조롭게 이루어졌다. 오랜만의 대면으로 보호자님이 어르신의 머리부터 발끝까지 살펴보시고 잘 돌봐줘서 고맙다고 하신다. 자녀분이 다녀가신 어르신은 어깨에 힘이 들어가고 아직 대기 중인 어르신은 “우리 아들은 언제 온다 합니까?” 하고 물으신다.

내일까지 면회가 예약되어 있다. 가족분들에게 만족스러운 만남이 이루어지도록 어르신 모시는 일에 소홀함이 없게 최선을 다해야겠다.

김홍남

2021년 9월 22일 오후 8:26

산에 밤을 주우러 갔다. 제때 줍지 못한 마른 밤이 수두룩하다. 언제나 밤 줍는 일은 힘들다. 허리도 아프고 팔다리도 저리고 노동의 강도가 심하다. 농촌도 고령화로 일손이 부족해서 밤 줍기를 포기하는 농가가 많다. 하루 종일 허리 굽혀 주워 모아 팔아도 10만 원 남짓의 수입이다.

2021년 9월 23일 오후 8:38

아침부터 K 어르신이 등이 아프다고 하신다. "어떻게 아프세요?" 하니 어제저녁에 교통사고가 나서 다쳤다 하신다. 길을 가는데 지프인지 트럭인지 등을 치고 갔다며 통증을 호소하신다. 퇴근한 야근자에게 지난 저녁에 K 어르신께 무슨 일이 있었는지 물었다. 주무시다 서너 번 깨시어 수면 유도해드리고 별일 없었다 한다. 등을 살펴봐도 이상 없으신데 아프다 하시니 파스를 붙여드렸다. 이제 좀 덜 아프시단다. 요양원 생활실에서 교통사고? K 어르신의 엉뚱하고 황당한 주장이다.

2021년 9월 27일 오후 8:35

고령의 어르신이 좋아지는 경우는 드물다. 더 이상 악화되지 않기를. 지금의 상태를 유지하려고 노력한다. 식사는 잘하셔도 나날이 야위어가는 모습은 우리가 보기에도 안타깝다. 신진대사가 떨어지니 영양소의 흡수율도 떨어진다. 보호자분이 면회 시 어르신이 약해지셨다고 걱정하신다. 최선을 다해서 모셔도 세월 앞에 지쳐가는 어르신의 모습은 어쩔 수가 없다.

2021년 9월 30일 오후 11:55

가을 냄새가 완연하다. 대부분의 어르신이 잠들고 귀뚜라미 소리가 들려온다. 시원하고 상쾌한 밤공기가 너무 좋다.

김홍남

2021년 10월 3일 오후 9:02

C 어르신은 눈만 마주치면 혼자 할 수 있는 사소한 일을 시킨다. 워커기 가까이 둬라, 물병 좀 주소, 효자손 줘라, 화장지 달라, 서랍에서 사탕 꺼내달라 등 손만 뻗으면 닿는 위치에 있는데 요양보호사만 보이면 시키신다. 성가시어 슬쩍 지나치려면 어김없이 불러서 무릎에 파스 붙여달라신다. C 어르신의 레이더에 포착되어 피곤한 하루였다.

2021년 10월 4일 오후 9:01

애착 아기 인형

Y 어르신이 입소해서 배회가 심하였다. 수시로 집에 가신다고 짐 보따리를 머리에 이고 나와서 따라다니며 살피는 일도 버거웠다. 어르신을 진정시키려고 프로그램실 소품으로 소장하고 있던 아기 인형을 안겨드렸더니 아기 돌보는 일에 집중한다. 배회가 줄어들고 안정감을 찾으신 것이다. 보따리 대신 아기를 안고 다니며 울지도 않고 웃기만 하는 예쁜 아기라고 자랑하신다. 옆 어르신이 한번 안아봐도 되겠느냐며 관심을 가지신다. 반나절을 아기 인형을 주제로 담소를 나누신다. K 어르신이 "아기가 어디서 났소?" 하고 물으니 Y 어르신이 "내가 어젯밤에 낳았소" 하신다. 그러면서 큰딸은 미숙이고 둘째 딸은 미경이, 얘는 셋째 딸 미자라고 이름 지었다며 "미자야" 하고 부르신다.
식사 시간은 난감하다. 아기에게 밥을 먹인다며 밥을 어르신 입으로 씹어서 인형의 입에다 밀어 넣는다. 밥풀이 바닥으로 덕지덕지 떨어져도 개의치 않고 먹인다. 그리하여 식사 시간대에는 아기가 너무 어려 밥을 먹을 수가 없으니 우유를 먹이고 오겠다며 아기 인형을 고이 받아서 생활실에 눕혀놓고 온다. 아기는 배불러 자고 있으니 편안히 식사하시라고 권해드리면 안심하고 잘 드신다. 치매 어르신의 시선에는 진짜 아기로 보이는가 보다. 내가 조심스럽게 보듬지 않으면

김홍남

아기가 놀라서 정기 난다며 크게 나무라신다. 어르신들의 반응이 신기하리만큼 좋아서 팀장님이 인터넷에서 아기 인형을 추가로 주문하였다. 치매가 심하신 어르신에게 드렸더니 안정감을 느끼고 주무실 때에도 품에 안고 잠드신다. 치매 어르신의 정서 안정에 많은 도움이 되고 있다. 치매 어르신뿐만 아니라 인지되시는 분들도 아기 인형을 안아보고 싶어 한다. 모든 어르신에게 사랑받는 아기 인형이고 치매 어르신에게는 누구보다 소중한 자식이 되기도 하고 손주가 되기도 한다. 이제는 치매 어르신의 애착 아기 인형이 되었다.

2021년 10월 9일 오후 8:54

누구나 마음은 청춘이다. 69세 언니가 자기 사진을 보고 흠칫 놀라며 “이렇게 늙었어, 완전 할매네” 한다. 나도 가끔 내 사진을 보고 놀란다.

2021년 10월 10일 오후 3:07

K 어르신 하루에도 서너 번 복도 난간 손잡이를 잡고 나오신다. 불안한 걸음으로 큰마누라 집에 간다고 한다. “작은마누라 집에 가십시오” 하니 작은마누라는 집을 자주 비워서 안 간다고 한다. 분명 젊어서는 작은마누라와 살았을 것인데 나이 들고 힘 떨어지니 큰마누라가 그리운가 보다.

김홍남

2021년 10월 11일 오후 8:07

K 어르신 점심 드시고 낮잠을 자고 일어나더니 계속 침을 뱉으신다. “침 뱉지 마세요” 했더니 입안에 연탄재가 들어가서 뱉어야 한단다. 연탄 나르셨느냐고 물어보니 연탄재에 넘어져서 입안으로 연탄재가 다 들어갔다고 하신다. 침 뱉기를 멈추지 않아 양치 컵에 물을 받아서 입안을 몇 번 헹구어드렸다. 이제 입안이 깨끗하다며 방긋 웃으신다.

2021년 10월 12일 오후 9:25

모든 어르신이 잠자리에 드셨다. 한 분만 빼고! 누가 나를 여기에 데려다 놨느냐며 화를 내신다. J 어르신은 잘 지내시다 한 번씩 내가 여기 있을 이유가 없다며 장사해서 돈을 벌어야 한다고 하신다. “어르신, 젊어서 고생했으니 이제는 편하게 삽시다” 해도 안 된다며 먹고살려면 벌어야지 여기서 놀고먹을 수 없다고 하신다. 내일 날 밝으면 같이 일거리 찾아보자고 수면 유도 해드렸다.

2021년 10월 15일 오후 7:18

한가로운 오후

네 분의 어르신이 거실에 앉아서 담소 중이다.
A 님: "아휴! 머리가 가려워. 이가 한 바가지 있는 거 같아."
B 님: "물을 끓여 부어라. 그래야 죽지."
C 님: "그래가꼬 안 죽는다. 불을 질러버려야지."
D 님: "머리에 불을 질러! 니가 죽는다."
이러신다. 옆에서 듣고 있다가 나도 모르게 폭소가 터졌다.
어르신도 덩달아 웃으시고, 한참을 어르신과 농담을 주고받으며 웃었다. 빈대 잡는다고 초가삼간 태운다는 말은 들어봤어도 이 잡는다고 머리에 물 끓여 붓고 불 지른다는 소리는 처음 들었다.
어르신의 입담은 감당불가 상상을 초월한다.
A 님을 욕실로 모시고 가서 머리에 샴푸를 두 번이나 칠하여 깨끗이 씻어드렸다.
A 님, "아따! 이제야 살겄다" 하신다.

김홍남

2021년 10월 18일 오후 2:08

차돌같이 단단하고 무거운 남자 어르신을 요양사 세 명이 휠체어에 태우다 허리에 무리가 갔나 보다. 움직임이 불편하고 통증이 있어 파스를 붙여도 차도가 없다. 쉬는 날 병원 치료를 받아야겠다.

2021년 10월 19일 오후 9:22

거실에서 담소 나누시던 어르신들이 각자의 생활실에 들어가셨다. Y 어르신이 배회하시어 방으로 가서 주무시라고 하니 간섭 말라며 너나 자라고 하신다. 내 마음대로 다니지도 못하느냐며 큰 소리로 역정을 내신다. 가만히 지켜보고 있으니 남의 방문을 열고 들어가서는 내 자리에 왜 누워 있느냐고 일어나라고 하신다. 주무시던 어르신 놀라서 일어나시고 싸움이 날 것 같아서 Y 어르신을 얼른 모시고 나왔다. "여기는 Y 님 방이 아니고 저쪽 방입니다" 하니 아무 반응 없이 들어가 자리에 누우신다.

2021년 10월 21일 오후 6:48

K 어르신 식이는 미음식이다. 아침은 생활실에서 드시고 점심과 저녁은 거실에서 드신다. 거실에서 식사 시 항상 불만을 토로하신다. 미음식은 일반식의 반찬을 믹스로 갈아서 나온다. 옆 어르신의 일반식 반찬을 보고 나는 왜 저렇게 주지 않느냐고 하시어 일반식으로 드리면 이가 없어 못 드신다고 불만이다. 방에서 드시라고 해도 실버카(보행기)로 어려운 발걸음으로 나오신다. 식사 때마다 옆 어르신의 밥상과 비교하여 "저 노인네 생선은 더 크고 나는 작네" 하시어 하나를 더 드려야 만족해하신다. K 어르신의 식탐은 변함이 없다.

김홍남

2021년 10월 24일 오후 1:49

하루 종일 열심히 근무해도 사고가 일어나면 말짱 도루묵이다. 한방에 네 분의 어르신을 돌보고 있다. 한 분의 보호자가 면회를 오시어 모시고 갔다 오는 사이에 사고가 터졌다. 걷지는 못하고 엉덩이를 밀고 다니는 어르신이 혼자 화장실 변기에 앉으려다 넘어져 눈썹 부위에 상처가 났다. 어디에 콕 부딪쳐 난 상처에서 피가 흘러 얼굴을 타고 내리는 것을 보고 덜컥 겁이 났다. 크게 다친 것이 아닌지 너무 놀라 간호사를 불렀다. 간호사가 흘러내린 피를 닦고 살펴보더니 눈썹에 난 상처 외에는 없다 하고 혈압이 조금 높고 체온은 정상이라고 한다. 점심도 잘 드시고 간호사가 다시 어르신 상태를 체크하고 지금은 모든 것이 정상이라고 걱정 안 해도 된다 하여 한시름 놓았다. 사고는 순간이다. 이만하기 천만다행이라고 놀란 가슴을 쓸어내렸다.

2021년 12월 8일 오후 10:37

식탐이 많으신 어르신이 있다. 간식을 같은 양을 나누어드렸는데 항상 옆 어르신보다 적다고 불만이다. 그래서 어르신이 마음에 드는 간식 접시를 고르라고 선택권을 드리면 주저하며 쉽게 택하지 못한다. 이것을 택하면 저것이 많아 보이고 저것을 택하면 이것이 많아 보이니 선택이 쉽지 않다. 남의 떡이 커 보이는 법이다.

2021년 12월 21일 오후 9:04

J 어르신 하루에도 수차례 현재와 과거를 헤매고 계신다. 금방 식사하시고 밥 구경도 못 했다고 밥 가져오라고 하신다. 아이가 옆에서 놀고 있었는데 없어졌다고 찾으러 다니고 영감 밥 차려줘야 한다고 빨리 집에 가야 한다며 배회하신다. 그러다가 인지가 돌아오면 옳은 말씀을 하신다. 옆 어르신이 자식이 나를 여기에 버렸다고 원망 섞인 말을 하면 "이곳은 좋은 곳이다. 선생님들이 친절하고 세심하게 돌봐주시니 이만한 곳이 없다. 집에서 누가 이렇게 돌봐주겠노! 벌어먹고 살기도 바쁜데" 하시며 푸념하는 어르신을 타이르신다. 이럴 땐 어르신을 다시 한번 보게 된다.

김홍남

2022년 1월 11일 오전 1:07

자식 자랑

요양원 입소 어르신의 이야기에는 자식 자랑이 많다.
S 어르신: "우리 아들과 며느리는 둘 다 공무원이다."
H 어르신: "우리 아들은 대학교수고 딸은 중학교 선생님이다."
L 어르신: "우리 아들은 시의원이다."
K 어르신: "우리 사위는 의사다."
서로 아들딸을 잘 키워놨다고 자랑하신다.

2022년 1월 16일 오후 8:19

며칠 전 여자 어르신 한 분이 입소를 하였다. 거실에서 담소 중이신 어르신들과 친해지기를 바라며 한자리에 모셨다. 어디서 왔는지, 이름은 무엇인지, 자녀는 몇인지 서로 궁금한 사항을 물으며 약간의 기싸움이 느껴진다. 마지막으로 나이를 묻는데 입소 어르신이 "나는 멥살, 찹살, 보리살, 좁살 다 먹어봐서 몇 살인지 모르오" 하며 한 방으로 제압해버린다.

동행 글

요양원에서 어르신들, 이렇게 사십니다 _ 김영옥

한국 사회에서 노인 요양원, 즉 노인 요양 시설에 '입소入所'하는 건 대부분 부정적으로 받아들여진다. 노년 당사자의 숙고에 따른 선택의 일이라기보다는 달리 어찌해볼 도리가 없는 상황의 결과로 이해된다. 이것은 자원이 있는 사람들이 편안한 노후 생활을 위해 실버타운 '입주入住'를 고려하는 것과는 매우 다른 태도다. 이 경우 입주할 당사자는 물리치료실이나 체력 단련실, 공동 문화 활동실 등 건강이나 사회문화 관련 환경 조성, 그리고 식사, 심리 상담, 청소 등 돌봄 서비스 내용, 그리고 입주자가 감당해야 하는 비용 등을 자세히 알아보고 비교하고 선택한다. 노인장기요양보험의 수가에 전적으로 기대고 있는 노인 요양원의 이야기는 이와 매우 다르다. 노인 요양 시설, 노인 요양원은 학대받는 노년 입소자와 착취당하는 요양보호사라는 '이중의 잔혹'으로 언론에 소개, 아니 고발되곤 한다. 실버타운이 노년 당사자인 '내가 기획하는 나의 노년기 삶의 장소'로 여겨진다면, 요양원은 무엇보다 돌보는 이들, 즉 보호자의 수고를 덜어주기 위해 마련된 제도적 공간으로 인지된다. 그래서 거의 모든 '입소'가 노년 당사자와 보호자 간의 충분한 사전 조율 없이, 더 이상 감당할 수 없다고 판단한 보호자의 결정으로 이루어진다. 그러나 요양원에 가서 살아야 할 사람은 노년 당사자다. 아무리 상황이 혹독해도 당사자의 의견이 생략되어서는 곤란하다. 노인장기요양보험 제도의 도입으로 노년 돌봄은 국가와 시민사회가 함께 책임져야 할 공공公共 의제임이 분명해졌다. 현실에서 당사자들의 돌봄 받을 권리가 당사자 인권인 선택의 자유와 연동되어 지켜지지 않는다면 제도의 공공성은 위선을 넘어 위악으로 전락할 수 있다. 요양 시설은 어떤 곳이어야 하는가? 지역사회에서 통합 돌봄이 가능해져 노인 요양 '시설' 자체가 과도기적 역사의 산물로 사라질 걸 시민의 자리에서 우리 모두 기대하고 추구한다면, 그 기대와 추구가 확고할수록 과도기 지점인 바로 지금 여기에서 노인 요양 시설에 관해 말해야 한다. 노인 요양 시설은 보호자들이 노년을 대신해 선택하는 곳이 아니라, 노년 당사자들이 '내가 거주할 곳, 삶을 살 곳'으로 선택하는 곳이어야 한다는 게 그 출발점이 되어야 한다. 이 말을 부정하는 사람은 없을 거다. 그런데 왜 현실에서는 이게 그토록 어려울까.

많은 사람이 '자식에게 부담 주고 싶지 않다, 때가 되면 요양원에 들어갈 거다'라고 말하곤 한다. 그러나 그 '때'를 신체적, 심리적, 인지적 상태, 그리고 기대하는 일상 유지의 정도나 구체적 내용 등을 헤아려 정하는 경우는 매우 드물다. 오히려 미결정의 상태가 더 이상 용납되지 않을 때 포기의 심정으로 보호자가 결정한 요양원 입소를 받아들이게 된다. 심각한 모순이 아닐 수 없다. 어떤 요양원이 내게 맞을까 하고 질문하며 다양한 요양원을 직접 방문해 자신이 살게 될 곳을 찾는 노년의 모습은 한국에서 아직 익숙하지 않다. 그런데 요양원에서 보내게 될 시간을 '자기 앞의 생'으로 상상할 수 있으려면 요양원이 어떤 곳인지 어느 정도 알아야 한다. 요양원의 하루와 한 달, 1년의 시간이 어떻게 조직되는지, 요양원에 거주하는 노년들이 어떤 돌봄을 받으며 어떤 일상을 사는지, 함께 지내는 노년들 사이의 관계는 어떤지 조금이라도 체감할 수 있어야 한다. 그런데 바로 그 앎이 거부되고, 두려움과 회피가 더욱 커지는 것이다. 악순환이다.

한국 사회에서 아동 보육이나 노년 돌봄 등 돌봄 서비스는 공공화를 내세우고 있지만 실질적으로는 시장에 맡겨지면서 약간의 국공립 시설로 면피하는 수준에 머물고 있다. 그래서 아동 보육이든 노년 돌봄이든 '공공'에서 운영하는 몇 안 되는 기관들이 훨씬 선호도가 높다. 특히 노인 요양 시설의 경우 돌봄 현실에 맞지 않는 예산 책정으로 겨우 생색만 내면서 책무를 다했다고 주장하는 안일함과 무책임은 늙는 과정을 두렵게 만든다. 더 나아가 시민의 자리에서 좀 더 단호하게 공공의 의무를 따져 묻지 못하는 데에는 '직면'의 어려움도 있다. 직면하기보다는 가능한 한 회피하려는 심리 기제는 사적인 특성인 것 같지만, 넓게는 사회문화적으로 매개된 심리 구조의 문제다.

'집에서 살다 가족에게 둘러싸여 죽음을 맞이할 때, 평생 살아온 삶의 의미가 완성된다'라는 생각은 한국 사회에서 여전히 지배적이다. '살던 곳에서 죽음을 맞이하고 싶다'라는 소망은 단순히 물리적인 공간의 문제가 아니라, '나의 집'을 의미의 장소로 만드는 관계의 문제다. 마지막 순간까지 집에 머물 수 있다는 사실 자체가 고령자가 겪는 고립이나 단절의 문제를 자동으로 해결해주는 건 아니다. 혼인 여부나 자식 유무와 무관하게 '독거 노년'의 수가 늘고 있는 현실을 고려할 때 핵심은 무엇일까? 그가 어디에서 살든 안전과 제대로 된 식사와 위생, 그리고 소박하게나마 관계와 문화가 있는 '일상'이 보장되어야 한다는 거 아닐까? 기다리던 손님을 맞이해 차 한 잔을 앞에 두고 이야기를 나눌 수 있는 사생활과 자유가 보장되어야 한다는 거 아닐까? 노인장기요양보험 도입 이래로 다양한 형태의 요양원이 운영되고 있다. 요양원에서의 생활은 조직된 돌봄을 통해 고령자 혼자서라면 유지하지 못했을 '일상'을 가능케 해준다. 요양원마다 생각하는 일상생활의 내용이 다르지만, 적어도 이것이 요양원의 존립 이유다. 그 일상에는 소소한 희로애락과 성공하거나 실패하는 돌봄 아이디어도 있고, 절기를 지키는 의례와 이벤트도 있다.

그런데 이런 일상에서 가장 고려되지 못하고 있는 게 시설 밖에 있는 사람들과의 친밀하고 사적인 관계, 그리고 살아온 내력의 존중이다. 사생활이라는 말로 압축해서 표현할 수 있는 이런 삶의 축소나 배제는 한계 수위를 훌쩍 넘곤 한다. 현재 한국 사회 노인 요양 시설이 '현실'을 내세워 답변하기조차 꺼리는 이 문제를 집요하게 파고들어야 노년 돌봄의 '시설화'를 폭넓고 깊게 논의할 수 있다. 돌봄의 시설화가 구조적으로 존재할 수밖에 없는 요양원에서, 그런데도 의미와 즐거움이 있는 삶이 가능하다면 그것은 거의 전적으로 요양보호사들 '덕분'이다. 이 '덕분'의 구체적이고 미세한 내용을 자세히 아는 건, 현재 늙고 있고 언젠가는 돌봄 필요가 높은 고령자로 살 시민 모두의 노후 준비여야 한다.

친밀한 관계도 자유도 사생활도 없는, 전적으로 시설화된 시간일 뿐이라고 여길 수도 있을 요양원에서도 그러나 사랑과 기쁨, 의미가 리듬을 타고 삶이 이어진다, 삶의 시간이 흐른다.

바로 이것이 김홍남의 글에서 우리가 만나게 되는 요양원의 어떤 '진실'이다. 그가 묘사하고 전해주는 요양원 내부의 일상은 이른바 '다시는 돌아오지 못할 곳'이라는 사회문화적, 심리적 부정 너머에서 다른 모습으로 이어지는 사회를 보여준다. 작고 단순하지만 일상이 요구하는 요소를 갖추고 나름 기능하고 있는 사회다. 솔솔 호기심과 관심이 일깨워진다. 더 가까이 다가가서 더 자세히 살피게 된다. 노인 요양원이 보이고 들리기 시작하는 것이다. 그래서 보게 되는 것은? 듣게 되는 것은? 무엇이 어느 정도 괜찮고 무엇이 보완되어야 하는지, 그런데 내게 꼭 필요한 무엇이 없는지 '나의 말년'과 연결된 삶의 가능성 차원에서 구체적으로 살피게 된다.

그의 글에서 우선 눈에 띄는 것은 인지 장애증이 있는 노년들을 대하는 요양보호사들의 돌봄 기술이다. 그런데 그 돌봄 기술이 통할 수 있었던 건 신체와 인지의 기능 변화에도 불구하고 노년들이 품고 있는 '사랑과 애정의 능력' 덕분이다. 목격하는 이들의 마음을 붉게 물들이는 사실이 아닐 수 없다. 집에 갈 거라며 이른 아침부터 짐 보따리를 싸는 어르신, 드디어 큰 주황색 보따리를 머리에 이고 복도를 휘적휘적 걸어 나가는 어르신을 다시 '이곳'에 마음 붙이게 하는 건 '아기'였다. (인형) 아기를 품에 안고 애지중지 '돌보는' 인지 장애증 노년의 모습을 어떻게 이해해야 할까. 늙으면 도로 아기가 된다, 라는 말이 있다. 인형 아기를 품에 안고 사랑에 몰입하느라 집에 갈 생각도 잊어버린 이 할머니는 인형 놀이를 좋아하는 아기인가? 아이들은 사물을 활물活物로 느끼는 뛰어난 감각이 있다. 그래서 아이들의 인형 놀이도 단순히 어른들의 사회를 모방하는 것, 그 이상의 의미를 지닌다. 반면 인지 장애증이 있는 노년이 인형 아기를 품에 안고 다른 모든 심리적 갈등이나 불안을 잊는 건, 돌봐줘야 할 어린 아기, 즉 '취약하고 의존적인' 대상을 향한 이타적 사랑의 힘과 관련되는 것이 아닐까? 할머니들뿐 아니라 할아버지들도 인형 아기를 품에 안으면 마음의 안정과 평화를 되찾는다는 이야기는 듣는 순간 직관적으로 이해되는 무엇이다. (인형) 아기를 품에 안고 노년들이 반나절 넘게 대화를 나누는 모습, 또 (인형) 아기에게 팔베개해주고 잠이 드신 할머니의 모습은 혈연 중심의 가족애보다는 돌봄으로 연결되는 어떤 보편적 인간애를 전한다. 집에 가겠다고 나서는 '배회성' 인지 장애증 노년에게 한번 시도해본 인형 아기 아이디어가 성공하자 이것은 이제 요양원의 주요 돌봄 인자가 된다. 이곳뿐 아니라 다른 나라 다른 노인 요양원에서도 (인형) 아기는 주요 인지 장애 보완 장치다.

요양원의 돌봄자로서 김홍남이 들려주는 또 다른 소중한 이야기는 인지 장애증이 있는 노년들 '사이'의 대화와 그것을 이끄는 흥興이다. 흔히들 인지 장애증이 있는 사람은 언어/소통 능력이 심하게 떨어지거나 아예 없다고 여겨지는데, 그건 언어를 관계 속 소통 행위나 (감정 등의) 표현으로 이해하지 않고 문법 규칙 지키기나 현실의 모방적 재현으로 이해하기 때문이다. (인형) 아기를 품에 안고 사랑스레 보듬는 할머니에게 옆에 있는 다른 할머니가 "아기가 어디서 났소?" 물었을 때 그 할머니는 "내가 어젯밤에 낳았소"라고 답한다. 이 대화는 소통 행위로도, 표현으로도 손색이 없다. 두 분 사이에는 분명 '특정 의미의 소통'이 있었고, 아기에 대한 애착의 감정 역시 충분히 표현되었다. 머리가 몹시 가려운 한 할머니를 둘러싸고 할머니들 사이에서 오고 간 대화는 또 어떤가.

A 님: "아휴! 머리가 가려워. 이가 한 바가지 있는 거 같아."
B 님: "물을 끓여 부어라. 그래야 죽지."
C 님: "그래가꼬 안 죽는다. 불을 질러버려야지."
D 님: "머리에 불을 질러! 니가 죽는다."

머리가 가렵다는 평범한 사실을 두고 할머니들이 주고받은 이 대화는 거의 블랙 유머 수준의 표현력을 자랑한다! 이 외에도 이분들은 자꾸 침 뱉는 이유를 "연탄재에 넘어져서 입안으로 연탄재가 다 들어갔"기 때문이라고 한다든가 "어제저녁에 교통사고가 나서 (…) 길을 가는데 지프인지 트럭인지 등을 치고" 가서 등이 아프다고 한다. 이 정도면 풍부한 상상력을 지닌 뛰어난 이야기꾼이 아닐 수 없다. 욕구나 소망, 증상을 '표현'하는 언어로서 탁월하다. 그 방식을 인정하고 존중하려는, 즉 그들의 독특한 사고 체계 '안'으로 들어가려는 노력을 기울이면 소통할 수 있다. 인지 장애증이 있는 사람이 머무는 세계, 그 세계에서 통용되는 감각과 언어 표현을 '다른' 것으로서 이해하고자 애쓰는 일은 사고의 전환과 새로운 소통 방식의 훈련을 요구한다. 물론 이를 위해서는 충분한 시간이 주어지고 조건이 마련되어야 한다.

이 외에도 매달 열리는 "황금 마차"는 유사 장터로서 흥겨운 소비/문화 생활을 제공하고, 또 생신 축하 잔치나 추석 등 명절을 기념하는 잔치 등은 요양원이 의미 있는 공동체임을 확인시켜준다. 통상 우리가 큰 사회에서 맞닥뜨리게 되는 것들이 요양원이라는 작은 사회에도 있다. 새로 들어온 사람과 '선주민' 사이에 기싸움이 있고, 바깥에 있는 자식의 사회경제적 지위로 이곳에서의 서열을 세우려는 시도도 있다. 언제나 남의 음식이 더 커 보이는, 채워지지 않는 욕망도 있다. 평생을 살았어도 여전히 간절한 소망이 있는가 하면, 집을 지키고 있는 “큰마누라”가 집을 자주 비우는 “작은마누라”보다 소중하다는 늦은 깨달음도 있다. 자식 방문에 어깨가 으쓱 올라가는가 하면, 오지 않는 자식에 어깨가 처진다.

그렇다고 해서 이곳이 축소된 사회일 뿐이라는 뜻은 결코 아니다. 가부장제나 소비자본주의, 권력과 지위, 가족주의 등 현 한국 사회 문화를 특징짓는 요소들이 엄연히 존재하는 곳이지만 이곳의 핵심은 무엇보다 ‘다름’과 돌봄이다. 이곳에서 사는 분들의 저 다른 세계, 다른 지각, 다른 언어, 다른 행동을 진지하게 여기고, 그것에서 가능한 돌봄의 실천을 찾아내기, 그럼으로써 이분들의 삶을 끝까지 존엄하게 지켜드리기. 아무리 ‘존엄’이라는 단어가 알맹이 빠진 공허한 수식어로 남용되고 있어도 김홍남의 이야기에서 독자인 우리는 본래 의미를 간직한 존엄을 느끼게 된다. 이것이 김홍남의 글에서 우리가 보고 듣고 촉각적으로 이해하면서 배우는 것이다.

김홍남이 일하는 요양원은 100명 정도의 고령자가 함께 사는 곳이다. 요양원이 작을수록 돌봄의 질이 좋아진다고 말할 수 있다. 그러나 요양원들을 방문해보면 반드시 그렇지는 않다는 것을 확인하게 된다. 이 글에서 우리는 100명 정도가 함께 거주해도 이런저런 마디와 리듬이 있는 ‘삶’이 가능하다는 걸 목격하게 되었다. 더 많은, 더 다양한 요양원의 ‘삶’을 그래서 상상할 수 있게 되었다.

김영옥

김춘숙

2021년 9월 6일 오전 7:55

둘째 딸 생일로 가족 모임이 있어 정신없이 주말을 보내고 월요일 출근길 정신이 바짝 든다. 옥희살롱에 글쓰기 숙제 쓸 생각에 걱정이 앞선다. 잠시 내려놓고 지금 여기에 집중하자.

2021년 9월 7일 오전 7:52

간밤에 혼자 계셨을 어르신을 생각하며 발걸음을 재촉한다. 90세 고령에 몸이 성치 못해도, 요즘은 핵가족 시대라는 말로 노모를 모시고 사는 것을 꺼려한다. 누구나 행복할 권리가 있기 때문에 이해는 가지만 서글픈 생각이 든다.

김춘숙

2021년 9월 8일 오전 7:50

비가 와서 버스가 늦게 도착해 출근이 조금 늦었다. 어르신이 기다린다는 생각에 걸음을 재촉한다. 며칠 전 인터폰이 고장 나서 요양사가 못 들어오는 건 아닐까 싶었던 어르신이 1층 로비까지 내려왔다 올라오셨다 한다. 마음이 짠하다.

2021년 9월 9일 오후 9:23

현관 입구에서 "어르신, 어르신" 두 번을 불러도 대답이 없으시다. 눈귀 어둔 어르신이 행여 놀라실까 염려되어 가방을 멘 채 주방 쪽으로 향한다. 생선을 굽고 계시던 어르신께서 뒤돌아보면서 환한 미소를 보내신다.

2021년 9월 10일 오전 7:57

J 어르신은 잘 안 보이는 눈으로 프라이팬에 생선을 가까이 가서 들여다보며 정성껏 굽고 계시다가 가까이 오는 인기척에 돌아보시고 활짝 웃으며 반겨주신다. 매일 아침에 생선구이와 불고기를 번갈아 구워서 상을 차려놓으신다.
출근해서 제일 먼저 어르신의 혈당 체크와 혈압을 재면
J 어르신은 손수 인슐린 주사를 놓으신다. 그사이에 얼른 밥과 국을 떠서 식사를 하시게끔 해야 한다.
먹는 것에 차별 없이 가족과 똑같이 차려놓으시고 "많이 먹어요, 집 나오면 배고파요" 하신다. 이제는 J 어르신과 함께 식사하는 것이 즐겁고 행복하다. 연세가 91세이신데도 반찬을 해드리면 밥이 맛있다 하시면서 잘 드신다. "맛있는 밥 먹게 해줘서 고마워요" 하시면, "맛있게 드셔주셔서 제가 감사합니다" 그렇게 말씀드린다.
J 어르신은 당뇨가 심해서 건강 식단으로 음식을 준비한다.
전에는 인슐린을 눈금 14에 놓고 맞았는데 지금은 8에 놓고 맞아도 혈당 조절이 잘되고 있다. 이럴 때 보람을 느낀다.
시장에 가면 과일을 좋아하는 어르신을 위해 토마토 한 박스를 사서 나눠 간다.

김춘숙

2021년 9월 11일 오후 4:36

토요일 아침 눈을 뜨고 간단한 식사를 마치고 핸드카에 물을 싣고 아파트 뒷길에 심은 시금치를 보러 간다. 시금치가 어린아이 이가 빠진 것처럼 드문드문 나 있다. 그것도 어디냐, 보살피지 못한 것에 비하면 훌륭하다. 뭐가 그리 바쁜지 씨만 뿌려놓고 며칠에 한 번 물만 주고 못 갈 때에는 시금치 안부가 궁금하다.

2021년 9월 13일 오전 7:56

기대가 크면 실망도 크다더니.
딸 집에 도착해서 식사하고, 차를 마시면서 수다도 떨고, 보고 싶었던 영화 〈미나리〉를 볼 때만 해도 화기애애하니 분위기가 좋았다. 그러나 그동안 써놓고 정리 못 한 글을 딸이 봐주면서 사달이 났다. 꼼꼼한 성격인 딸이 형편없는 글을 보고 기가 막힌지 이 글 올리지 말라고, 기본이 안 됐다고 했다. 된 스승을 만났다. 내가 알아서 한다고 집에 돌아와 써놓은 글을 지우고 다시 써서 공모전에 냈다.

2021년 9월 20일 오후 5:23

추석에 장만할 음식 준비할 것을 일 끝나고 집에 돌아오는 길에 시장에 들러 조금씩 사다 나른 것이 무리였는지 몸살이 났다. 그래도 약을 먹으면서 추석에 가족이 먹을 음식 준비를 하루에 세 가지씩 나눠서 첫날은 김치, 진미채무침, 갈비를 재고 체력이 안 돼서 누웠다.
오늘은 아침에 일어나 간단한 식사를 하고 산책을 나갔다. 일찍 길을 걷다 보니 풀벌레 소리가 귀에 들어오는데 몸이 작아서인지 소리가 작아 귀를 기울이게 된다.

2021년 9월 25일 오후 8:04

어르신과 나의 관계는 어르신과 실버카 같은 관계다. 어르신은 치매 5등급인데 문밖에 나가면 집을 못 찾아서 누군가가 꼭 옆에 있어야 되고 실버카는 다리에 힘이 빠져 꼭 가져가야 되어서, 외출 시 한 세트가 맞추어져야 외출을 할 수 있다.

김춘숙

2021년 9월 26일 오후 8:30

오랜만에 친구와 함께 하늘공원에 다녀왔다. 친구랑 갈대숲을 누비며, 코로나19로 꼼짝 못 하는 사람들도 있는데 우리는 하늘공원 가까이 살고 있고 서로 한 시간 거리여서 산보 오듯이 올 수 있어 행복한 사람이다, 이야기했다. 같은 요양보호사 일을 하니깐 이런 일 저런 일 이야깃거리가 많다.

2021년 9월 27일 오후 8:52

이름: 작은점이, 나이: 10세
작은점이 엄마 이름: 샤샤
아빠 이름: 바닐라
누나 이름: 일점이
오빠 이름: 왕점이

2019년 딸이 결혼하면서 집으로 샤샤와 일점이를 데려가고 우리 집에는 바닐라, 왕점이, 작은점이, 고양이 세 마리와 나와 막내딸이 같이 살고 있었는데 2020년 아빠 고양이가 무지개다리를 건넜다. 13년 이상 살다 보니 잇몸의 염증이 심해서 동물병원에서 치아 전체를 뽑아주고 잇몸으로 밥을 먹었다.
그 뒤에는 귀에 알레르기가 심해서 긁다가 귀가 풍선처럼 부풀어 올라 수술을 하면서 많이 아팠을 텐데 그 과정을 겪으면서도 잘 참아냈다. 퇴근해서 집에 돌아오면 바빠서 눈길도 잘 안 주는 나를 끝까지 한결같이 바라보고 따라다녀서 귀찮을 때도 있었다.
김칫거리를 다듬을 때에도 거기에 바닐라가 있었고 아침에 일어난 기척이 보이면 어느새 달려와 침대로 올라와 애정 표시를 한다.
나를 사랑한 바닐라가 그립다. 나의 치마 위에서 자고 있는 바닐라…….

김춘숙

2021년 9월 30일 오후 9:05

어르신께서는 황반변성을 앓고 계셔서 눈이 잘 안 보이신다. "성당에서 책이 왔는데 읽어드릴게요"라고 말씀드리고 읽어드렸다. "성당 후원회에서 어르신께 그동안 후원해주심에 감사드리며 책 한 권을 보내드립니다. 코로나19로 인해 경제적으로 어려워 앞으로 1년간은 책자를 보낼 수 없음을 양해 부탁드립니다. 먼저 보내드린, 제목이 같은 책을 보내니 이웃에게 선물하셔도 됩니다" 이렇게 쓰여 있었다. 책은 어르신이 내게 선물로 주셨다. 선물을 이렇게 받기도 하는구나……. 한 장을 넘기니 제목이 눈에 딱 들어온다.

동행

그래 가자
가 보자
그곳이 어디건

다행입니다
이렇게 함께 갈
친구가 있다는 것이

그래 가자 어디건
저 파란 하늘이면
더 좋고

이 시를 읽으면서 요양보호사도 한곳을 보고 가는 것 같다는 생각을 했다.

김춘숙

2021년 10월 1일 오후 9:14

치매 5등급 어르신이 젊으셨을 때에는 한복을 만드셨는데 솜씨가 좋아 맵시 있게 잘 만든다고 입소문이 나서 새벽부터 저녁 늦게까지 만들었다 하신다. 그 시절 일도 많이 하고 친구들도 많이 놀러 오고 집 근처에 텃밭이 있어 푸성귀 끊어다 뚝뚝 잘라서 겉절이 하고 된장 지져주면 맛나게 먹고 늦게까지 놀다가 집에들 돌아갔다 한다. 옛 생각을 그리워하는 어르신과 함께 색종이로 한복을 접고 그 시절 이야기를 나누었다.

2021년 10월 3일 오전 6:45

홍제천을 걸으며

홍제천으로 발을 들여놓으며, 발은 걷고 있지만 뇌는 추억 속으로 빠져들어간다. 아이가 고만고만한 셋이다 보니 내 몸 중심으로 가지가 주렁주렁했을 때 힘이 들었는데……. 아장아장 걸을 때부터 아이들과 함께했던 홍제천. 지금은 그 아이가 커서 각자의 삶을 살고 있다. 그 시절이 그립다.

2021년 10월 4일 오전 11:43

요양보호사의 고뇌

치매 5등급, 나이 90세, 치매 병력 10년, 우울증, 배회 있음, 딸 가족과 같이 살고 있음. Y 어르신을 처음 만난 것은 2020년 1월 20일 정도. 전에 살던 집에서는 혼자 출입이 가능했다 한다. 딸이 2년 전에 집을 이사하면서 가족들은 Y 어르신이 운동 코스를 한길로 다니면 예전처럼 혼자 출입이 가능할 거라고 생각했다. 그러나 Y 어르신은 밖에 나가면 "여기 오지 말고 우리 집에 가자" 하신다. "여기가 어르신 댁이고 따님이 이 집으로 이사해서 이제 여기가 집이에요"라고 아무리 이야기해도 소용이 없다. Y 어르신 뇌에는 전에 다니던 길, 전에 살던 집이 기억에 있는 것이다. 집을 못 찾아 불안해서 수시로 되묻는다. 보호자는 걱정이 돼서인지 무리하게 학습을 요구한다.

1. 보호자와의 갈등

사위가 요양 병원을 운영하고 딸은 오후에 병원에 나가 돕는다. '요양보호사는 의사 처방을 따라야 하는 게 맞는 것 같아'라고 무리한 요구를 해도 따를 수밖에 없었다. 그러나 어르신은 왜 공부를 해야 하는지 모르겠다면서 수업 시간이 되면 누워 있거나 책상에 앉아 눈을 감고 시위를 한다. 아무리 치매 예방에 대한 설명을 해도 막무가내로 싫다 하신다. 가족이 없을 때에는 "가라.

내가 부모가 하라는 공부도 안 한 사람이다" 하신다. 재가센터와 이 부분을 협의하고자 했지만 "센터에서 그만두라고 할 때까지 근무하세요"란다. 어르신의 의견을 따라야 되는지 갈등이다.

2. 무리한 보호자의 요청

보호자는 장기 요양 서비스 세 시간을 한 시간 30분은 수업을 하고 나머지 한 시간 30분은 산책하는 것으로 해달라는 것이다. 수학 학습지는 하루에 다섯 장 이상 풀고, 체조, 동화책 읽고 이야기 나누기, 끝말잇기 등……. 보호자의 무리한 요구와 간섭은 요양보호사의 마음에 상처를 주고, 근무하고 싶지 않도록 한다. Y 어르신은 "공부도 싫고 운동도 싫고 죽을 때가 다 된 사람이 운동이 왜 필요하느냐" 하며 문밖에도 나가지 않으려고 하신다.

3. 나의 발견

하루는 공덕 사거리에 있는 ○○빌딩 앞에 불우한 가정을 돕기 위해 자동판매기를 설치해둔 것이 눈에 띄어 차 두 잔을 뽑아가지고 가서 Y 어르신께 갖다드렸다. 얼굴이 환해지면서 "맛있다. 어디서 이런 것을 가져왔어요" 하고 내 얼굴을 쳐다보신다.

"저하고 운동 같이 가시면 매일 드실 수 있어요."

그 뒤부터는 "차 마시러 가요" 하면 귀찮아도 따라나서신다.

4. Y 어르신과의 갈등

어르신 산책 코스가 언덕을 넘어가는 공원길이라 "힘드니깐 그만 가자" 하신다. 그럴 때마다 "운동하는 거리가 짧아서 조금만 더 가셔요" 사정해서 더 가면, 그 언덕길을 넘어가고 싶지 않아서 화를 내신다. "딸이 저쪽 끝까지 다녀오라고 했어요" 하고 겨우 달래서 공원 끝에 도착하면 Y 어르신은 반대쪽 길을 가리키며 "이쪽으로 가면 우리 집이 나온다"라며 마구마구 우기면서 화를 내신다. "저는 갈 수 없어요" 하면서 왔던 길로 돌아가는 척하면 혼자서 반대쪽으로 성큼성큼 걸어가신다. 보호자에게 전화를 해서 "어르신이 집 반대쪽으로 가고 있어요" 하면 보호자는 "멀리서 따라가라" 한다. 그래서 얼마쯤 갔을까, 한 시간 정도 따라가다 보니 어떤 사람에게 길을 묻고 계신다. 얼른 다가가서 어르신을 불렀다. 반가워하신다. 집이 여기가 아니고 "택시 타고 가면 기사님이 집 앞에까지 태워다 준대요" 말씀드린다. 기사님 덕분에 무사히 집에 돌아왔다.

5. 보호자의 요청

그 길을 고집하는 보호자에게 "운동 코스를 바꿔서 반대 방향으로 갔을 경우에는 집에 찾아가신다고 안 하셔요" 하자, 같이 사는 보호자 말이 "우리 엄마는 허리가 협착증이라 언덕을 넘어갔다 와야 허리 통증에 도움이 된다" 한다. 보호자의 고집으로 그 운동 길을 갈 수밖에 없어 언제나 공원 길 끝에서 Y 어르신하고 실랑이가 이어지니 난감하다. 아무리 집 방향을 손으로 가리키며 이야기해도 소용이 없어 1년이 넘도록 어르신 증세가 심해지면 어쩔 수 없이 따라갔다 올 수밖에 없다. 그런 와중에도 보호자는 "오늘 어디까지 갔다 왔어요?" 하고 수시로 물어본다. 거짓말을 할 수는 없어 "어르신이 막무가내로 안 가시겠다고 해서 공원 끝까지 못 가고 돌아왔어요" 하자, 보호자가 "안 돼요, 운동량이 부족해서 공원 끝까지 가세요" 한다. 그때는 섭섭하고 원망스러웠는데 이 글을 쓰다 보니깐 보호자가 몰라서 그럴 수도 있겠다 생각이 든다.

6. 인지 활동

수업 중에 어르신 방 바로 앞의 거실 소파에 앉아 있던 보호자는 수업은 어떻게 하는지 듣고 있다가 수업 시간에 방에 들어와 참견을 한다. 내가 어르신의 과외 선생인 줄 아는지. 서비스 시간 세 시간 중 운동 시간 한 시간 30분 외 남은 시간을 수업을 해달란다. 하기 싫다는 어르신과 함께 수업하는 것이 죽을 맛이다.

7. 정책의 변화를 바란다

이런 갈등 속에서도 참고 견디는 것은, 일반 요양보호사보다 치매 전문 요양보호사는 1일 근무 시 치매 인지 활동 수당을 센터 측에서 5,760원 더 받기 때문이다. 2021년 12월 30일에 치매 인지 활동 수당이 폐지되면 무슨 의미로 일을 계속할 수 있을까? 대통령이 '치매 안심 국가책임제'를 이야기했기 때문에 믿고 제2의 직업으로 치매 전문 요양보호사를 선택한 것이다. 치매 전문 요양보호사가 되기 위해 공단에서 지정한 교육기관에서 수업료 내고 치매 전문교육을 8일간 받았다. 시험 과목별 평균 60점 이상 받아야 수료증을 받는다. 또한 자격을 갖추었다 해도 다양한 치매 어르신을 이해하고 잔존 능력이 지속 가능하게 도움을 주려면 역량 강화를 해야 가능한 일이다. 치매 전문 요양보호사의 노력을 인정해주고 지속적으로 역량 강화를 받을 수 있도록 지원을 바란다.

8. 몸으로 익히다

이제는 어르신과 2년 가까이 지속적으로 치매 인지 활동을 반복해서 하다 보니 얼마 전부터는 수업 시간이 되면 미리 책상에 앉아 계신다. 체조도 잘 따라 하시고 수학 문제집 풀이도 한 장으로 줄였더니 잘 따라와주신다. 화장실을 다녀온 뒤 산책 갈 준비를 하고 실버카를 밀고 밖에 나와서 "요 밑에 가서 앉았다 와요" 하신다. 산책을 가면 우리 집에 가자던 Y 어르신이 가기를 원하는 장소가 어느샌가 바뀌었다. "네, 그럴게요."

새로운 장소는 어르신의 기억 속에 요양보호사와 둘만의 장소로 기억된 곳이다. 그곳에 앉아서 하늘의 구름도 보고 바람에 흔들리는 꽃, 나무, 사람들을 보면서 도란도란 이야기를 나눈다.

운동 시간은 Y 어르신이 유일하게 밖에 나오는 시간이라 많은 것을 느끼게 해드리고 싶다.
동네 한 바퀴 돌고 집에 돌아와 샤워하는 시간이 관건이다. 욕실을 지나서 방으로 먼저 들어가면 씻지 않으려고 저녁에 혼자 씻겠다 하신다. 이날은 씻는 것이 어려워 땀에 젖은 몸을 물수건으로 닦아드릴 수밖에 없었다. 그래서 현관에 들어오면서 재빨리 욕실로 안내해서 "물만 끼얹으세요" 하면 이 말이 다행히 통한다. 목욕 케어 후 요리 유튜브를 시청한 후 Y 어르신은 얼굴이 밝아지며 "이것만 보면 모든 음식을 다 할 수 있겠다" 하면서 환하게 웃었다. 금방이라도 할 수 있겠다는 자신감 있는 표정은 어르신을 만난 후 처음 봤다.

2021년 10월 6일 오후 12:47

정성이 들어간 따듯한 밥을 먹으면서 J 어르신과 대화를 나눈다. 오늘은 어떤 반찬과 국을 끓이는지 말씀드리면 식사하면서 고개를 끄덕이신다. 그럼 OK란 뜻이다.
J 어르신께서 어제 B 어르신이 밤을 가져와서 나눠 먹고 냉장고에서 일주일간 먹으려고 준비해놓은 호박나물, 샐러드를 덜어 갔단다. 확인해보니깐 호박나물은 조금 가져갔는데 샐러드용으로 썰어놓은 채소를 절반 넘게 가져가셨다. J 어르신 치아가 안 좋아서 곱게 써느라 팔목이 아팠는데 어찌해야 될지 모르겠다.

김춘숙

2021년 10월 7일 오후 9:05

Y 어르신과의 수업은 체조, 스트레칭, 근력 운동으로 합쳐서 20분 정도 한다. 운동을 오래 같이하면서 손동작 몸동작 잘 따라와주신다. 치매 예방 운동으로 손끝 박수를 한 세트에 열 번씩 3세트 할 때마다 몇 번을 하였는지, 30번을 세 번 반복하면 몇 번인지 기억하도록 한다. “30, 30, 30이면 몇 번이지요?” Y 어르신은 “90”이라고 답한다.
치매 인지 활동으로 선 긋기와 색칠하기를 했다. “선 긋기는 이렇게 하면 돼요.” 펜을 잡고 시범을 보여드리면 선을 따라 그리신다. 색칠할 때에는 눈이 흐릿하게 보여 선이 안 보인다 하신다. 선 안에 들어가야 되는 색으로 칠해놓으면 맞는 색을 찾아 색칠을 하신다. 색을 다 칠하고는 색칠한 그림 잠수함에 대해 설명드리면 신기해하신다. 스스로 하기는 어렵지만 같이하는 것은 즐거워하신다.

2021년 10월 9일 오후 8:10

가까이에 사는 친구가 전화를 걸어 한강 쪽으로 나들이 가잔다. 2시에 하늘공원 계단 밑에서 만나기로 약속을 했다. 간식으로 어제 쪄놓은 쑥개떡 네 개, 두유 두 개, 물을 준비하고 간단한 옷차림에 집을 나섰다.
걸어서 빨리 가면 40분 정도. 걸어서 도착하니 친구는 아직 오지 않았다. 내가 먼저 와서 기다리는 게 편하다. 조금 있으니깐 저 아래에서 나를 발견하고 손을 흔들면서 올라오고 있다. 언제 봐도 반가운 친구다. 취미도 비슷하고 같은 일을 하다 보니 소통이 잘된다.
메타세쿼이아 길을 지나 한강 쪽으로 내려가 가양대교 밑에까지 갔다. 벤치에 앉아 각자 가져온 간식을 꺼내놓고 저녁으로 먹고 돌아오는 길에 오두막에 신을 벗고 올라앉아 〈10월의 어느 멋진 날에〉, 〈잊혀진 계절〉, 〈이별〉을 같이 부르고 도란도란 이야기를 나누며 하루를 멋지게 보내고 돌아왔다.
친구가 있어 행복하다.

김춘숙

2021년 10월 10일 오후 9:06

60대가 되어보니 좋은 점도 있다. 저녁밥 걱정 안 해도 되고 오후에 친구 만나 느긋하게 놀아도 된다.
가을로 접어들면서 해가 지는가 하더니 금방 어두워진다. 걷다 보니 월드컵대교의 멋진 모습에 반해 사진도 찍고 감상도 한다. 조명이 초록색에서 점차적으로 꽃분홍색으로 바뀌었을 때 너무 아름답다.
친구하고 만나면 한강 가까이 살아서 너무 좋다고 서로 이야기 나눈다. 공감할 수 있어 더 좋다. 마음만 먹으면 언제든지 올 수 있고, 월드컵공원이 넓다 보니 하루 만에 산책하기엔 시간이 부족하다.
우리 집은 거실에서 노을공원이 가까이 보여서 더욱 좋다.

2021년 10월 13일 오전 12:08

떡 한 쪽이라도 더 주려는 Y 어르신

운동 다녀온 후 목욕하기 싫어하는 Y 어르신을 얼른 화장실로 모시고 가 "물만 끼얹고 나오세요" 한다. 샤워기 물을 틀어놓으면 욕실에 들어가서 마지못해 씻고 나오신다. 간식으로 보호자가 떡을 한 접시에 내와서 나는 먹기 전에 살짝 갈라놓는다, 넘어오지 마시라고. Y 어르신은 드시다가 조금 남은 떡을 포크로 나 있는 쪽으로 쓰윽 밀면서 "선생님 드세요" 하신다. 내 생각해서 주시는 것이긴 한데 난감하다. 코로나19 시대라 방문하면 마스크를 쓰고 근무하는데 간식을 먹을 때에는 어쩔 수 없이 벗는다. "어르신, 요즘 제가 코로나19로 매일 마스크를 쓰지요. 침알이 균을 옮겨서 음식을 나눠 먹을 때 조심해야 돼요." 조금 있으면 잊어버리시겠지만 말씀드린다. 수긍하고 떡을 드셨다.

김춘숙

2021년 10월 13일 오후 9:40

빨간 열매

길을 걷다가 빨간 열매가 눈에 들어온다. 아~ 가을이구나! 가을엔 역시 열매가 익어가는 들녘이 최고지……. 누런 곡식이 익어가는 것을 보면 니 거 내 거 상관없이 풍성해지는 것은 왜일까? 아마도 누렇게 익어가는 들판을 바라보는 농부의 마음을 알아서가 아닐까? 그런데 사람은 늙어가는 것을 보면 왜 서글퍼질까?
Y 어르신이 몸이 여기저기 아프다고 "운동은 해서 뭐 하냐, 그만 살고 싶다" 그러시면서 침대에 벌러덩 누우신다. 운동 후 샤워하시고 나서 간식을 드시고 기분이 좋아지셨다.
요양보호사로 근무하면 어르신의 안색을 살피게 된다.

2021년 10월 14일 오후 9:59

이웃 어르신들과 함께 노래 부르기

아침 식사 후 반찬 준비하고 먹을 간식까지 준비해야 운동을 나간다. 일이 덜 끝나서 J 어르신께 "먼저 나가서 운동하고 계시면 모시러 갈게요" 했다. J 어르신은 "기다릴게요, 같이 가요" 하신다. 부지런히 일을 마무리 짓고 어르신과 함께 놀이터 둘레길을 다섯 바퀴 돌고 이웃 어르신들과 인사를 나누고 합석을 한다. 유튜브에서 노래를 찾아 틀고 여러 어르신들과 함께 합창을 한다. 〈아리랑〉은 우리나라 민요라 먼저 틀고 그 뒤로 〈옛날의 금잔디〉, 〈고향 생각〉, 〈사랑의 미로〉를 불렀다. 〈사랑의 미로〉를 부를 때 "사랑의 미로여~" 그 부분에서는 가슴이 후련해진다. 나만 그런 것이 아니라 다른 어르신들도 그 부분에서는 크게 부르신다. J 어르신을 모시고 나가면 이웃 어르신들이 무척 부러워들 하신다. "어떻게 저런 요양보호사를 만났어요?" 다른 어르신들이 물으면 J 어르신은 흐뭇해하신다. 나는 옆에 있다가 "J 어르신께서 잘해주시니깐 따를 뿐입니다" 한다.
나는 핸드폰을 잘하지 못하는데 어르신들이 핸드폰이 안 되면 아침에 만난 내게 물어온다. 알려드리면 엄지 척을 하신다. 오늘은 노래 다섯 곡을 부르고 집으로 들어간다. 어떤 어르신은 이 시간이 기다려진다 하신다. 어르신들이 코로나로 인해 경로당에도 못 가고 심심해하실 때 J 어르신과 안부 인사를

김춘숙

나누시도록 해드렸다. 자주 만나다 보니 이제는 하루라도 안 보이면 서로를 찾으신다.
아침에 만나는 멤버 어르신들이 건강하셔서 오래도록 만나시고 행복하시길 바란다.

2021년 10월 21일 오후 8:56

가을 장미

J 어르신과 월동 준비로 고구마 한 박스 사고 오늘은 며칠 전에 사진 찍어놓은 차탕기를 사러 나섰다. 지나가는 길에 공원에 예쁜 장미를 보고 걸음을 멈췄다.
“어르신 잠깐만요, 사진 한번 찍을게요.”
키 작은 꽃에 마음이 이끌려 사진을 찍고 있는 나에게 J 어르신, 키 큰 장미를 가리키며 “이 꽃이 더 이쁘네” 하셔서 키 큰 장미도 찍어 왔다. 날씨가 추워지면서 꽃의 색이 더욱 아름다워진다. 꽃을 볼 수 있는 날이 얼마 남지 않았음을 알기에 더욱 귀하게 여겨진다.
J 어르신과 재난 카드를 가지고 차탕기를 주문해놓고, 머지않아 동치미 담글 생각에 소금 20킬로그램을 사가지고 어르신 댁에 돌아왔다. 소금은 잠시 놔둘 곳에 자리 잡아두었다.

김춘숙

2021년 10월 22일 오후 9:12

차탕기

주문했던 차탕기가 배달이 돼서 당뇨에 좋은 돼지감자, 귤껍질, 생강, 대추, 도라지 뿌리 등을 탕기 안에 넣고 한 시간 정도 끓여서 J 어르신과 마셨다. "이제 추운 겨울이 와도 걱정이 없어요."
J 어르신도 맞장구를 치신다. "차를 마시니 금방 몸이 따듯해지네."
차탕기 하나 사놓고 겨우내 따뜻한 차 마실 생각을 하니 흐뭇하다. 어르신 댁에 방문하는 사람들이 추운 날씨 차 한 잔에 몸과 마음을 녹이는 시간이었으면 한다.

2021년 10월 28일 오후 8:43

엉덩이 터치

아침에 J 어르신과 운동을 나가면 만나는 L 여자 어르신. 무슨 얘기 끝에 엉덩이를 손주에게 하듯 툭툭 치면서 "요양사가 참 잘하네" 한다. 순간 불쾌한 생각이 들지만 여러 사람이 있어서 그 분이 무안해할까 봐 싫으면서도 싫다고 말을 못 했다. 내일이라도 만나면 조용히 싫었다고 얘기를 해야겠다.

2021년 11월 1일 오후 8:41

요양보호사 입장도 생각해주세요

아름다운 단풍을 보면서 나의 미래를 생각하게 된다. 오늘 아침 문득 누군가 잘해줘서 좋아하는 것이 아니라 존재해주는 것만 해도 행복이라는 생각이 들었다.

며칠 전 J 어르신께서 집에서 동치미를 담가 가라고 하시는데 대답을 안 했다. 지난봄, "전에 요양사가 양파 장아찌를 담가주었었는데 선생님도 담가줄 수 있어요?" 물으시길래 J 어르신과의 관계 형성을 위해 담글 수 있다고 했다.

어느 날 출근하니 큰 양파 한 자루를 사서 다듬어놓았다.

이게 아닌데, 나는 어르신 드실 만큼을 담가드리겠다는 뜻이었는데……. 담가드리겠다고 약속한 것이 있어, 속은 상하지만 담가드리면서 "어르신 저희는 어르신 드실 만큼만 담가드리게 되어 있어요. 다음부터는 안 돼요" 그렇게 말씀드렸다. 그런데 그 많은 양파 장아찌를 지인들에게 나눠 주는 것이었다.

이번에 동치미를 같이 담그면 또 지인들에게 나눠 줄 것을 알지만 혼자 담그려고 고민하는 어르신을 생각하니 같이 동참을 해야겠다. 몸이 성치 않은데도 오래전부터 담가 드시던 것이라 때가 되면 담그고 싶으신가 보다. 독거 어르신께는 냉정하게 딱 자르기가 어렵다.

김춘숙

2021년 11월 4일 오후 10:44

죽이 된 라면

월요일에 출근하니깐 J 어르신께서 국 대신 라면이라고 끓여놓으셨다. "어르신, 라면은 당뇨 있으신 분들에게는 너무 해로워요" 하자 J 어르신, "그냥 가져와요, 내가 먹게." 혈당이 올라가서 밀가루를 될 수 있는 한 안 드리는데 J 어르신 혼자라도 드시겠다고 완강하게 말씀하셔서 살짝 두 젓가락만 드리고 버릴 수밖에 없었다.
나도 당뇨 전 단계라 건강 식단으로 먹어야 한다. 음식을 버리는 게 아까웠지만 몸에 이롭지 않은 것은 어르신께 드릴 수가 없다.

2021년 11월 6일 오후 2:41

갈비뼈 골절

1일

4일 전에 걷기 운동을 하시던 J 어르신, "옆구리가 기분 나쁘게 결려서 파스를 붙였는데 지금도 아프네" 하신다.
"어르신 얼마나 됐어요?"
"3, 4일 정도. 오늘 지켜보고 내일은 정형외과에 가보자."
"네, 어르신, 그러는 게 좋을 것 같아요."

2일

출근해서 "어르신 옆구리 결리는 통증은 어떠셨어요?" 하니 "여전히 아프네. 밥 먹고 삼성정형외과 병원에 가보자" 하신다.
"네, 어르신. 그럼 설거지 빨리 하고 준비할게요."
간단한 옷차림으로 길을 나섰다. 쭉 길을 가시다가 위험한 내리막길로 내려가시려고 한다.
"왜 이쪽으로 가시려고 하세요?"
J 어르신, "이리 내려가야 지름길인데……".
"삼성정형외과 병원은 이 길로 쭉 가야 돼요" 말씀드리면서 실버카를 살짝 돌렸다. J 어르신, 아쉬운지 뒤를 돌아보신다.
병원에 도착해서 모시고 들어가려는데 그 앞을 지나치려고 하신다.

김춘숙

"어르신, 왜 안 들어가시구요?"
J 어르신, "여기가 아니고 요 밑에 병원" 그러시면서 '가자연세병원'을 가리키신다. 계속 삼성정형외과 간다고 하시더니 그 병원 이름이 생각이 안 나셨나 보다.
엑스레이를 찍어보니 갈비뼈가 부러져 병원 측에서 당분간 조심해야 된다고 했다. 주의 사항을 보호자에게 문자로 보내고 전화를 걸어 "어머니께서 며칠 전에 밤에 주무시다 침대에서 떨어지셨다고 병원에 오셔서야 말씀하셔서 알았다"라고 전했다.
보호자가 알겠다고, 저녁에 본가에 가보겠다고 했다.

3일

보호자가 침대 앞에 두꺼운 요를 두 개 접어놨다고 했는데, 아침에 출근해서 보니깐 침대 앞이 깨끗이 정리가 되어 아무것도 없다.
"여기 아드님이 깔아놓은 요는 어디 갔어요?"
"그거 내가 장롱 안에 넣었지."
오 마이 갓! 어르신은 지금 자신의 건강 상태가 어떤지 실감을 못 하신다. 갈비뼈가 부러졌으면 절대 무거운 것을 들면 안 되는 것으로 알고 있는데.
"어르신, 의사가 체조, 실내 자전거 타기 하면 안 되고, 무거운 거 드는 것도 안 된다고 말했어요."
오전 내내 계속 반복해서 주의 사항을 이야기해드리고 침대 앞에

요를 깔아놓고 절대 치우시면 안 된다고 말씀드리고 보호자에게 사진을 찍어 보내면서 다시 한번 당부드렸다.

김춘숙

2021년 11월 8일 오후 10:45

동치미 담그기

J 어르신이 어제 이웃 어르신께 동치미 무하고 재료를 사다 달라고 부탁해서 사 오셨다 한다. 무를 씻어서 절여놓으셨다. 옆에서 걷는데 보니깐 왼쪽 다리를 절룩절룩하신다.
"어르신, 다리가 왜 그러세요?"
어제 동치미 무를 절여놓고 실내 자전거를 세 시간이나 탔다고 하신다.
"어르신, 앞으로 실내 자전거 또 타시면 병원 진료 가는 날 의사에게 얘기할 거예요."
듣고만 계신다. 젊을 때 총명하던 분이셨는데 이제는 판단이 잘 안 되실 때가 있다.
절여놓은 동치미 무를 씻어서 소쿠리에 건져놓고 양념을 준비했다. 배, 갓, 양파, 쪽파, 생강, 마늘, 삭은 고추……. 통 아랫부분에 양념을 깔고 무를 올리고 소금물을 타서 부어 차곡차곡 쌓아놓았다.
J 어르신, "언제 이렇게 다 했네" 혼자 말씀을 하신다.
어르신이 몸살 기운이 있다시길래 황태콩나물국을 끓여 드렸더니 드시고 나서 몸이 많이 좋아졌다 하신다. 건강하지도 않은 어르신을 혼자 두고 오려니 맘이 편치 않다. 별일이 없기를 바라본다.

2021년 11월 10일 오후 10:48

Y 어르신과 동네 산책하면서 어디 잠깐 들러서 차를 마신다. 무료는 아니고 모금하는 곳이다. 매일 어르신은 열 가지 곡식 차를 드시고 나는 건강 생각해서 호박 차를 마신다. 곡식 차는 달달해서 어르신이 무척 좋아하신다.

무료로 차를 마시면서 미안한 생각이 든다. 모금함에 돈을 넣어줘야 하는데. 요양보호사 월급에서 차비 빼면 얼마 남는 것도 없다. 나중에 꼭 기부를 하리라 다짐을 한다.

김춘숙

2021년 11월 12일 오후 11:59

된장 우거짓국 한 그릇의 행복

동치미 담글 때 겉잎을 떼어 삶아서 냉장고에 넣어두었다. 날씨가 추워지니 구수한 된장 우거짓국이 그리워진다. 오늘은 우거짓국을 끓이기로 했다.
먼저 우거지를 씻고 5센티 간격으로 썰어 집된장과 시중에서 산 된장을 반씩 넣어 주물럭주물럭해서 30분 정도 놔둔다.
여기에 다시다, 멸치를 넣고 쌀뜨물을 받아 붓고 팔팔 끓인다.
우거짓국이 끓으면 불을 줄이고 서서히 20분을 더 끓여준다.
이때 대파와 청양고추 두 개를 넣어서 한 번 더 끓여준다. 이렇게 끓인 우거짓국에 밥을 말아서 J 어르신께 드렸다. 맛보신 J 어르신, "우거짓국밥이 참 맛있다" 하신다.
집 안에 구수한 된장국 냄새가 쌀쌀한 날씨와 어우러진다. 이것이 행복이 아닐까 싶다. 어렸을 때 해 질 녘까지 놀다 보면 어머니가 우거지 된장국을 끓여놓고 밥 먹으라고 멀리서 부르시곤 했다. 그 시절이 그립다.
어르신과 우거지 된장국에 대한 추억을 나누며 행복한 시간을 보냈다. 독거 어르신은 드시고 싶은 게 있어도 몸이 불편해서 음식을 손수 해서 드시기 어렵다. 자녀나 남에게 부탁하는 것도 한계가 있어 참으신다. 집에서 새로운 반찬을 하면 어르신을 생각해서 조금씩 갖다 드리곤 한다.

2021년 11월 18일 오전 6:49

오지랖

아침에 출근해서 혈당 체크 중에 J 어르신, "쌍용하고 같이 정신과병원에 가기로 약속했어. 얼마 전부터 통 잠을 못 잔대" 하신다. 사정은 딱하지만…… 어르신이 가시면 근무시간이라 요양사는 당연히 따라가야 한다. 이웃 친구들이 화병으로 고생하거나 남편 잃고 힘들어하면 J 어르신은 그 친구분들을 모시고 병원에 가곤 하신다. 그럴 때면 요양보호사인 나는 어르신의 안부도 걱정이 되고 근무시간이라 따라가야 했다. 병원에 따라가는 날은 그날 해야 할 일을 뒷날로 미루어야 한다.

"어르신, 저는 쌍용 어르신의 요양사가 아닌데요?" 조심스럽게 말을 꺼낸다.

J 어르신, "나도 날씨가 추우니깐 이참에 3개월 치 약을 타 오려고 해."

"네, 알겠어요. 식사 후 설거지 빨리 끝내고 준비할게요. 그나저나 어르신 건강도 성치 않으신데 다른 방법으로 도움을 드리면 좋을 거 같아요. 병원 전화번호를 알려드리면 어떨까요?"

J 어르신은 "그래" 대답은 하셨지만 건성으로 하신다.

김춘숙

2021년 11월 23일 오전 6:44

좋은 습관

치매 5등급 Y 어르신은 일상에서 많은 것을 기억 못 하지만 항상 작은 것에 진심으로 감사해하신다. 보청기를 찾아드려도 "감사합니다", 물을 떠다 드려도 "감사합니다", 산책 나갈 때 먼저 나가서 현관에 가지런히 신발을 챙겨드려도 "감사합니다". 어르신의 좋은 습관은 상대를 기분 좋게 한다. 아기가 되어버린 Y 어르신의 복이 작은 것에 감사하는 것에 있지 않았을까 하는 생각이 든다.

2021년 11월 24일 오전 4:55

종이접기

인지 활동을 싫어하시는 Y 어르신과 함께 지난 직업과 연관 지어 종이로 한복을 접어보면 어떨까 하는 생각이 들었다. 어르신은 젊었을 때 집에서 한복을 만들었는데 솜씨가 좋다고 소문이 나서 새벽부터 저녁 늦게까지 일이 많았다 하신다. 그때가 좋았다면서 지난 이야기를 하신다.

"남편은 일찍 사별했지만 다행히 남편이 남겨준 재산으로 경제적인 면은 괜찮았어요."

주로 친구들이 수시로 찾아와 수다도 떨고 밥때가 되면 된장찌개에 부추 뚝 잘라서 겉절이 해서 밥 먹으면 꿀맛이었다 하신다. 혼자 지내다 보니 자고 가는 친구도 있고 친구들이 수시로 들락거려 외로운 시절을 잘 보냈다 말씀하신다.

"선생님 남편 없으면 자고 가라 붙잡겠는데."

"어르신, 오늘은 저녁 해야 돼서 가고, 내일 다시 올게요"

말씀드리고 빠져나온다.

김춘숙

2021년 11월 30일 오전 6:54

어르신과의 하루 일과

어르신을 가까이에서 돌보다 보면 예상하지 않았던 일들이 벌어진다. 어르신과 함께 운동을 할 때면 낙상 문제가 뒤따르기 때문에 긴장하게 된다. 산책을 나갈 때에는 위험을 줄이려고 어르신의 손을 꼭 잡고 다닌다. 어느 때에는 Y 어르신과 산책을 나가는 길에 보도블록에 발이 걸려 넘어지려는 것을, 내가 손을 잡고 있어서 무사히 지난 경우가 여러 번 있었다. 그럴 때면 Y 어르신은 "선생님이 손을 안 잡아줬으면 넘어질 뻔했네"라면서 "고맙습니다", 정말 고마워하신다. 다행이라는 생각이 들면서도 그 순간 온몸에 기운이 쭉 빠진다. 아무 일 없는 것처럼 나를 다잡고 집에 돌아와 목욕 케어 하는 도중 혹시라도 미끄러지실까 봐 한시도 긴장을 풀 수가 없다.

목욕이 끝나고 유튜브로 요리를 보면서 음식 이야기를 나눌 때가 되어야 마음에 여유가 조금 생긴다. 어르신도 이제는 음식을 만드는 것은 못 하지만, 지난날 손수 음식을 만들어 가족이나 친구분에게 해줬을 때 맛있게 먹은 상상을 하시느라 이 시간을 좋아하신다.

2021년 12월 7일 오전 7:00

소진

어르신께 긍정적이었던 마음도 돌아섰다. 2년 가까이 근무하면서 보호자의 태도를 보면 나를 부리는 사람으로 생각하는가 싶다. 무엇을 부탁했으면 믿어줘야 하는데 4일도 안 지나서 또 확인하고, 무슨 일이 일어난 것도 아닌데 절대로 그러면 안 된다고 욕실까지 쫓아와서 “머리 감을 때 비누 쓰면 안 되고 샴푸를 꼭 쓰세요, 비누를 쓰면 비듬이 생겨요” 한다. 내가 볼 때 믿음이 안 가는 건 보호자 쪽이다.

목욕 안 하겠다는 어르신을 매일 샤워를 하시도록 하는 것도 실은 힘겹다. 이럴 때 보호자라도 지나치게 간섭하지 않았으면 좋았을 텐데. 자주 가라앉는 나를 위해 이 일은 접고 내가 좋아하는 그림을 전문가에게 배우러 가기로 결정하고 나니 소진되었던 마음 속에서 따뜻한 기운이 모락모락 올라온다.

그동안 돈 때문에 이래도 참고 저래도 참으니 마음만 우울했었다. 이제는 허리띠를 졸라맬지언정 나 자신을 그런 곳에 두지 않겠다는 다짐을 해본다.

김춘숙

2021년 12월 17일 오후 11:14

떡국

방문 요양으로 아침 8시까지 출근해서 보호자가 요구한 대로 J 어르신과 아침을 차려서 먹는다. 하루 중에 가장 잘 먹는 게 아침이다. 아침은 불고기나 생선을 구워놓고 건강식으로 채소로 된 나물, 김치, 국과 샐러드 한 접시와 잡곡밥 반 공기를 든든하게 먹는다.

점심은 멸칫국물에 떡국과 계란, 대파를 넣고 맛나게 끓여서 양은 적게 무나물, 김치, 고추 장아찌 반찬 세 가지와 간단하게 드렸다. 떡국을 드시던 J 어르신, "떡국이 참 맛있네, 무나물도 맛있고" 하시면서 얼굴에 환한 미소가 번지신다. 내가 먹어봐도 멸치 육수가 시원한 것이 기가 막히게 맛있다. J 어르신은 반찬하고 떡국의 양이 딱 맞는 것까지 칭찬하신다.

오전에 새로 한 반찬을 점심 식사 때 드리면서 "오늘은 이 반찬을 했어요" 말씀드리면 맛도 보시고 칭찬도 하고 저녁에는 그 반찬을 찾아 드신다. 이렇게 따뜻한 점심을 드리고 퇴근하면 마음이 편안하다.

2021년 12월 19일 오후 9 : 21

휴일

일요일은 일을 시작하기 전 단계다. 월요일부터 일요일까지 일주일간 먹을 약을 약통에 준비하고, 일주일간 집에 물걸레질을 못 하니깐 걸레질을 한다. 밀린 빨래도 하고 머리 염색, 목욕도 해야 되고 일주일간 먹을 반찬도 해야 된다. 이제는 건강 생각해서 걷기 운동과 스트레칭을 기본으로 해줘야 일주일을 견딜 수 있다. 휴일이 왜 이리 바쁜지 눈 깜짝할 사이에 가고, 내일을 위해서 잠시 쉬다가 잠을 자야겠지…….

김춘숙

2021년 12월 22일 오전 6:57

동지팥죽

며칠 전 J 어르신, 팥죽이 드시고 싶으신지 “이 동네는 팥죽 파는 데가 없어졌어. 전에는 모래내시장에 가서 사다 먹곤 했는데.” 그때가 그리우신지 혼잣말을 하신다.

어르신께 팥죽을 드시게 할 수 있는 방법이 없을까? 사다 드릴 수도 있지만 이번 동지는 내가 끓여드려야겠다. J 어르신은 대보름 때가 가까이 되면 오곡밥과 보름나물을 드시고 싶어 하시고, 동지가 다가오니깐 팥죽이 드시고 싶은 것이다. 현실은 핵가족 시대고, 가족은 주말에 다니러 오니깐 맞춰드리기가 어렵다.

그래서 지난 월요일엔 퇴근길에 찹쌀과 팥을 사서 가방에 메고 롯데 콘서트홀에 하만택 감독의 공연을 보러 갔다. ‘공연도 가야 되겠고 팥죽도 끓여야겠고…….’ 코로나 시기에는 조심해야 하는지라, 그날 만난 동료와는 식당에서 식사하지 말고 공원에서 서로 싸가지고 온 간식을 나눠 먹고 공연장에 가서 절대로 마스크를 벗지 않기로 했다.

크리스마스 앞두고 하는 공연이라 크리스마스캐럴도 부르고, 테너 하만택의 노래는 나의 심장에 울림이 있었다. 감동 그 자체였다. 팥죽 재료가 가득 들었지만 가방 무게는 문제가 되지 않았다.

어제저녁에는 쌀을 불려 커터기에 갈아 새알을 만들었다. 팥을 삶아서 믹서에 갈아놓고 새벽에 일어나 끓이면 되게끔 해놓고 잠을 잤다. 새벽에 일어날 수 있기를 바라며.

오늘은 새벽 5시에 눈이 떠졌다. 팥죽은 끓이면서 계속 저어야 해서 많은 생각을 하게 된다. 어릴 적 어머니가 어린 자식을 먹이려고 이렇게 하셨겠지. 맛있게 드실 어르신을 생각하니 흐뭇하다.

김춘숙

2022년 1월 15일 오후 10:10

토요일 근무

재가 방문 치매 인지 활동은 한 달에 21일 근무라 주말에 하고 싶은 일을 하고 일요일엔 다음 주에 먹을 음식, 청소 등 준비가 가능했다. 치매 인지 활동 수당이 폐지되고는 실망감이 커서 치매 어르신 케어하는 것에는 마음을 접었다. 지금은 3등급 일반 어르신을 주 6일 동안 토요일까지 한 군데만 케어하고 있다.

3등급 어르신은 1개월에 하루에 세 시간씩 26일 안에서 쓸 수 있는데 1개월에 네 번은 병원 동행, 어르신과 함께 장보기 등으로 시간 초과가 가능하다. 그래서 남은 시간은 주로 토요일에 장을 보고 동네 병원을 모시고 다녀온다.

3, 4등급은 이용자가 쓸 수 있는 시간이 하루 세 시간으로 턱없이 부족하다. 특히 독거 어르신은 가족이 자주 방문하기 어렵기 때문에 집 안 구석구석 신경 써야 되고 약 복용, 건강 상태 체크와 영양 있는 식사, 식이요법, 신체 운동 등 챙길 것이 많아 서둘러도 시간이 부족하다. 공단은 어디에 기준을 두고 근무시간을 정하는지 모르겠다.

2022년 1월 17일 오후 11:13

일주일 먹을 채소 썰기

올해로 92세인 전○○ 어르신은 치과 의사 사위를 잘 만나 임플란트를 하셔서 음식을 꼭꼭 씹어 맛나게 드신다. 내과는 아들이 근무하는 종합병원에서 책임지고, 안과는 딸이 책임지고 모시고 다니고, 과일은 막내아들인 교수가 책임지고 안 떨어뜨리고 사다 놔서 아쉬운 줄 모르고 잘 먹고 지내신다. 하지만 전○○ 어르신과 나는 당뇨가 있어서 적게 먹을 수밖에 없다. 완전 그림의 떡이다.

월요일에는 일주일 치 채소 다섯 가지를 손으로 썰어 나눈다. 그 채소를 6일 동안 매일 아침 한 접시 먹고 식사를 한 뒤 운동을 하면 두 시간 후 혈당을 쟀을 때 혈당이 150 안으로 나온다. 채소를 늘 식전에 드렸더니 전○○ 어르신, 이제는 "채소가 맛있네" 하신다.

"저도 맛있어요."

채소 한 접시를 다 먹고 밥 먹기 시작이다. 채소를 잘 드셔서 어르신이 늘 감사하다.

김춘숙

2022년 1월 29일 오후 3:33

돌봄과의 인연

10년 동안 봉제 공장에 근무했다. 그러던 중 본사에서 인건비가 적은 중국으로 하청을 주기 시작하면서 공장 일이 자연스럽게 줄어들어 쉬는 날이 많아졌다. 주민센터에 자주 들르다 보니 복지 담당자가 "어머니 요즘 일이 없으세요?" 물었다. "네, 요즘 일이 없어 쉬고 있어요" 했다. 그 담당자의 소개로 자활센터에 나가게 되어 여러 가지 일을 배웠다. 그 과정에서 돌봄 일이 나에게 적성이 맞는 것을 알게 되었다.

적십자병원과 세브란스병원에서 복지간병사로 2년 동안 파견 근무를 하게 되었다. 출퇴근은 9시에서 18시. 남들에게는 당연한 근무시간이지만 열악한 공장에서는 보통 열두 시간 근무하고 때에 따라서 납품 날짜가 가까워지면 휴일 없이 근무를 하곤 했다. 그런 나에게 여덟 시간 근무는 새로운 일을 시작하는 계기가 되었다.

우연히 길을 지나다 교회에서 검정고시를 하게끔 도와준다는 벽보를 보았다. 조건은 단 하나, "열정만 가지고 오세요."

그 글귀를 보니깐 '아 맞아, 내게 공부가 하고 싶다는 열정이 있었지' 생각났다. 야간학교로 전화를 해서 "걱정이 되는 부분이 있어 그러는데, 초등학교 졸업장이 없고 저는 종교가 불교인데요, 가능할까요?" 물었다. "네, 문제 되지 않아요." 그 말을 듣는 순간

온 세상이 밝아지고 희망을 가질 수 있게 되었다.
야학에 입학해서는 저녁 19시에서 22시까지 검정고시 준비를 하고 낮에는 병원에서 복지간병사로 근무했다. 간병의 주 대상자는 보호자가 없거나 생활이 곤란한 분들이었다.
낮에는 환자를 돌보면서 기출 문제와 영어 단어장을 만들어 주머니에 넣고 시간 날 때마다 외우고, 퇴근을 하면 병원 휴게실에서 빵이나 우유 정도를 저녁으로 먹고 잠시 쉬었다가 저녁 6시 30분 정도에 야학으로 등교를 했다.
야학에는 사회에서 퇴직하고 봉사하시는 선생님들과 대학생들이 무료로 임기를 1년 정도로 정하고 봉사를 했다. 야학 교사들의 열정은 이루 말할 수 없을 정도였다. 어떤 문제를 설명을 했을 때, 성인 학습자가 전혀 모르겠다는 얼굴을 하고 있으면 다른 방식으로 설명을 몇 번이고 반복했다. 성인 학습자는 들어도 금방 날아가니깐 교사가 설명을 시작하면 펜을 들고 따라 적기 시작했다. 교사들이 지금은 안 적어도 되니 적으라고 하는 부분만 적으라고 말하지만, 못 알아듣는 게 불안해서 어느새 적고 있었다.
내 딸과 아들 같은 나이의 교사들이 제자를 사랑하는 마음이 존경스러웠다. 야학에 가면 사랑받고 있음을 피부로 느끼곤 했다. 그중에서도 한 달에 한 번 교사들이 배고픈 성인 학습자들에게 저녁으로 떡국이나 만둣국을 끓여주었는데 무엇보다 따뜻하고 감사한 순간이었다.

김춘숙

1년 만에 학습자가 검정고시 패스를 못 하면 교사는 6~12개월을 연장하기도 하고 몇 년씩 야학에 남아 성인 학생을 가르친다. 나는 교사들의 도움으로 초중고 검정고시 합격을 하고 2013년 방송통신대 입학을 하게 되었다. 복지 간병 파견 근무도 마무리를 짓고 2013년 새로운 일자리인 독거노인생활지원사 입사와 동시에 꿈에도 생각 못 한 대학생이 되었다.

2022년 1월 31일 오전 12:02

오늘은 코로나로 인해 소홀했던 절친을 만나 하늘공원 둘레길과 한강으로 산책을 다녀왔다. 우리는 그동안 못 나누었던 이야기보따리를 풀어놓고 많은 이야기를 나누었다. 서로 싸 온 과일과 음료를 나누어 먹으며 "멋진 한강이 있어 우리의 답답함을 풀어주네" 했다.
누가 먼저랄 것 없이 햇빛에 반사되어 반짝이는 물결을 바라본다. 서로 60대이다 보니 미래에 대한 이야기가 주 소재다. 데이케어에 근무하는 김○○ 친구는 2022년까지 정년퇴직이라 같이 걱정해주고 시니어 일자리에 대해 이야기 나누다가 그때 일은 그때 가서 이야기하기로 하고 같이 홈플러스와 다이소에 들러 필요한 것을 구입했다.

김춘숙

2022년 2월 1일 오전 12:36

독거노인생활지원사로 일하던 시절 알게 된 정○○ 어르신을 모시고 병원에 가 치매 진단을 받고 약 처방도 받아드렸던 일이 있다. 그 후로 며칠 동안, 아침에 일어나자마자 정○○ 어르신께 전화를 드렸다. "지금 바로 약통에 있는 약 드세요" 말씀드리면 "네" 하고 대답을 시원스럽게 잘하셔서 믿고 있었다.
며칠 뒤 집에 방문해서 약통을 확인해보니 약을 3일 정도 드시고 그 후에는 안 드시고 있었다. ○○ 방문간호사에게 이런 경우 어떻게 하면 좋을지 조언을 구했다. 큰 달력을 구해서 날짜마다 약 봉지를 붙여놓고, 아침에 전화드려서 그날 날짜를 확인하고 약이 붙어 있는지 확인되면 바로 떼어서 드시도록 하고, 드실 때까지 전화를 끊지 않고 약을 드신 것을 확인하고 끊었다.
이후로는 약 드시는 것을 잘 지키셨다.

2022년 2월 11일 오후 10:41

새로운 도전

남산 중턱에 자리 잡고 있는 '문학의집'에서 그림을 시작했지만 첫 강의부터 만만치 않다. 자기소개 시간에 "저는 요양보호사입니다. 인생 이모작으로 요양보호사를 시작했고 오늘도 오전 일을 마치고 그림을 배우러 왔어요" 했다. 수강생들과 직원, 화가님이 반겨주신다.

"어떤 그림을 그려보셨나요?"

"인터넷에서 보고 조금 그린 게 다예요."

책상에 올려진 서울 문학의집 화보에 나와 있는 어느 화가의 그림이 눈에 띄었다. 어느 외국 휴양지 그림인데 푸른 바다와 바위섬, 맑은 바다 풍경이 멋져서 따라 그려보기로 했다.

스케치를 하고 묘사가 잘 안 돼서 속상해서 조금 일찍 자리를 떴다. 어려운 주제를 고른 거 같다.

주말에는 제대로 그리고 싶어 새 캔버스에 스케치를 하고 색칠을 어느 정도 해가지고 다른 날보다 일찍 문학의집으로 갔다.

화가님도 나와 계시고 수강생 한두 분 정도가 일찍 와서 이젤을 펴고 있었다. 이젤에 내 그림을 올려놓고 색칠을 하고 있으니깐 화가님이 다가와 "그림 잘돼요?" 물으신다.

"아뇨! 참 어렵네요! 몸 따로 마음 따로 그려지는데요."

화가님은 내가 어려워하던 부분을 쓱쓱 칠하면서 내게 말을

김춘숙

건넨다.
"요양보호사는 아무나 하는 일은 아닌 거 같아요. 봉사하는 마음 없이는 대상자를 케어하기 힘든 일인 거 같아요."
"저도 그렇게 생각해요. 가족이 힘들어하는 부분을 요양보호사가 채워주니깐 사회가 돌아가고 있다고 생각해요. 그런데 제가 보기엔 화가님두 대단하신 거 같아요. 그림 수정하실 때 보니깐 마술사 같아요."
"몇십 년 동안 그림을 그렸거든요."
화가님은 수강생에 이야기를 그냥 지나치지 않고 한 사람 한 사람 만날 때마다 이야기를 경청한다. 요양보호사를 가까이서 만나보진 못했지만 친구의 부인이 치매에 걸려 친구와 가족이 힘들어하는 것을 보고 듣고 하면서 많이 힘들겠다, 라는 생각을 하게 됐다고 한다. 그 말의 진심이 느껴지고 요양보호사의 어려운 점을 함께 공감해주니 반갑고 감사했다.

2022년 2월 13일 오후 1:03

토요일 여섯 시간 근무

전○○ 어르신과의 토요일은 평일에 세 시간이라 해드리지 못한 부분을 해드린다. 맛있는 음식을 해드리면 맛있게 잘 드시고 행복해하신다. 일반 3등급은 장기 요양 서비스를 하루 세 시간씩 받는데 월 26일 안에서 4일은 시간 조절이 가능하다. 목욕은 스스로 하시기 때문에 손톱발톱 정리를 해드리고, 어르신과 함께 장을 봐서 새로운 반찬을 주로 해드린다. 아파트 근처에 유모차를 버린 것을 주워 닦아서 쓰고 있는데, 이동할 때나 시장에서 장을 봐서 물건을 싣고 올 때 유용하게 잘 쓰고 있다.
시장에 가보니 대보름 앞이라 묵은나물이 많이 나와 있다.
콩나물까지 다섯 가지를 사고 평상시 못 해드리던 더덕과 토마토, 땅콩, 무, 대파, 옥수수 등을 사가지고 공원에서 잠시 쉬었다 돌아왔다.
먼저 당 떨어지면 안 되니깐 간단한 점심을 드리고 장을 봐 온 것을 정리했다. 더덕은 토요일에 반찬을 해놔야 되고 담 주 월요일엔 나물 세 가지와 국 끓이기 스케줄을 잡았다. 나물은 대보름 전날 드시게끔 해야 된다. 어르신은 절기 때가 되면 그때에 맞는 음식을 드시고 싶어 하신다. 더덕이 손질하기가 만만치 않아 부지런히 서둘렀는데, 더덕을 썰어서 고추장에 버무리기만 하는데도 여섯 시간 30분이 훌쩍 넘어버렸다. 8시에

김춘숙

근무 시작해서 중간에 네 시간 근무하고 휴게 시간 30분을 쉬고 근무해야 되는데 시장을 다녀와서 시간이 넘어버렸다. 공단에서 네 시간 근무하면 30분을 휴게 시간으로 쉬었다가 근무를 하라는데 근무 환경이 여의치 않다. 어르신을 병원에 모시고 가면 중간에 휴게 시간이 돼도 요양보호사는 그저 이어서 근무를 할 수밖에 없다. 누구를 위한 휴게 시간인가?

2022년 2월 25일 오후 9:07

우울증

전○○ 어르신 댁에 가끔 오시는 박○○ 어르신은 남편이 1년 전에 췌장암 말기로 병원에 1개월 정도 입원하셨다가 소천하시고 난 후부터 우울해하면서 "그만 살고 싶다" 같은 이야기를 자주 하신다. 저러다 치매라도 오면 어쩌나 싶어 전○○ 어르신이 박○○ 어르신께 "나도 남편을 하늘나라로 보내고 정신적으로 힘들어 정신과 치료를 받았다"라고 말씀하시며 박○○ 어르신과 정신과에 같이 가서 상담을 받고 약도 받아 드시도록 도움을 주셨다.

박○○ 어르신은 정신과 약을 하루 먹고는 그 후로는 먹지 않았다고 한다. 요즘 자주 그만 살고 싶다고 해서 걱정이 되어 여쭈어보니 한 번 먹고 안 드셨다고 해서 우울할 때에는 응급 시 약을 드시라고 말씀드려도 건성으로 답하신다.

박○○ 어르신의 얼굴을 바라보는 순간 어르신 눈에서 닭똥 같은 눈물이 뚝뚝 떨어진다. 그 순간 박○○ 어르신의 몹시 힘들어하는 모습을 보니깐 내 마음에 안쓰러움이 일어난다. "어르신! 전○○ 어르신 댁에 시원한 북엇국과 봄동된장무침을 해놨는데 같이 가서 드세요" 하면서 기분을 바꿔드리려고 했다. 박○○ 어르신은 혼자 운동을 더 하고 집에 간다고 일어나신다.

전○○ 어르신을 모시고 집에 돌아와 점심을 준비하는데 박○○

김춘숙

어르신이 전화를 걸어 왔다.

“박 어르신, 어서 올라오세요. 밥 다 차려놨어요.”

나는 올라오시기 전에 준비한 거처럼 얼른 3인분 상을 봐놨다. 따듯한 북엇국물에 밥을 한 주걱 넣어 무생채와 봄동된장무침과 동치미를 곁들여 내놓았다. 다행히 두 분은 화기애애하게 맛있는 점심 식사를 마쳤고, 나는 따듯한 차와 간단한 콜라비 썬 것과 한쪽에 토마토를 접시에 놓아드렸다.

후식까지 챙겨 드신 박○○ 어르신은 기분 좋게 집으로 돌아가셨다. 별일 없으시길 바라본다.

2022년 3월 4일 오후 5:16

투표

전○○ 어르신은 언제나 투표에 관심이 많으시다. 사전투표 하루 전날, 가까운 사전투표장에 전화를 걸어 문의를 했다. 장소는 주민센터에서 하는지, 시간은 몇 시에서 몇 시까지 가능한지 꼼꼼하게 문의해서 어르신께 전달해드렸다.
오늘 아침 식사를 마치고 길을 나섰다. 주민센터에 도착해서 보니깐 투표 줄이 제법 많이 길다. 감염 예방으로 계단을 이용해서 3층까지 올라가야 된다고 한다. 봉사자에게 어르신께서 몸이 불편해서 계단은 곤란하다고 얘기했다. “그럼 어르신은 엘리베이터를 이용하라”라고 해서 엘리베이터를 타고 3층에 도착했다. 사람들이 줄을 서서 투표 차례를 기다리고 있다가 몸이 불편한 어르신을 보고 서로 자리를 양보해줘서 안전하고 신속하게 할 수 있었다. 젊은 사람들이 서로 양보를 해줘서 고맙고 훈훈하다.
투표를 하기 위해 투표용지를 받았지만 기표소에 내가 같이 갈 수는 없었다. 같이 갈 수 있는 봉사자가 없는지 문의해서 봉사자의 도움으로 무사히 투표를 마쳤다.
어르신들도 대통령 선거에 관심이 많으시다.

김춘숙

2022년 3월 7일 오후 10:23

산수유와 벚꽃

이렇다 할 그림 한 점 못 그리고 문학의집에 나간 지 2개월이 되었다. 어떤 그림이 잘 그린 건지도 모르겠지만, 그러면서도 지속적으로 그렸다. 수정을 반복하다 보니 이쯤이면 되지 않을까 생각이 들어 그림은 접어놓고 운동도 하고 집 안 청소도 했다. 월요일에 남산 문학의집 수업 시간에 그려 온 그림을 내놓고 화백님의 안색을 살짝 살폈다. 생각 외로 표정이 밝고 그림을 잘 그렸다고 한다. 그런 와중에도 실력이 늘었는지 이 화백님이 극찬을 아끼지 않는다. 뭐가 잘 그린 것인지 모르는 내게 산수유, 벚꽃, 새싹이 돋아나는 땅 부분을 잘 그렸다고 한다. 누구의 그림을 따라 그리지 않고 창의력 있게 자기 그림을 그려서 반갑다 한다. 뭐가 뭔지 몰라도 그림 비슷하게 그려서 다행이다.
오늘은 나도 잘하는 게 있구나 싶어 기뻐서 집에 있는 딸에게 알려주려고, 다른 사람들이 회식하자고 하는데 다른 약속이 있다고 하고 서둘러 집으로 돌아왔다. 딸에게 여기, 여기, 손으로 짚어가면서 화백님이 잘 그렸다고 하는 부분을 설명해주었다.

동행 글

산책길을 함께하는 사람 _ 이지은

김춘숙의 글에는 산책을 하는 장면이 많이 등장한다. 이미 다 커버린 아이들과 함께 걸어 다니던 천변에서의 산책, 같은 일을 하는 친구와 만나 자신들의 일상, 일, 미래에 대해 이야기하며 느긋하게 걷는 한강 나들이, 그리고 자신이 돌보는 노인과 '운동' 삼아 걷는 근무시간 중의 산책길. 길에서 만난 꽃에 끌려 한참을 바라보며 사진을 찍기도 하고, 어디선가 들리는 작은 풀벌레 소리에 몸을 기울여보기도 한다. 그렇게 걷는 길에서 지나간 시간을 추억하고, 오늘을 살아갈 힘을 얻고, 또 함께 걷는 사람들과 새로운 기억을 만들기도 한다.

산책을 즐긴다고 해서 김춘숙이 늘 느긋하고 여유롭게 지내온 것은 아니었다. 아이를 키우고 일을 하면서 그는 항상 분주하게 지내왔다. 젊은 시절의 그는 하루에 열두 시간씩, 때에 따라서는 휴일도 없이 일하던 봉제 공장 노동자였다. 김춘숙이 자기 시간을 어느 정도 가질 수 있게 된 것은 해외 아웃소싱이 늘어나면서 일거리가 줄어든 덕이었다. 그 시기 우연히 들른 주민센터를 통해 자활근로사업의 일환으로 진행된 간병인 파견 사업에 참여하게 되면서 김춘숙은 돌봄 노동과 연을 맺게 되었다. 병원에서 간병인으로 일하면서 어느 정도 근무시간이 고정된 덕에

50대가 되어서야 야학에 다니면서 그간 하지 못했던 공부를 할 수 있게 되었다. 일을 하면서 바쁜 시간을 쪼개 공부를 한 덕에 초중고 과정 검정고시를 치르고 방송통신대에도 입학하게 되었다. 이렇게 공부를 하는 한편으로는, 간병인과 독거노인생활지원사를 거쳐, 요양보호사 자격증을 취득하고 치매 전문교육을 받는 등 돌봄노동자로서의 자신을 만들어왔다. 분주한 일상을 꾸려가고 있는 그에게 산책은 조금 다른 리듬을, 감각을, 경험을, 시간을 가능하게 하는 자기 돌봄의 계기 같은 것이다.

산책은 그의 노인 돌봄에서도 중요한 부분이다. 노인 돌봄에서 신체 기능을 유지하기 위한 '운동'일 뿐 아니라, 그가 아니었다면 하루 종일 집 안에서 혼자 시간을 보냈어야 할 노인이 시간과 장소를 다른 방식으로 경험할 수 있는 계기가 되기도 한다.

돌봄노동자 글쓰기 워크숍을 진행하던 당시 김춘숙은 오전에는 혼자 사는 J 어르신을, 오후에는 딸 가족과 함께 사는 Y 어르신을 돌보고 있었다. 그의 글에 등장하는 J 어르신과의 일상은 분주하지만 따뜻하다. 당뇨로 혈당 관리가 필요한 J 어르신에 대한 돌봄은 둘이 함께하는 아침 식사로 시작한다. 김춘숙이 도착할 즈음 J 어르신은 아침상에 올릴 불고기나 생선을 구우며 김춘숙을 기다리고, 김춘숙은 도착하자마자 혈당 확인을 하고 J 어르신이 인슐린 주사를 놓을 수 있도록 한 후 샐러드와 국, 반찬, 밥을 덜어 아침상을 준비한다. 두 사람은 함께 밥을 먹으며 그날 무엇을 할지, 어떤 반찬을 새로 준비할지 등을 함께 이야기하며 식사를 한다. 김춘숙은 J 어르신과 아침을 함께 나누는 식구 같은 존재이고, 또 그날그날의 일과를 함께 결정하는 파트너이기도 하다. 식사 후 김춘숙은 부지런하게 상을 정리하고 다음 끼니를 위한 반찬과 간식 등을 준비한 후 산책길에 나선다. 산책 중에는 매일 같은 자리에서 만나는 "멤버 어르신들"과 함께 환담을 나누기도 하고 김춘숙의 스마트폰으로 노래를 틀어 함께 따라 부르기도 한다. 산책 중에 김춘숙이 인사를 나누게 해드리면서 J 어르신과 알게 되어 이제 서로 제법 친해진 이 어르신들은 두 사람이 산책을 하며 새롭게 만든 이웃이다.

치매를 앓고 있는 Y 어르신과의 일과는 함께 살고 있는 보호자인 딸 내외가 요구한 "수업"으로 시작된다. Y 어르신은 2년 전 딸이 이사를 한 뒤로 집에 오는 길을 기억하지 못하게 되었고 더 이상 혼자 바깥출입을 하지 못하게 되었다. 인지 기능 저하를 걱정한 딸 내외는 한 시간 반 동안은 수학 문제 풀기, 동화책 읽기 같은 수업을, 나머지 한 시간 반 동안은 산책을 함께해 달라고 요구했다. Y 어르신은 죽을 때가 다 되어 무슨 공부고 운동이냐며 요지부동이었고, 김춘숙은 보호자의 요구와 노인의 완고함 사이에서 상당히 고생을 했었다. 김춘숙과 보호자 사이의 다리 역할을 해주어야 할 재가요양센터에서는 큰 도움을 주지 않았고, 결국 돌파구를 찾을 수 있었던 것은 김춘숙의 기지 덕분이었다. 길에서 우연히 발견한 자동판매기에서 차를 뽑아다 권하자 이런 맛있는 차는 어디서 먹을 수 있느냐며 반색하는 노인에게 산책길을 함께하면 된다고 대답한 뒤로 Y 어르신은 귀찮아도 김춘숙을 따라나서게 되었다. 그런 시간들이 반복되면서 산책이, 산책 전의 수업이, 그리고 산책 후의 목욕이 Y 어르신의 일상이 되었다. 늘 매끄럽지만은 않지만 함께하는 시간들이 익숙한 습관이 되고, 그런 하루하루가 반복되면서 이사 온 집을 잘 찾지 못하는 Y 어르신의 삶에 새로운 기억이 생겼다. 산책을 나가면 늘 "우리 집"으로 가자며 떠나온 집을 찾던 Y 어르신은 이제 김춘숙과 늘 앉아 담소를 나누는 "둘만의 장소"인 "요 밑"에 앉았다 가자고 제안을 하고 김춘숙은 그 제안을 받아들이는 사람이 되었다. 하루 중 유일하게 외출할 수 있는 시간인 이 산책 시간에 늘 들르는, Y 어르신이 기억하고 또 새로운 기억을 만드는 장소가 생긴 것이다. 자기의 새집을 기억하지 못하고 과거의 집으로 돌아가지 못해 불안해하는 노인에게 새로 이사 온 동네는 우리 동네가 될 수 없었을지도 모른다. 하루 대부분의 시간을 보내는 집이 있는 공간이 아니라, 누군가와 함께하는 곳으로서의 의미를 띠는, 그리고 기억될 수 있는 장소를 가지게 되는 것, 그리고 그 장소에서 계절의 흐름을 함께 느끼는 시간을 가질 수 있다는 것은 이 산책을 보호자가 요구한 "운동" 이상의 것으로 만들어낸다. 매일 반복하는 일이 만들어내는 질적인 변화는 노인을, 그리고 그가 거주하는 장소를 이전과 다르게 만든다. 그 대화의 내용들이나 "요 밑"에 찾아가는 방법을 Y 어르신이 기억하지는 못할지라도, 그곳은 김춘숙이 말하듯 "몸으로 익힌" 장소가 된다. 치매 10년 차에 새롭게 가지게 된 기억이다.

마치 근무 일지를 쓰듯 돌봄 현장의 일상을 다소 건조하게, 하지만 세밀하게 기록하는 김춘숙의 글에서는 이렇게 새롭게 만들어진 일상의 장면들이 종종 등장한다. 이사 온 집은 기억하기 어렵지만 습관처럼 들르는 장소가 생긴 Y 어르신, 김춘숙이 혈당 관리에 좋아 준비한 샐러드를 매일 먹다 보니 채소도 맛있는 것을 알게 되었다는 J 어르신의 이야기는 흔히 상실의 시간으로만 상상되는 노년, 특히 치매와 함께하는 노년의 시간이 실은 변화와 새로운 만남과 발견, 기억이 만들어질 수 있는 잠재성을 가진 시간임을 보여준다. 물론 그 잠재성이 저절로 실현되는 것은 아니다. 새로 이사 온 집을 찾아오는 방법을 기억할 수 없어서, 눈이 어두워져서, 거동이 불편해져서 혼자 활동할 수 있는 범위가 조금씩 줄어드는 노인에게 있어 돌봄노동자는 노인의 보행을 돕는 보조 기구인 "실버카"와도 같은 존재가 된다. 돌봄노동자는 노인과 보폭을 맞추어 함께 걸어가는 동료이면서, 자신의 일상에서 마주하는 대상들을 그 노인에게 소개하여 그 노인이 새로운 무엇인가를 발견할 수 있도록 돕는 조력자이기도 하다. 그렇기 때문에 돌봄노동자의 일은 단순한 일상의 '유지', 어떤 문제가 일어나지 않도록 '보는' 것일 뿐 아니라, 매일의 삶을 함께, 새롭게 만들어내는 생성적인 것이다. 함께 나선 산책길에서 만난 사람들, 얼굴을 간지럽히는 바람, 눈길을 잡아끄는 꽃에 함께 반응하며 김춘숙과 노인들은 경험을, 기억을, 습관을, 장소의 의미를 새롭게 만들어나간다.

아쉽게도 김춘숙과 Y 어르신의 산책은 이제 추억이 되어버렸다. 2021년 말, 김춘숙이 2년에 걸친 Y 어르신에 대한 방문 돌봄을 그만두었기 때문이다. 갑작스러운 결정은 아니었다. 글쓰기 워크숍이 시작될 무렵 혹은 그 전부터 수개월간 고민하다 내린 결정이었다. 원인이 된 것은 인지활동형 방문 요양 서비스 가산금 폐지에 따른 '실망' 때문이었다. 장기요양보험 등급 제도에 따르면 Y 어르신은 치매로 인한 인지 저하 외에 심각한 신체적 기능 문제가 없는 "5등급" 노인이었다. 2014년에 신설된 5등급은 인지 기능 유지와 잔존 능력 보존을 위한 '인지활동형' 방문 요양 서비스를 이용할 수 있게 되어 있는데, 인지활동형 방문 요양을 할 수 있는 자격은 60시간의 치매 전문교육을 받은 요양보호사에게만 주어진다. 인지활동형 방문 요양 서비스를 제공하는 요양보호사에게는 그간 일 5,760원의 가산금이 지급되어왔는데 2021년 12월 말 이 가산금이 폐지된다는 계획이 발표되면서 김춘숙의 고민이 시작되었다. 김춘숙은 그간 하루 세 시간, 주 5일 Y 어르신 돌봄을 제공하면서 80만 원 정도의 임금을 받고 있었는데, 가산금이 폐지되면서 12만 원 가까이 되는 수입이 갑자기 줄어들게 되었다. 김춘숙은 가산금이 폐지되는 시점에 Y 어르신 돌봄을 종결하기로 결정했다. 그러고 생긴 오후 시간에는 그동안 별렀던 그림 공부를 하며 자기 시간을 가지기로 했다.

김춘숙의 이 결정이 수입이 줄어드는 데 대한 경제적 고려에서만 이루어진 것이라고 보기는 어렵다. 이 일을 그만둔다고 해서 벌이가 더 많은 일자리가 당장 생기는 것은 아니기 때문이다. 김춘숙에게 가산금은 요양보호사의 돌봄에 대한 전문성을 인정하는 동력이요, 돌봄에 있어서 자율성을 주지 않는 Y 어르신 보호자들과의 갈등에도 불구하고 일을 지속할 수 있게 한 동력이기도 했지만, 동시에 인지 활동과 관련한 전문적 노동의 가치를 국가가 인지하고 또 인정하고 있다는 증거이기도 했다. 따라서 가산금의 갑작스러운 폐지는 인지 활동 관련 노동의 전문성과 그 가치를 부정하는 실망스럽고 퇴행적인 변화로 여겨졌다.

정부의 논리는 이와는 다르다. 5등급에 대한 서비스 인정 시간을 두 시간으로 제한했던 2014년 5등급 신설 당시 급여 비용 보전을 위해 소정의 가산금을 부여하다가 2016년 급여 인정 시간이 세 시간으로 늘어남에 따라 가산금을 폐지할 것을 계획했고 오히려 갑작스러운 정책 변경에 따른 부작용 방지를 위해 2021년까지 가산금을 유지했다는 것이다. 김춘숙의 실망은 오해에 기인한 것일까? 아니, 오히려 김춘숙의 불만은 지금 돌봄을 둘러싼 정책에 대한 핵심적인 비판일지 모른다. 장기요양보험 시스템의 셈법은 돌봄노동자의 전문성, 숙련, 그것이 만들어낼 수 있는 크고 작은 변화와 다른 삶의 가능성을 고려하지 않는다. 요양보호사에 대한 급료가 내내 최저임금 수준을 유지해

온 상황에서 돌봄노동자의 역량 강화니 전문성이니 좋은 돌봄이니 하는 것을 기대하기는 어렵다. 가산금이 치매 전문 요양보호사의 전문성에 대한 인정일 것이라고 생각했던 것은 김춘숙의 '오인'일 수 있겠지만 실은 이 오해가 더 '상식'에 가까운 것은 아닐까?

인지 활동 가산금이 폐지된 2021년 말, 김춘숙은 Y 어르신 방문 돌봄을 종결했다. Y 어르신과의 관계는 많이 좋아졌지만, 김춘숙을 믿어주는 대신 어떤 방식으로 돌볼지 "처방"하고 김춘숙의 방식이 성에 차지 않으면 "참견"하는 보호자들과의 갈등은 여전했다. 이러한 상황에서 가산금 폐지는 김춘숙이 자기의 노동조건을 돌아보고 자신이 원하는 것, 필요로 하는 것이 무엇인지 생각하게 하는 계기가 되었을 것이다. 이 결정을 내리기까지 김춘숙이 얼마나 고민을 했을지, 그렇게 고민하면서 Y 어르신을 바라보는 마음이 어떠했을지를 헤아리기란 어렵다. 노인장기요양보험 시스템, 특히 요양보호사의 처우에 관해서 획기적인 개선이 이루어지지 않고 있는 상황에서 많은 요양보호사가 종종 김춘숙과 비슷한 고민을 마주했을 것이라 생각한다. 그럼에도 불구하고 이 결함 많은 제도가 유지될 수 있었던 것은 노인으로부터 쉽게 돌아설 수 없게 하는, 그들을 돌아보게 하는 돌봄노동자의 마음 덕분이 아니었을까. 이미 함께 보낸 시간 속에서 친밀해진, 그래서 눈에 밟히고 신경 쓰이는 노인에 대한 돌봄노동자의 마음이 고용조건이 달라졌다고 해도 관계를 유지하게 하기 때문에 이러한 제도상의 변화가 큰 '부작용'을 만들어내지 않았던 것은 아닐까. 그렇다면 이 시스템은 그 마음을 착취해온 것이 아닐까. 그 마음들, 나를 기다리고 만나면 반가워하는 노인에 대해 생각하는 돌봄노동자의 구체적인 마음들과, 그들을 대체 가능한 부품으로, 추상적인 노동력으로 계산하는 장기요양보험 시스템 사이에서 김춘숙이 내린 결정의 의미를 곱씹어본다.

돌봄은 노인의 일상을 다른 것으로 만들어내고 그럼으로써 그 사람이 다른 방식으로 존재할 수 있게 한다는 점에서 가능성을 만들어내는 일이다. 하지만 돌봄 '노동'이 현재 장기요양시스템 안에서 단순히 특정 시간 동안 제공되는 '서비스'로만 이해되고, 돌봄노동자로서의 '요양보호사'가 손쉽게 대체될 수 있는 '인력'으로 추상화되는 세계에서, 그리고 시스템과 '이용자' 모두 돌봄노동자의 전문성과 그 일의 가치를 인정하지 않는 상황에서 그러한 가능성들이 실현되기를 과연 바랄 수 있을까. 돌봄노동자와 노인의 산책길을 지키기 위해 우리는 우리 나름의 행진을 시작해야 하지 않을까. 그 행진이 우리 미래의 산책길을 내는 것일지니.

이지은

정찬미

2021년 9월 6일 오전 9:28

나는 센터에 출근하면 98세 된 양이 할매의 언니가 된다. 간식을 먹다 남겨서 언니 준다며 나를 찾고 밥을 국에 말아서 남기면 언니 준다고 하고 어느 날은 할매가 입던 늘어진 티셔츠를 가져와 "좋은 거야, 언니 입어" 하시고 "언니, 우리 집에 가서 같이 살자" 하시고, 양이 할매의 관심은 온통 나에게 쏠려 있다. 부담스럽기도 하고 때로는 짜증 날 때도 있지만 언니가 동생 챙기듯 오늘도 양이 할매 등을 토닥거려주면서 양이 할매 이야기에 귀 기울여준다.

정찬미

2021년 9월 16일 오후 6:35

선물

내가 근무하는 데이케어센터는 아침에 어르신을 센터로 모시고 와서(오전 송영) 프로그램에 의해 생활하시다 저녁에는 집으로 모셔다 드리는(오후 송영) 어르신 유치원과 같은 곳이다. 오늘도 P 할매를 모시러 아파트 입구에 들어서 301동 앞으로 갔더니 P 할매 남편이 한 손은 지팡이로 자신의 몸을 지탱하고 또 한 손에는 쇼핑백을 든 채로 현관문을 붙들고 서서 현관 안쪽을 쳐다보면서 빨리 나오라고 소리치고 계셨다.
차에서 내려 현관 쪽으로 뛰어가 보니 P 할매가 아기처럼 바닥에 엎드려 기어서 나오고 있었다. 깜짝 놀라 기사까지 차에서 내려 양쪽에서 겨드랑이를 붙들고 일으켜 세워 차 앞까지 가는데도 엉덩이를 뒤로 뺀 채로 다리에 힘이 없어 힘들어하신다. 겨우 하나, 둘 구령을 하며 차에 태웠다. 너무 힘이 들어 온몸이 땀이 흥건하고 숨이 차서 한숨 돌리고 있는데 열린 조수석 창문 사이로 어이 선물, 하면서 쇼핑백을 던져 넣으신다. 선물 안 주셔도 되는데요~ 했더니 센터에서 선물을 보내오니 나도 답례는 해야지 하며 껄껄 웃으신다. 여기서 선물이라 함은 어르신이 실금하여 옷까지 젖으면 쇼핑백에 담아 보내드리는 젖은 옷을 말한다.
네, 오늘은 선물 안 드리도록 더 노력하겠습니다.
하하하 호호호 소소한 대화를 하며 다음 어르신을 모시러 간다.

2021년 9월 23일 오후 2:56

대화의 온도

추석 연휴가 끝나고 한층 가벼워진 몸으로 기대 반 우려 반 하며 출근을 했다. 오전 송영을 하는데 대부분의 보호자들이 추석 명절 잘 보냈느냐며 안부를 물으셨다. 특히 P 어르신 남편은 연휴 동안 너무 힘들었다, 오늘부터 고생하시겠다 하면서 잘 부탁한다 말씀하시며 차가 떠날 때까지 웃는 얼굴로 손을 흔들어주신다. 비록 월급을 받고 하는 일이지만 우리의 고충을 이해해주는 것 같아 마음이 따뜻해졌다.

기분 좋게 K 어르신네로 출발하기 전, 미리 준비하고 나오시라 전화를 하는데 받지 않으셔서 전화를 끊으려고 하니 전화기 너머로 힘없이 “여보세요” 소리가 들려온다. “어르신, 지금 준비하고 나오세요” 했더니 “누구세요?” 하신다. 여기 센터예요, 지금 어르신 모시러 갈 테니 준비하고 나오시라 하고 전화를 끊었다.

조금 있다 다시 송영 폰으로 전화가 와서 받으니 K 어르신 딸이 아빠 송영 시간이 8시 30분인데 왜 지금 나오라고 하는 거냐고 따져 묻는다. 어르신이 준비할 시간이 필요해 미리 전화드린다고 말을 해도 막무가내로 8시 30분 송영 시간만 말한다. 준비가 안 됐으면 9시 조금 넘어서 가겠다고 하고 전화를 끊고 다른 어르신을 모시러 가는데 기분이 찝찝하고 화가 치밀어 오른다.

정찬미

기분 같아선 8시 30분 정각에 안 나오면 그냥 와버릴 테니 보호자가 어르신을 센터로 모시고 오라는 말이 목구멍까지 치밀어 올랐다.
센터에 들어와 과장님께 전후 사정을 말씀드리고 전화 와서 따지면 잘 말씀하시라 하면서도 씁쓸한 기분이 좋아지지 않는다.
서로가 힘들더라도 그 고충을 알아주고 조금은 배려하면서 말하는 풍토가 정착되기를 바란다.

2021년 9월 27일 오전 10:06

칭찬의 힘

오늘도 강 할배가 김 할배를 쳐다보며 "나쁜 ○○", 혼잣말로 중얼거리는데 건너편에 있는 나의 귀에도 들려온다.

"어르신, 쉿, 좋은 말만 하십시다."

눈치 없는 강 할배 또 한 번 "개○○" 하신다. 옆옆 사이에 있던 김 할배, "저 새끼는 입만 열면 욕이여. 니가 개○○다."

"어르신들, 아침입니다."

"뭐라고?" 강 할배가 자신이 한 말은 기억하지 못한 채 목에 핏대를 세우며 자리에서 벌떡 일어서더니 삿대질을 하면서 "한번 해보겠다는 것이냐"라고 소리소리 지르신다.

"어르신들, 좋은 말만 합시다."

서로의 감정들이 상한 상태라서 진정되지를 않고, 다른 어르신들도 웅성웅성하신다. 특단의 조치, 이 선생이 카메라를 들이대며 사진을 찰칵찰칵 찍으면서 형님한테 이른단다.

"이를 테면 일러." 이 선생한테도 눈을 부라리며 악을 쓰고 달려든다.

"어르신, 저랑 함께 나가요." 강 할배의 손을 이끌어 복도 의자로 나갔다. "어르신, 좀 진정하세요. 어르신은 신사잖아요! 오늘 오후에 내가 어르신 모시고 송영 갈 건데, 형님한테 센터에서 정말 잘하셨다고 칭찬해드리려고 했는데 욕하고 싸우시면 칭찬 못 하잖아요!"

강 어르신 잠시 생각에 잠기더니, "오늘 잘했다고 칭찬해줄 거예요?"

"그럼요. 오늘 잘해봅시다."

"알겠어요."

강 할배 순한 양이 되어 어깨를 으쓱거리며 당당하게 센터 안으로 들어오신다. 아무 일도 없었다는 듯 얼굴엔 미소가 번진다.

2021년 9월 28일 오후 5:43

나이

"올해 몇 살 먹었수?" 순이 할매가 옆에 앉아 계신 양이 할매에게 나이를 묻는다.

"내 나이가 올해 60 조금 넘었수. 당신은 몇 살이에요?"

"나도 60 정도 됐어요~"

옆에서 두 어르신 대화를 듣고 있던 송 선생이 양이 어르신 98세, 순이 어르신 95세라고 말해준다. 두 어르신 모두 손사래를 치시며 무슨 소리를 하는 것이여, 내 나이가 이제 60 조금 넘었다고 우기신다. 30여 년의 기억을 어디에 두셨는지, 아니면 기억하고 싶지 않으신 건지 궁금해진다.

정찬미

2021년 10월 3일 오전 10:44

양순 할매의 소소한 행복

9월의 어느 날 아침 송영을 하는데 양순 할매가 가파른 계단을 한 계단씩 한 손에는 지팡이 또 한 손은 손잡이를 잡고 위태롭게 내려오고 있다. 머리는 단발머리 곱게 빗어 넘기고 화장을 곱게 하고 핸드백을 목에 걸치고 옷은 내복, 블라우스, 티, 짠 조끼, 긴 조끼 위에 마이를 입고 겨우 바닥에 내려와 나를 보더니 방긋 웃으며 "나 옷 많이 입었다" 하신다. 먼저 내려와 있던 70대 중반의 따님이 나를 보고 눈을 찡긋하시며 고개를 좌우로 흔든다. 힘겨루기에서 졌다는 표정이다. 내가 눈치를 채고 "오! 잘하셨어요, 정말 따뜻하겠네요" 했더니 양순 할매 아이처럼 해맑게 웃으신다. 아침마다 딸과 실랑이를 하고 나오면서 무엇이든 지 마음대로라고 딸 험담을 하며 불평불만을 하소연하던 할매가 오늘은 하고 싶은 대로 하고 나와서 그런지 딸에게 잘 갔다 오겠다고 손까지 흔든다. 할매의 입장에서는 입고 싶은 옷을 다 입었으니 얼마나 행복하겠는가. 딸과 우리가 보기에는 가을이 접어드는 시기지만 낮에는 뜨거운 태양이 내리쬐는 여름이 여전히 집을 차지하고 있는데 지금 시기에 입는 정상적인 패션이라 보기는 어렵다.

그래도 할매가 만족하고 행복해한다면 한 번쯤은 할매 하고 싶은 대로 해보시라고 하는 것도 좋은 일이지 않을까 생각해보는 아침이다.
센터에 도착해서는 더위를 느끼셨는지 스스로 옷 하나를 벗어 개더니 핸드백에 구겨 넣는다. 센터에 나오시는 어르신 중에는 실내에서 모자를 쓰고 있거나 장갑을 끼고 있는 어르신이 있다. 덥고 힘들어 보이지만 어르신 고집을 억지로 꺾지는 않는다. 우리가 보기에는 좀 거북스러워도 어르신이 만족한다면 이 또한 행복한 일이라 생각하기 때문이다.

정찬미

2021년 10월 3일 오전 10:58

영희 할매

열려라 참깨를 외치면서 영희 할매가 센터에 들어오신다. 머리는 반백에 커트 머리를 단정히 빗어 넘기고 핑크빛 조끼의 깃을 세우고 워커기를 이용해 걷는데 머리와 허리는 앞으로 숙여지고 발이 잘 안 떨어져 엉덩이는 뒤로 쑥 빼고서 어기적거리며 들어오신다.

"어르신, 화장실부터 가야죠?"

"화장실은 왜 가?" 하면서도 화장실로 들어가신다. 조금 있다가 영희 할매 화장실에서 나오는데 머리는 물을 발라 단정히 쓸어 넘기고 거울을 보며 만족스러운 웃음을 지으며 나오신다. 걷기 운동을 하고 있던 철수 어르신이 말을 건다. "이름이 뭐예요?"

"김영희."

"이름이 예쁘시군요."

"여기는 어디예요?"

"몰라, 행…… 행복 데이케어센터 3층"이라고 또렷이 말씀하신다.

"영희 짱!" 철수 어르신이 엄지를 들어 보인다.

영희 할매도 엄지를 들어서 "영희 짱"이라고 따라서 하신다.

2021년 10월 4일 오후 1:47

바꿔줘

점심시간에 식판을 배식해드리고 점심을 드시라 했더니
양이 할매 식판을 들고서 어기적거리며 직원들 밥 먹는 데로
돌진하신다. "어르신 왜 그러세요?" 했더니 직원 식판을 가리키며
식판을 바꿔달란다. "다 똑같은 밥인데 왜 그러세요?" 하니까
"내 밥은 뻣뻣하고 푸석해서 싫어. 저 밥은 좋게 보인다." "똑같은
밥이에요" 하면서도 식판을 바꿔드리면 좋아라 하시고 맛나게
식사를 하신다.
간식 시간에 바나나를 드려도 "내 것은 작아, 큰 걸루 줘요~"
어르신 눈에는 남의 떡이 커 보이나 보다.

정찬미

2021년 10월 5일 오전 8:12

내 거야

양이 할매 빨간색 옷이나 방석을 보면 지팡이도 짚지 않고 비틀거리는 걸음으로 직원의 손도 뿌리치고 급하게 다가가서 다른 어르신이 입고 있는 빨간색 옷을 잡아당기며 고개를 갸우뚱거리는데, "이 옷은 내 것인데 이 할망구가 미쳤나. 이 옷이 내 옷이지 왜 당신 거유?" 하고 달려들면 말꼬리 흐려지고 입을 삐죽거리며 "내 것이 맞는데" 하고 자리로 돌아와서는 자기 옷을 잃어버려 찾아야 한다고 책상 밑으로 기어서 나가 생활실 전체를 엉금엉금 기어다닌다. 직원들이 어르신 다칠까 봐 양쪽에서 부축해 일으켜 세우면 주먹으로 때리고 발로 차고 머리로 들이받는다. 보다 못한 복지사가 집에 있는 딸하고 통화를 시켜주면 응? 옷이 집에 있다고? 하다가도 전화 통화가 끝나면 다시 시작이다. 직원들 부상자가 속출한다. 후유, 어렵다.

2021년 10월 7일 오전 8:00

말

우리 센터에 86세 된 옥이 할매는 센터에 오시기 위해 송영 차에 태우는 일부터(발을 스스로 들지 않아 다리를 부축하여 차에 태워드려야 함) 집에 모셔다 드릴 때까지 혼자서는 일상생활이 되지 않아 직원들이 두 명이서 케어하면서도 진땀을 흘리는 어르신이다. 토요 근무를 하고 뒷정리를 하고 있는데 옥이 할매 딸한테서 전화가 왔다.

"엄마 센터에서 무슨 일 있으셨나요?"

"아뇨, 아무 일 없었는데요. 왜요?"

"엄마 머리에 상처가 났어요……."

"센터에서는 아무 일 없었습니다."

전화를 끊고 나서도 기분은 좋지 않았다. 다음 주 월요일 송영 폰을 확인했더니 토요일 오후에 전화 통화가 끝난 후 옥이 할매 딸이 사진 한 장을 보낸 게 보인다. 아무 일 없다고 했는데도 말을 믿지 못하고 사진까지 찍어 보낸 것을 보니 화가 치밀어 올랐다. 직원들과 사진을 공유하고 사례 회의를 했다. 회의 결과 옥이 할매가 스스로 머리를 긁어 난 상처로 결론 났다. 송영할 때 보호자한테 상황 설명을 하고 찍어둔 사진을 보여줬더니 "왜 머리를 긁지?" 한다. 일상생활을 꾸리기 어려운 보호자들이 직원들이 얼마나 힘든지 마음을 헤아려주기 어려운 것은 십분

정찬미

이해하지만, 우리 말을 믿지 못하는 것에 대해서는 서운한 마음도 든다. 말 한마디가 천 냥 빚을 갚는다는 속담이 무색하다.

2021년 10월 8일 오전 7:49

"자세히 보아야 예쁘다"

인지 활동 시간에 A 그룹은 과거 빨래를 하여 빨랫줄에 널던 회상을 하며 남자 여자 옷을 가위로 오려서 빨랫줄에 붙여보는 작업을 하고, B 그룹은 스스로 프로그램 참여하여 혼자서는 수행이 불가능한 어르신들이 모여 선생님들 도움을 받아 그림 도안에 색칠하는 활동을 하였다. 옥이 할매와 영이 할매도 B 그룹에 소속된 어르신들이어서 선생님의 도움을 받으며 도안에 색칠을 하는데 평소에는 프로그램에 무관심해서 손으로 책상을 두드리거나 타월의 실밥을 뽑으며 말없이 혼자만의 시간을 즐기던 옥이 할매가 색연필을 들고 도안에 색칠을 하고 있다. 옥이 할매 짝꿍인 영이 할매는 어젯밤에 엄마 찾으러 간다고 배회하며 밤을 꼬박 지새웠다고 하더니 센터에 와서 꾸벅꾸벅 졸다가 급기야 깊은 잠에 빠져 꿈속에서 엄마를 만났는지 연신 미소를 지으며 코까지 골며 단잠을 주무셔서 깨우지 않고 프로그램 활동을 진행했다. 옆에 앉아 도안에 색칠하던 옥이 할매가 영이 할매 손을 잡고 만지작거리며 흔들어보지만, 아무 반응이 없자 나를 한번 쳐다보더니 영이 할매 손에다 색연필을 쥐여준다. 영이 할매와 같이하고픈 옥이 할매의 무언의 몸짓이 너무 예뻐 한 컷 찰칵 찍어본다.

정찬미

2021년 10월 9일 오후 5:16

왕언니와 알사탕

내가 근무하는 데이케어센터에서 연세가 제일 많은 어르신은 98세 되신 양이 어르신이다. 어르신은 센터에서 왕언니라 불리신다. 양이 어르신은 단발머리를 곱게 빗어 넘기고 시간 날 때마다 거울을 보고 립스틱을 바르며 곱게 화장을 하여 98세란 나이가 무색할 정도로 젊어 보인다. 매일 아침 일어나서 스트레칭을 하고 실내 자전거 바퀴를 천 번을 돌리고 샤워 후 식사를 하고 오신다고 한다.

오늘도 송영 시간보다 10분이나 늦게 나오셔서 차에 오르면서 멋쩍은 듯 "자네도 늙어봐, 몸이 마음먹은 대로 안 따라줘"라고 말씀하신다. 센터에 도착해서는 피곤하신 듯 책상에 엎드려 계신다. "어르신 피곤하시면 수면실에 들어가서 좀 누워 있다 나오세요" 했더니 곧장 들어가신다.

오전 10시, 아침 체조 시간이 되어 체조를 좋아하는 왕언니를 깨우러 수면실에 가보니 너무 곤히 주무셔서 그냥 나와서 체조를 진행했다. 10시 30분 체조가 끝날 때쯤 잠에서 깨어 생활실로 나온 왕언니가 "이건 무효야! 체조 다시 해" 하면서 고래고래 소리 지르신다. 어르신이 너무 곤히 주무셔서 깨우지 못하고 체조를 했다고 했더니 나는 자지 않았다고 생떼까지 쓰신다.

간식이 나왔는데도 먹지도 않고 화만 내는 왕언니한테 "조금 있다

체조 다시 할게요" 해도 왕언니는 책상에 엎드려 말도 하지 않고 프로그램 참석도 안 하신다.

퇴근 무렵 "어르신 좀 괜찮으세요?" 묻는 나를 그윽하게 바라보시던 왕언니가 가방을 뒤적거리더니 청포도 알사탕 하나를 꺼내어 내 손에 꼬옥 쥐여주신다. 나한테 화를 냈던 게 미안하다며 "다음부터는 체조 시간에 꼭 나를 참석시켜줘" 신신당부하신다. "네, 알겠습니다" 크게 대답했더니 "나는 언니가 참 좋아" 하시어 "저도 어르신이 참 좋아요~", 서로 마주 보며 활짝 웃었다.

정찬미

2021년 10월 14일 오후 3:50

무작정 좋다

P 어르신이 오후 4시에 출근하여 오후 송영을 하는 남자 요양보호사 선생님을 오전부터 기다리신다. 어르신은 박씨고 운전하시는 선생님은 김씨인데도 어르신은 그 선생님이 자기 장조카라 하시면서 다른 친척의 안부까지 물으신다.
우리 센터를 이용하시는 어르신들은 오후에 출근하여 차를 운전하는 선생님을 참 좋아하신다. 나를 집까지 태워다 줄 사람이기에 무작정 좋으신가 보다. 아침에 차를 태워서 센터로 모시고 오는 선생님은 기억하지 못하고 어르신이 걸어서 센터에 왔다고 우기기까지 하는데 집까지 모셔다 드리는 선생님은 기다리시며 친한 친척이고 싶은 마음을 조금은 알 것 같다.
기다리는 사람이 없어도 집에 간다는 것은 무작정 좋으신가 보다.

2021년 10월 16일 오전 8:02

“으드득으드득 빡빡.”
시시때때로 매일매일 이를 갈고 있는 영이 어르신, “이 좀 갈지 마, 신경질 나~” 하며 짜증 내는 유이 어르신을 쳐다보며 “누가 이를 갈아요?” 하고 되레 화를 낸다. 건너편 앉아 있던 식이 어르신, “이 가는 사람은 내쫓아버려유. 누가 여러 사람 앞에서 이를 갈아요?” 박 선생은 사태를 진정시키려 식이 어르신께 좋아하는 퍼즐을 가져다 드린다.
“으드득으드득 빡빡” 하고 다시 들려오는 이 가는 소리에 이 선생이 다가가서 “어르신, 치아 상해요, 이 갈지 마세요” 하는데 식이 어르신 퍼즐을 맞추다가 “이빨 가는 사람 내쫓아버려요” 하신다. 되풀이되는 상황에 식이 어르신 옆에 앉아 계신 남자 어르신들, 식이 어르신 쳐다보며 “당신 소리가 더 시끄럽소, 조용히 좀 하시오” 하신다.
이 소란을 한 방에 해결하는 우렁찬 목소리.
“듣기 싫음 당신이 나가욧! 내 집에서 내 맘대로도 못 해요?”
영이 어르신의 묵직한 한마디에 순간 정적이 흐른다.

정찬미

2021년 10월 19일 오후 8:01

"이젠 귀도 안 들리나 봐."

아침 송영 하는데 영이 어르신 남편이 한숨을 쉬며 말씀하신다.

"왜요?"

"내가 무슨 말을 해도 자기 말만 혀."

"그래요. 영이 어르신이 하시고 싶은 이야기가 많은가 봐요. 치매 어르신들 대화는 거의 독백일 때가 많아요. 그때는 그 어르신 눈높이에 맞춰 앉은 자세로 어르신 눈을 보면서 어르신 손을 잡고 천천히 말을 하면 들으시고 대답을 하신답니다. 크게 말하면 화내는 줄 알고 같이 화를 내거나 엉뚱한 대답을 하시더라구요."

내 경험을 말씀드렸더니 전문가라 다르다며 오늘 저녁엔 그리해보겠다고 하신다.

2021년 10월 22일 오후 1:07

만병통치약!

오전 송영 때 옥이 어르신을 차에 태우는데 옥이 어르신 딸과 함께 어르신을 휠체어에서 일으켜 세워 하나, 둘 구령을 붙여가며 부축하고 차 문 앞까지 갔다. 어르신을 차에 태워야 하는데 문 앞에서 꿈적도 않고 버티고 서 계셔서 어르신 옆에 쪼그리고 앉아서 오른쪽 다리를 터치하여 "어르신, 이 발을 들어주세요" 했더니 살짝 발을 든 것 같아 이때다 싶어 발을 들어 한 계단 올리는데 "아야" 하며 소리를 지르신다. "왜 그러세요? 다리가 아파요?" 했더니 고개를 끄덕이신다. 딸에게 "어르신 다리를 다치셨어요?" 했더니 "아니요! 어젯밤부터 갑자기 그래요" 한다. 겨우 차에 태우고 센터에 와서 간호사한테 말을 했더니 약을 발라준다 하고 멘소래담을 쓱싹쓱싹 발라드리고 발을 들어보라고 하는데 언제 그랬느냐는 듯 하나, 둘 구령을 할 때마다 발을 번쩍 잘도 드신다. 어르신들은 약이란 말만 들어도 아픈 곳을 낫게 해줄 것이란 인식이 있어서 그런지 옥이 어르신도 약을 발랐다는 자체만으로도 벌써 다 나으신 것 같아 참 다행이다. 오늘 옥이 어르신 기분 맑음이다.

정찬미

2021년 10월 25일 오후 1:37

첫 입소 어르신

철이 어르신은 87세의 남자 어르신이다. 눈썹은 포청천 눈썹을 지녔고 꾹 다문 두툼한 입술, 의자에 앉아 계실 땐 팔짱을 끼고 앉아 계신다. 우리 센터에 입소한 지 3일 되었는데 말씀을 한마디도 않고 식사도 소식한다고 조금 드시다 만다. 충청도 한적한 시골 마을에서 사시다가 부인과 사별하고 큰따님 댁으로 와서 우리 센터에 입소하신 어르신이다.

입소하신 첫날 무료하지 않게 옆 어르신과 대화라도 하시라고 권해드렸더니 매서운 눈으로 쳐다볼 뿐 답변을 하지 않으신다. 입소한 지 3일이 지났는데도 말씀을 하시지 않아 초기 상담지를 보니 전기 기술자로 외국 생활을 오래 하셨다는 기록이 있어 "어르신 전기기술자 하셨네요" 했더니 신일전기 직원이었고 외국에 가서 돈도 많이 벌었다고 하시며 자연스럽게 대답을 하신다.

어르신들이 첫 입소를 하시면 환경이 바뀜으로써 대화도 하지 않고 주위를 경계하며 혼자 무료하게 앉아 계실 때가 많다. 그럴 때 어르신이 활발하게 활동하실 때 기억을 소환하면 자연스럽게 말씀을 하시게 되고 센터 생활에 잘 적응하신다. 철이 어르신 오늘은 식사도 잘하시고 대화도 잘하시며 지압봉을 쥐고 손 지압하는 일에도 열심이시다.

2021년 10월 26일 오후 5:20

맥가이버

아침부터 옥이 어르신 기저귀에 대변 보셔서 씻기고 기저귀 교환해드렸다. 점심 식사 후 또 실변하셔서 씻기고 하의 전부 갈아입혀드렸다. 오늘따라 날을 잡았는지 남자 어르신들도 줄지어 화장실행. 점심 식사 전 변기 막혀 과장님을 소환하여 변기 뚫고, 세면대가 막혀 안 내려가니 과장님 소환하여 뚫고, 남자 어르신 실금하여 옷 갈아입히려고 과장님 소환. 오늘 맥가이버 과장님 바쁘다, 바빠.

점심 식사 후 또 변기 막혀 과장님 변기 뚫다 옷에 똥물 튀어 도망가고 이젠 내 차례, 여자 해결사 나가신다. 있는 힘을 다해 변기를 압축하여 세 번 만에 또르르 쭈르륵 시원하게 물 내려가는 소리, 야호! 성공이다.

과장님 하는 말, "내가 기초공사 다 해놨더니 공은 정 주임님이 다 받았네요."

"원래 복 있는 사람은 그래요~"

하하하 호호호.

똥 파티 속에서도 웃을 수 있는 우리는 돌봄 종사자, 자칭 맥가이버입니다.

정찬미

2021년 10월 30일 오후 1:36

세월은 못 이겨

“어르신 화장실 한번 가셔야죠!”

“아녀, 안 가도 돼.”

점심 식사를 마치고 란이 어르신을 모시고 화장실 이용 도움을 드리고 양치 도움을 드리려 의자에 앉아 계신 란이 어르신을 부축하는데 한 걸음 떼시더니 “형편없어!” 하신다. “뭐가요?” 했더니 “내 다리가 말을 안 들어” 하신다.

인지 활동 시간에는 도안에 색칠을 하는데 색칠한 위에 덧칠을 하셔서 추상화를 만들어놓고 란이 어르신 주먹을 쥐고 자기 머리를 쥐어박으며 “똥멍충이가 되어버렸어” 하신다. “아니에요! 어르신이 얼마나 똑똑하신데요” 했더니 “아녀, 늙으면 아무 쓸모가 없어” 하시며 “세월은 아무도 못 이겨~” 하신다.

2021년 11월 1일 오후 12:35

옥이 할매 고관절 수술을 하기로 했다니 불행 중 다행인 것 같습니다. 수술하지 않고 집에 모셨다면 환자 본인의 통증은 어찌할 것이며 지켜보는 딸은 또 어찌해야 하나 걱정이 많았습니다. 딸이 엄마를 많이 사랑하고 잘 챙겨주는데 이번 일로 평생 자기의 잘못이라 자책할까 봐 걱정이 많았습니다. 하루빨리 정부의 돌봄 공공성이 강화되고 치매 국가책임제가 되어 돌봄이 통합 서비스로 전환되기를 바라봅니다.

정찬미

2021년 11월 2일 오후 12:16

천천히 하나, 둘 걷기 운동

걷기 운동 시간, 성이 어르신 왼쪽 편마비 어르신인데 이동하실 때 상체는 앞으로 구부러지고 지팡이는 끌고 발은 떼어지지 않아 끌면서 온몸을 나에게 의지한 채 위태롭게 걸으신다. 그럴 때마다 나의 팔은 고통으로 몸부림친다.

어르신 천천히, 천천히. 지팡이는 앞으로 짚어 버티고 발은 끌지 말고 또박또박 떼시고 천천히, 천천히, 하나, 둘, 구령 붙여가며 걷기 운동 하신다. 내 입술은 천천히 하나, 둘 외치며 어르신 부축에 온 힘을 쏟는데 성이 어르신 고개를 절레절레 흔들며 모든 게 귀찮은 표정으로 걸으신다.

그래도 어르신, 천천히, 천천히, 발은 또박또박 떼세요.

내 목소리가 메아리 되어 센터에 울려 퍼진다.

2021년 11월 3일 오후 1:15

당신이나 잘하소

사사건건 다른 사람 일에 간섭이신 식이 어르신, 체조 끝나고 감사합니다 했더니 감사 온다고요? 하신다.
고맙습니다 하면 곰이 온다고요? 하신다.
안쪽이요 하면 뒤집으면 껍질 되지요, 오래오래 사세요 하면 올해만 살면 어떡해요 내년에도 살아야지, 이 갈지 말아요 이 가는 사람은 내쫓아버려요~
아마도 전생에 놀부였나 보다.
쉬지 않고 끊임없이 큰 소리로 간섭하는 식이 어르신을 말 한마디 않고 팔짱 끼고 지켜보던 봉이 어르신, 당신 소리가 더 시끄러워요, 당신이나 잘하소! 하신다.

정찬미

2021년 11월 4일 오후 12:47

순이 할매와 양이 할매 나이가 비슷해서 말 많은 양이 할매 옆에 말을 잘 들어주는 순이 할매를 짝꿍으로 앉혀드렸다. 양이 할매 바깥쪽 유리창 창문 옆에 앉으시고 그 안쪽으로 순이 할매를 앉혀드렸는데 두 분의 궁합은 찰떡궁합으로 환상의 파트너가 되었다. 토닥토닥 싸우다가도 금세 풀어져 다정하게 말씀하시는 걸 보면 늙으면 아이 된다는 말이 맞는 것 같다.

순이 할매가 관절염으로 병원 진료 가느라고 하루 결석하던 날 양이 할매가 순이 할매 자리에 앉았었다. 그다음 날도 양이 할매가 비틀거리는 걸음으로 재빨리 순이 할매 자리를 차지하고 앉으신다. 순이 할매 내 자린데 왜 당신이 앉느냐고 항의해도 비켜주지 않자 아예 다른 쪽으로 가서 자리 잡고 앉으셨다.

양이 할매 입을 삐죽거리며 하시는 말, 저 할매 속은 밴댕이 소갈딱지라고 이 사람 저 사람을 붙잡고 흉을 본다. 그다음 날 양이 할매 자기 자리에 앉고 순이 할매더러 손짓하며 자리에 와 앉으란다. 그렇게 다시 두 분 사이에 평화가 찾아왔다.

오늘은 병원 진료로 순이 할매가 결석하셨다. 양이 할매 센터 안을 두리번거리시더니 이 할망구 어데 갔어 하신다. 오늘 결석이라고 말씀드렸더니 “내가 그 할망구 하고 싶은 대로 다 하라고 양보해줬는데 왜 안 나와?” 하면서 순이 할매의 빈자리를 바라보는 양이 할매 표정에는 그리움이 가득하다.

2021년 11월 10일 오전 9:31

어르신 간식

어르신들은 간식으로 달달한 빵이나 떡, 고구마 등을 선호하시는데 찹쌀떡은 질식의 우려가 있어 피하고 고구마도 목이 막혀 기도가 막히는 경우가 있어 피하고…… 매번 어르신들 간식 메뉴에 대한 고민이 깊다. 맛보다는 안전을 추구하다 보니 어르신들 집에서 가져오신 사탕도 드실 때 세심한 관찰이 있어야 한다. 옆 어르신들에게 나누어드리는 것도 안 된다고 말씀드리면 인정머리 없는 사람이라고 책망을 받기도 한다. 그래서 사탕보다는 뻥튀기를 사놨다가 서운해하는 어르신들을 달래기도 한다. 오늘도 정이 어르신이 알사탕을 가져와 어르신들께 나눠 주셔서 아침부터 안 된다고 말씀드리고, 서운해하는 어르신들께 비스킷을 나눠 드렸다.

정찬미

2021년 11월 20일 오전 11:11

꽈리 부는 소리

영이 할매 송영 차에서 양이 할매 태우려 기다리는데
으드득으드득. 이 좀 그만 갈라는 남자 어르신을 못마땅한 듯
쳐다보며 더 힘을 주어 고개까지 끄덕거리면서 으드득으드득.
예민한 사람 고막을 터뜨릴 것만 같은 소음 수준.
양이 어르신 차에 타더니 영이 어르신 쪽을 힐끔 쳐다보며,
"어디서 꽈리 부는 소리가 나지?"
오호! 98세 된 어르신 표현력 보소. 시끄럽다, 그만해라, 짜증만
내더니, 꽈리 부는 영이 할매 나쁘지 않다.

2021년 11월 28일 오전 1:27

늙을 일이 큰일

송영 시간보다 5분 늦게 나온 ○이 어르신 남편이 고개를 절레절레 흔들면서 휠체어를 밀고 나와 차 문 쪽으로 오시더니 ○이 어르신을 차에 태우는 나에게 하소연을 하신다.

“어젯밤에는 한숨도 못 잤어.”

밤새 집에 간다고 소리소리 지르며 문밖으로 나가려고 해서 잡으러 다니느라 밤을 꼬박 새우고 아침에는 화장실을 세 번이나 간다고 해서 늦게 나온 거라면서 “이젠 내가 죽겠어!” 하신다. 자식들은 요양원으로 보내자고 하는데 내가 살아 있는 동안에는 내가 보살펴야지 어찌 보내누 하신다. “오늘도 고생해요!” 하시고 휠체어를 밀고 들어가는 어르신 뒷모습이 오늘따라 축 처져 보이며 안타깝게 느껴진다.

차가 출발하는데 물끄러미 창밖을 내다보던 ○이 어르신, ○○××라며 욕을 하신다. 송영 시간 맞추느라 빨리 서두르라 잔소리한 남편이 미웠나 보다. 이 모습을 지켜보던 기사님, “늙을 일이 큰일이구나” 하신다.

정찬미

2021년 12월 1일 오전 8:59

내 맘대로 안 돼

상체는 앞으로 굽어지고 오른쪽 발은 바닥에서 떼지 못하고 질질 끌고 지팡이는 들어 모시고 성이 어르신이 힘들게 이동을 하신다. 성이 어르신은 87세 편마비 어르신이다. 어르신 이동하실 때마다 직원이 근접 케어를 해야 한다. 그럴 때마다, "어르신, 지팡이 앞으로 발을 높이 들어요! 또박또박 천천히, 천천히~"
이동할 때, 화장실 갈 때, 아침 운동 할 때마다 항상 어르신 옆에 직원이 한 명 붙어 외치는 소리다. 휠체어로 이동하면 어르신도 편하고 직원들도 편하지만 어르신 잔존 기능을 최대한 유지시키려고 하루에도 쉼 없이 같은 말을 반복한다. 어르신이 이동할 때 힘이 들면 걷다가 멈춰서 고개를 절레절레 흔들기도 하지만 우리는 기다리면서 "어르신, 천천히 하세요"를 외친다.
그럴 때마다 "내 발인데 내 맘대로 안 돼~"
혼잣말처럼 하시는 성이 어르신의 말씀이 숙연해지면서 깊은 여운을 남긴다.

2021년 12월 2일 오전 12:26

내 나이 백 살

짝꿍인 순이 어르신이 코로나 양성 판정을 받는 바람에 밀접 접촉자로 분류되어 자가 격리에 들어갔던 양이 어르신이 10일 자가 격리를 마치고 센터에 나오셨다. 음성 판정을 통보받고 나오시느라 11시쯤 보호자와 함께 오셨다. 내가 식사 당번이라 식당에 있는데 양이 어르신 '언니'를 찾으면서 화내시더니 무작정 지팡이를 휘두르신다고 생활실로 내려와달라는 연락을 받고는 급히 뛰어 내려갔다. 직원 두 명이서 어르신을 휠체어에 태워 생활실을 돌며 진정시키느라 쩔쩔매고 있었다.

"어르신, 안녕하세요. 오랜만에 뵙네요~"

양이 어르신 나를 보더니 내 손을 덥석 잡고 "언니, 보고 싶었어. 어디 갔다 오는 거야?" 하며 울먹이신다. "저도 보고 싶었어요" 했더니 "저년들이 우리 집 불났다고 하는데 진짜 불났어?" 하신다. "아니에요, 절대 아니니까 안심하시고, 걱정하지 마세요" 했더니 좀 진정은 되셨는데 여전히 횡설수설하신다. 한참 이야기 들어드리고 옆에 앉아 어르신 좋아하시는 노래 같이 불러드렸더니 금세 안정을 찾으신다. 98세 되신 양이 어르신 언니가 되었으니 내 나이 백 살이 되는 날이다.

정찬미

2021년 12월 3일 오전 8:44

추억의 유행어

돌봄을 하다 보면 많은 어르신을 만나고 기약 없는 이별도 하게 된다. 첫 만남은 어색하지만 하루만 지나면 오래된 친구처럼 가족처럼 되는 게 돌봄 현장이 아닐까 싶다. 그만큼 도움이 절실하고 사랑이 고픈 사람들이 많은 까닭이리라.

어르신과는 다양한 이유로 이별을 하게 되지만 어르신들의 말과 행동은 추억으로 남아 돌봄 현장에서 유행어로 쓰이기도 한다.

우리 센터 최고의 유행어는 철수 어르신의 "어렵다!"이다. 몸이 마음먹은 대로 움직여지지 않아도 어렵다! 다른 사람과 대화하다 막히면 어렵다! 이 한마디로 모든 것이 해결된다.

어르신은 떠났지만 선생님들이 철수 어르신이 버릇처럼 하시던 말을 습관처럼 쓰고 있다. 배회하는 어르신, 폭력을 휘두르는 어르신을 진정시킬 때 "어렵다!" 소통 불가 전혀 대화가 안 될 때에도 "어렵다!"

오늘은 모든 일이 어려운 일 없이 "오케이"되는 날이길.

2021년 12월 4일 오후 4:28

마음은 청춘

물끄러미 거울을 바라보던 영희 어르신, 저 속에 할망구가 하나 있는데 누구일까?
옆에 있던 문희 어르신이 "흐흐흐, 자기 모습도 몰라보고 할망구가 있다고 하네. 노망들었나 봐?"
"무슨 소리 하는 거야, 저기 있는 사람은 내가 아녀~"
87세 되신 영희 어르신, "내 나이가 이제 40 조금 넘었어~"
주위의 반응이 웅성웅성 왁자지껄.
"저 노인네, 자기 나이도 모르나 봐~"
옆에 있던 이 선생이 "그럼 문희 어르신은 나이가 어떻게 돼요?"
"이제 30 되지."
"어르신은 73세예요~"
"말도 안 되는 소리 하지도 마!"
문희 어르신 생활실 중앙으로 나가 노래방 기계에서 나오는 노래가 아닌 자기 애창곡 남진의 <님과 함께>를 멋들어지게 부른다.
"저 푸른 초원 위에 그림 같은 집을 짓고~"
"그럼요! 나이는 숫자일 뿐이에요. 마음이 청춘이면 오케이!"

정찬미

2021년 12월 6일 오전 9:30

처음이여

7년째 센터에 다니시는 문희 어르신, 송영 차 타자마자 “어디 가는 거예요?”라고 물으신다.

“센터에 가시는 거예요.”

“왜 가는 건데?”

“센터에 다니기로 해서 가는 것이죠.”

“나는 처음 가는 거야.”

“7년째 다니시는 건데요?”

“아녀, 처음 가는 거야~”

아, 예~

점심 식사 마치고 10분 정도 지났을까. “왜 점심도 안 주는 것이요?”

“방금 전에 드셨잖아요. 소고깃국, 김치, 김, 숙주나물, 어묵볶음으로 차려드리니 잔반 없이 맛나게 드셨잖아요.”

“아녀, 난 구경도 못 했어.”

방금 한 것도 잊으시고 매일매일 처음이라고 우기시는 문희 어르신. 날마다 처음처럼 즐겁고 행복하실 수 있도록 좋은 돌봄을 해야겠다.

2021년 12월 9일 오후 1:42

"선생님, 좀 도와주세요."
사무실에서 사회복지사가 외치는 소리에 얼른 뛰어가 봤더니 수면실 침대에서 잠을 자던 영이 어르신이 침대 아래쪽 바닥에 주저앉아 실내화를 만지작거리고 계셨다. "어르신, 일어나세요" 하고 팔을 잡으니 사정없이 뿌리치며 화를 내신다. 어르신 눈높이로 자세를 낮추고 "어르신 어디 가시려고요?" 했더니 "집에 가려고" 하신다. "그럼 같이 가요" 했더니 아기처럼 엉금엉금 기어서 생활실로 나오신다. 어르신 자리까지 와서 의자를 토닥거리고는 거기를 잡고 책상을 두드리면서 "여기를 잡고 일어나세요" 했더니 스스로 일어나신다. 겨드랑이를 잡고 부축하여 안전하게 의자에 앉혀드렸더니 아무 일도 없었다는 듯 "고맙습니다"라며 인사까지 하신다.

정찬미

2021년 12월 16일 오전 1:30

이별

옥이 어르신이 영면에 드셨다는 연락이 왔다. 삼가 고인의 명복을 빕니다.
옥이 어르신과 함께했던 7년의 기억들이 생생하게 떠오른다.
마음씨 곱고 흥이 많았던 어르신은 아리랑 노래를 구성지게 잘 부르셨다. 4년 전 어느 날 눈두덩 위에 이마까지 시퍼런 멍이 들어 센터에 나오셨길래 "어디서 이렇게 다치셨어요?" 했더니 아스팔트가 벌떡 일어나더니 이마를 쳐버렸다고 진지하게 말씀하시던 어르신. 그 후 지팡이를 짚고 이동하시고 3년 전부터는 신체 기능이 저하되어 다리의 근력이 떨어져 이동이 어려운 상태였는데, 보호자인 딸이 엄마의 다리 힘을 기르기 위해 계단을 오르락내리락하며 진땀을 흘리며 운동을 시켰었다.
물론 센터에 오실 때에도 송영 차에 타실 때마다 요양보호사가 다리를 들어 부축하여 겨우 차에 태우고 자리에 앉히고 나면 온몸에 땀이 흥건하게 고이곤 했었다. 힘은 많이 들었지만 센터에서 이동할 때에도 어르신 잔존 기능을 위해 휠체어를 이용하지 않고 "어르신, 천천히 발을 높이 들고 또박또박 걸으세요" 하면서 근접 케어를 했었다.
2년 전부터 어르신 상태가 더 안 좋아져서 딸도 휠체어를 이용해 모시고 나오고 혼자서는 일상생활이 불가능해져 센터에서도 직원 두 명이 겨드랑이를 붙잡고 부축하여 화장실 이용을 도와드렸다. 어쩌다 책상을 두드려 화장실 가고 싶다는 표현을 하시면 직원 두 명이 쏜살같이 어르신을 부축해 화장실 변기에 앉혔고, 푸드덕 똥 싸는 소리가 들려 직원들이 마주 보고 “아이고 예뻐라” 하면서 웃으면 어르신도 활짝 웃으시곤 했었다.
그렇게 힘든 상황에서도 하루도 빠지지 않고 센터에 나오셨고 식사도 잘하셨다. 지금도 생각나는 것은 오이소박이를 잘게 잘라 드렸더니 오도독 소리를 내며 맛나게 드시고 생선을 좋아하셔서 생선 살을 발라드리면 한 조각도 남기지 않고 드시던 예쁜 어르신이었다는 것이다.
그런데 한 달 전 집에서 넘어져 고관절이 골절되어 수술을 하시고는 결국 회복하지 못하고 하늘나라로 가신 어르신. 부디 그곳에선 아프지 말고 행복하시길 기도드린다. 옆 어르신 손을 잡고 잠을 깨우시던 옥이 어르신.

정찬미

2021년 12월 18일 오전 8:12

한파

오늘은 토요일 근무 일정이 잡혔다. 큰 추위 없이 12월이 지나가나 싶었는데 날씨가 영하 10도라니, 그것도 낮에 눈이 온다 하니 마음이 조급해진다. 갑자기 내가 견딜 추위의 무게보다 송영 시 어르신들 안전이 더 걱정이다. 거동 불편 어르신들이기에 미끄러울 땐 조심 또 조심해서 이동해야 한다.

8시까지 출근하면 되는데 한 시간 먼저 집을 나섰다. 센터 안을 살펴보고 어르신들 오기 전 보일러도 켜놓고 따뜻한 보리차도 미리 준비하여 아침에 센터에 나오신 어르신들이 몸을 녹일 수 있도록 준비를 하기 위해서다.

집 밖으로 나오는데 옷 사이로 찬 바람이 파고들어 몸을 움츠리게 한다. 딸이 사준 두툼한 파카를 입고 모자까지 뒤집어썼다. 옷이 있는데 뭐 하러 또 사느냐고 핀잔을 줬더니 일부러 큰 옷을 사서 "엄마, 내 옷을 샀는데 커서 못 입어. 엄마 입어. 워낙 싸게 사서 반품하면 손해야"라며 파카를 건네던 딸의 배려가 고마운 아침이다.

2021년 12월 19일 오전 6:09

눈 오는 날

오후 2시까지 하늘은 맑았다. 오후 3시부터 눈이 내린다는 일기예보는 오보일 거란 단정을 짓고 오후 프로그램을 위해 어르신들과 함께 준비운동을 하고서 고리 던지기를 하고 있는데 전화가 와서 받아보니 관장님이었다. 눈이 온다고 했으니 미리 준비하고, 눈이 많이 내리면 보호자들께 연락해 단축하여 운영한다 미리 말씀드리고 예정된 시간보다 빨리 어르신들을 집에 모셔다 드리라는 당부의 말씀이었다.

보호자들께 전화를 드려 상황을 말씀드리고 서둘러 3시에 드실 간식을 준비하러 식당에 올라갔다. 밖을 내다보니 눈발이 하나둘 내리더니 순식간에 함박눈이 되어 펑펑 내리고 있었다. 마음이 급해져 어르신들이 간식을 드신 후 언덕에 집이 있는 어르신 먼저 송영을 시작했다. 송영을 진행하고 있는데 도로에 눈이 쌓이기 시작하고, 큰 도로를 제외하고 골목길엔 벌써 소복이 쌓였다. 급한 마음에 모자를 쓸 생각도 못 하고, 차가 미끄러질 위험이 있는 좁은 골목엔 내가 어르신 손을 꼭 붙잡고 "천천히 조심하세요"를 외치며 걸어서 집 앞까지 모셔다 드리고 오면 내 머리 위에 눈이 소복이 쌓여 있다.

송영하는 도중 보호자 몇 분이 왜 아직 안 오느냐, 눈이 많이 와 걱정이 된다는 전화를 하신다. 도로에 차가 거북이걸음을 하고

정찬미

사고 차량도 있어 우회해서 가느라 좀 늦어진다 말씀드리지만 마음은 조급해진다.
겨우 송영을 끝내고 나니 난리를 겪은 사람처럼 내 머리는 헝클어져 물이 흐르고 온몸이 욱신거린다. 그래도 어르신들을 안전하게 모셔다 드렸으니 다행이다. 오늘 밤엔 삼겹살이나 구워 먹으면서 오늘 힘들었던 나에게 보상을 해줘야지, 라는 마음으로 삼겹살을 사서 잰걸음으로 퇴근을 한다.

2021년 12월 26일 오후 3:53

편견

나이가 들면 치아가 안 좋아져 부드럽고 말랑거리는 음식을 좋아할 것이다, 란 생각은 나의 편견이었다는 것을 10년 이상 어르신 돌봄을 하면서 알았다. 보통 어르신들이 선호하는 음식은 고기, 생선이다. 두부, 계란찜, 나물 같은 음식은 별로 안 좋아하신다. 깻잎, 오이지 등을 좋아하시고 쌈 종류도 좋아하신다. 어르신들 식단에 나오는 대로 음식을 드리고 직원들이 상추를 먹고 있으면 쌈을 좋아하는 어르신들은 좀 달라고 하신다. 그럴 때면 쌈을 조그맣게 싸서 드시고 싶어 하는 어르신들 입에 넣어드린다.

부드러운 것만 드실 것이란 생각은 우리의 편견이고, 오이지를 오도독오도독 씹어 맛나게 드시는 어르신을 보면 좋아하는 음식은 잊어버리지 않는다는 것을 알 수 있다.

정찬미

2021년 12월 27일 오후 12:58

짝꿍

“할망구, 어이, 할망구.” 순이 어르신이 양이 어르신을 애타게 부른다. 두 분은 짝꿍으로 서로 대화도 하시고 친하게 지내셨다. 그런데 순이 어르신이 코로나 확진되어 한 달가량 쉬었다 센터에 나오시고 짝꿍인 양이 어르신도 밀접 접촉자로 10일간 격리되었다 센터에 나와 서로 데면데면하시다 오늘은 순이 어르신이 외로움을 참지 못하고 자기를 멀리하는 이유를 물어본다고 양이 어르신을 부르신 것이다.

대화라고 해봤자 한 사람이 계속 말씀을 하시면 한 사람이 또 다른 말을 하는 것인데도 서로가 소통이 된다고 생각하시나 보다. 그만큼 온전히 옆에서 내 말에 귀 기울여주고 관심을 가져주는 상대가 필요한 것 같아 일지 쓰는 것을 잠시 미루고 순이 어르신 이야기를 들어드렸다.

“저 할망구가 나와 친했었는데 오늘은 말도 안 하고 저러네.”

“아! 그러세요?”

두 분이 말씀하실 수 있도록 오작교 역할을 해드리니 언제 그랬느냐는 듯 재미나게 이야기하신다. 손이 시릴 땐 손을 엉덩이 아래 넣고 있어라, 졸리면 수면실 침대로 들어가 누웠다 나와라 등등, 하실 말씀이 많은지 시간 가는 줄 모르신다.

2022년 1월 2일 오전 5:20

데이케어센터의 하루

데이케어에서의 하루는 송영으로부터 시작된다. 아침 송영을 가면 보호자의 표정에서 어르신 상태를 확인할 수 있다. 밤새 집에 가신다고 배회하시며 밤을 지새우신 영이 어르신의 남편 철수 씨는 고개를 좌우로 흔들면서 "이러다 내가 먼저 죽겠어!" 하시고, 옷을 찾는다 밤새 방 안을 발칵 뒤집어놓았다는 양이 어르신 딸은 아침에도 엄마와 힘겨루기라도 한 듯 서로를 원망하며 하소연하고, 새벽에 일어나 온 집 안을 돌아다닌 란이 어르신 며느리는 지쳐서 말도 못 하고. 보호자들의 표정만 봐도 스물한 분 어르신이 밤새 어찌 지내셨는지 짐작이 간다.
센터에 도착하시면 따끈한 보리차를 한 잔씩 드리는데 당뇨가 있는 어르신은 한 시간 동안 서너 잔의 물을 마시고도 계속 물을 찾으신다. 우리 센터는 개인 컵을 드려 목마를 때 언제든 물을 마실 수 있도록 하고 있다. 날마다 혈압, 맥박, 체온 체크하여 기록하고, 한 달에 두 번 당뇨 체크하고 몸무게도 기록하고 있다. 스트레칭으로 하루 일과를 시작하는데 직원들이 돌아가면서 아침 체조를 담당하고 있다.
머리부터 발끝까지 스트레칭으로 풀어주고 약간의 근력 운동까지 끝내고 나면 10시 30분에 오전 간식을 드린다. 오전 간식으로는 식사 대용도 되고 속을 다스릴 수 있는 수프나 죽을

정찬미

드린다. 아침을 드시지 않고 센터에 오시는 어르신은 한두 국자 더 담아드린다. 식사를 하신 어르신들도 잔반을 남기지 않고 맛있게 드신다.

오전 11시, 프로그램 시간이다. 프로그램은 신체, 정서, 인지 활동 등을 요일별로 적절하게 시간표를 짜서 진행하고 있다. 생활체육, 전통 놀이, 미술 활동, 동화 구연, 인지 활동, 물리치료, 민요 교실, 노래 교실, 풍선 아트, 종이접기 등이 있다. 참석 어르신의 개인차가 있기 때문에 주로 직원들은 혼자서 수행이 불가능한 어르신 옆에 앉아 프로그램을 보조하고 있다.

12시 점심시간, 식사가 끝나면 어르신 양치 도움을 드린다. 오후 2시까지 자유 시간이다. 일부 어르신은 수면실로 가서 주무시고 퍼즐을 맞추시는 어르신, 장기를 두시는 어르신, TV 시청을 하며 옆 어르신과 대화를 하시는 어르신까지 다양하게 휴식 시간을 보내신다.

어르신 중에는 아침부터 집에 간다고 배회하며 직원의 진을 빼는 분도 계시는데, 순간 말다툼이 시작되면 폭력까지 진행되기도 하기 때문에 항상 긴장의 연속이다.

오후 2, 3시에는 오후 프로그램이 진행되고 오후 간식 시간에는 주로 빵, 떡, 만두, 과일 등 어르신들이 잘 드시는 간식거리가 제공된다.

오후 5시 반이나 오후 6시가 되면 저녁 식사 제공, 양치 도움, 오후 송영이 시작되어 오후 8시 30분까지 송영을 마치고 청소와 정리

정돈으로 하루 일과가 마무리된다.

일대일 케어가 아니라 힘든 부분도 있고, 공동 프로그램을 진행하다 보니 어르신들 개인에게 맞는 눈높이 교육의 한계점도 있지만, 단체 생활에서 볼 수 있는 배려와 공감대 형성, 말이 통하는 사람과의 대화는 어르신들의 외로움을 달래주고 가족과 같은 끈끈한 정도 느낄 수 있게 해준다.

정찬미

2022년 1월 4일 오전 5:46

밥값

점심 식사 배식을 하고 어르신들이 식사를 잘하시나 살피고 있는데 양이 어르신이 식사를 하지 않고 머뭇거리신다.
“어르신, 식사하세요” 해도 핸드백 안을 뒤적이며 시무룩한 표정으로 식판만 쳐다볼 뿐 식사를 안 하신다. “어르신, 필요한 것 있으세요? 아니면 속이 불편하세요?” 해도 눈치만 볼 뿐 가만히 앉아 식사할 생각을 안 하신다. 이상하다. 다른 때 같으면 식사를 너무 잘하셔서 장수의 비결인 것 같다고 했는데 오늘은 왜 이러실까? “어르신, 입맛이 없으세요? 그래도 식기 전에 조금만 드세요” 하는데 양이 어르신 힘없이 하는 말,
“밥값이 없어…….”
아하!
“어르신 따님이 밥값 계산 다 했어요. 걱정 마시고 드세요.”
그때야 활짝 웃으시며 식사를 하신다.
냠냠 쩝쩝 맛나게도 드신다.

2022년 1월 5일 오전 12:44

누이 좋고 매부 좋고

영이 어르신 이 가는 소리에 어르신들 원성이 날로 커져만 간다. 예전에 공무원을 하셨던 점잖으신 석이 어르신도 팔짱을 끼고 앉고, 말없이 앉아 계시던 포청천 어르신도, 모든 일에 간섭이 심하신 놀부 어르신도 더 이상은 못 참겠다 진저리 치셔서 과장님께 사례 관리 회의를 하자고 했으나 바쁘다는 핑계로 하루이틀 미뤄지고, 안 되겠다 싶어 요양보호사 해결사 나가신다. 인터넷을 찾아보니 이 가는 이유가 스트레스를 받고 제대로 풀지 못했을 때에도 생길 수 있다 하여 어르신 과거 동향을 살펴봤다. 예전에 직업군인 남편과 떨어져 시댁에 살면서 당했던 시집살이 이야기를 하셨던 게 생각이 나서 슬쩍 건드려놨더니 영이 어르신, 전문 이야기꾼이 되어 이야기보따리 풀어내느라 이 가는 것은 잊으시고 전문 동화 구연 강사가 되어 때로는 배우가 되고 성우가 되고 하시는데 할리우드 배우 중 여우 주연급 연기를 펼치니 다른 어르신들의 관심이 집중되고 이야기 속으로 빠져든다.
시누이 친정 오면 가만히 앉아 손끝 하나 움직이지 않으면서 먹고 싶은 것만 이것저것 해 오라 명령하고, 시어머니는 부잣집 딸 며느리로 들였더니 손만 커서 음식 많이 한다고 며느리 흉을 보면서 핀잔을 주고는 딸들하고 수다 떨며 그 많은 음식 다 먹으면서도 며느리한테는 먹어보란 소리 한마디도 안 하고,

정찬미

그게 너무 서러워 외양간에 가서 소가 울 때 같이 울었다는 영이 어르신의 시집살이 이야기가 너무 현실감 있어 절로 탄성이 나오고 몰입돼 당하는 며느리 입장으로 분노하고 있을 때! 완전 반전 이야기. 시어머니와 시누이가 영이 어르신밖에 모르고 너무 잘해줬다 이야기를 끝맺으니 어느 것이 진실인가 듣는 사람 헷갈린다. 하지만 이야기가 해피엔드로 끝이 나서 다행이다. 판단은 듣는 사람 자유에 맡긴다. 이야기에 반전이 있어 다소 헷갈리는 부분도 있지만, 이야기에 몰두하여 이 갈지 않고 1인 다역 실감 나는 영이 어르신 연기에 어르신들 심심치 않으니 누이 좋고 매부 좋은 일 아니겠는가. 오늘도 임무 완수!

2022년 1월 13일 오후 9:34

트라우마

양이 어르신은 남편과 우리 센터를 이용하셨다. 남편분은 기저 질환이 있으셨다. 특히 당뇨가 심해 날마다 인슐린 주사를 맞아야 했다. 두 분은 자녀들이 6남매 있었지만 따로 살았고 두 분만 생활하고 계셨는데, 어느 날 자고 일어나 보니 남편이 죽어 있었다 한다. 그 뒤로 양이 어르신은 "나는 죽기 싫어"란 말씀을 자주 하셨다.

올해 나이 99세인 어르신은 지금은 혼자 살고 계시고 근처에 살고 있는 따님이 아침과 오후 송영 때 어머니 집을 왕래하며 어머니를 도와드리고 있다.

오전 송영을 가면 항상 따님과 이런저런 의견 차이로 부딪쳐 서로 힘든 하루를 시작한다. 따님은 엄마가 밤새 잠을 자지 않고 집 안 물건을 다 꺼내 물건을 찾느라 온 집 안을 헤집어놓고, 이부자리 바느질한다고 이불을 다 끄집어내놓고, 망상과 환청을 현실로 착각하며 기억을 잃어가는 어머니를 보고 속상해서 한마디 하면 집안에 어른이 없어 버릇없게 군다고 소리를 질러대니 너무 힘들다고 하소연한다. 양이 어르신은 집안에 어른이 없으니 딸이 버릇없이 엄마한테 소리 지르며 대든다고 하소연하신다.

밤에 잠을 설친 어르신은 센터에 와서도 꾸벅꾸벅 졸고 계시면서 수면실 침대로 들어가 주무시라고 하면 "나는 죽기 싫어"라며

정찬미

침대에 5분 이상은 누워 있지 않고 일어나 앉아 계시거나 생활실로 나오신다. 할 수 없이 어르신을 생활실로 모시고 나와 베개를 책상 위에 올려드리면 엎드려서 주무신다.
남편분이 저녁에 주무시고는 아침에 깨어나지 못한 것을 보고 누워서 자면 죽는다, 라는 트라우마가 생긴 것 같아 안타깝다.
밤새 혼자 밤을 지새우며 힘드셨을 어르신이 조금이라도 마음 편히 주무실 수 있도록 어르신의 등에 담요를 덮어드린다.

2022년 1월 17일 오전 12:53

승부

철수 어르신 "지금 몇 시나 됐어?"라고 물으신다. "네, 1시 30분 됐어요" 하면 "왜 이렇게 시간이 안 가나" 하시면서 만보기를 보며 생활실 실내를 걸으신다. 1미터 60센티 정도의 작은 키에 왜소한 체구, 가무를 좋아하며 프로그램 시간에도 적극적으로 참여하고 인지 기능도 뛰어나신 철수 어르신은 장기와 바둑을 좋아하는 분이시다. 입소 첫날, "여기 바둑 있소?" "없는데요." "그러면 장기는 있소?" "없어요. 화투는 있습니다." 그러자 "난 화투는 싫어하오"라며 심심해서 못 다니겠다고 일주일을 안 나오셨다. 가족의 설득으로 다시 센터에 나온 어르신을 배려하여 장기를 구입해서 오후 4시에 출근하는 김 선생이 어르신과 장기를 두었는데 어르신 승리! 어르신 얼굴에 함박웃음 피어나고 매일매일 하루도 빠지지 않고 센터에 와서 오후 출근하는 김 선생을 기다리신다. 기다리는 동안 쉼 없이 걷기 운동을 하시고 노래에 맞춰 춤을 추기도 하신다.

어느 날 김 선생이 장기를 두어 승리하자 어르신은 힘없이 내가 졌다고 하셨다. 어찌나 실망하시던지 그 후부터는 김 선생이 장기를 비기거나 일부러 져드린다. 일명 지는 장기를 두는 것이다. 철수 어르신은 자신감과 활력을 찾으셨고 매일 오후 4시를 기다리신다.

정찬미

2022년 1월 18일 오전 7:22

집

배회하는 치매 어르신들이 가고 싶다고 말하는 집은 어디일까? 무조건 문 앞으로 돌진하는 영희 어르신, "어디 가시게요?" 물으면 집에 가신단다. 집에 가야 하는 이유는 다양하다. 밥하러, 아들이 학교에서 올 때가 되어, 집 나온 지 한참 되어 남편한테 혼난다고……. 문제는 밤에 집에서도 또 집에 간다고 보따리를 싸서 문 앞으로 나가고 밤을 지새우며 배회한다는 것이다.
어르신들 집은 어디일까 하는 궁금증이 남는다.
옥이 어르신은 집에서 또 집에 간다고 배회하시다 열린 창문으로 뛰어내려 발목이 골절되어 병원에 입원 치료를 받고 3개월을 센터에 나오지 못하셨다. 집이 1층이어서 불행 중 다행이라 생각한다. 배회하며 집을 찾는 어르신들을 주의 깊게 관찰해야 하는 이유다.

2022년 1월 20일 오후 11:43

토닥토닥 자장가

엄마와 아버지가 보고 싶다고 울먹이는 99세 된 양이 어르신께 내 어깨를 내어주고 예전에 엄마가 그랬듯이 등을 토닥토닥 두드려주며 예전에 엄마가 불러주시던 〈섬집 아기〉 노래를 불러드렸더니 아기처럼 스르르. 잠이 든 양이 어르신을 바라보며 꿈속에서라도 부모님을 만나 행복한 시간 보내시길 기도한다.

정찬미

2022년 1월 21일 오후 4:25

관심

96세 순이 어르신은 계란형 얼굴에 쌍꺼풀이 있는 눈, 이목구비가 또렷한 미인형 얼굴에 날씬한 몸매를 지니셨다. 연세가 드셨어도 건강관리를 잘해서 건강하신 편이다. 특히 드시는 것을 잘 드셔서 간식이나 식사를 하실 때에도 잔반이 없이 맛있게 드신다. 체조 시간에도 적극 참석하셔서 호응도 좋으시고 프로그램 시간에도 적극 참석하신다. 얌전한 우등생 스타일로, 케어하는 데 어려움이 없다. 직원들에게 항상 수고한다고 감사 표현까지 해주시니 너무 고마운 어르신이다.

센터에는 이동이 어렵거나 일상생활이 잘 안 되고 망상과
환청으로 배회하거나 폭력적인 어르신들이 있는데
그 어르신들은 한시도 눈을 뗄 수 없어 직원들은 그분들 옆에서
근접 케어를 하게 된다. 그럴 때면 순이 어르신 작은 목소리로
"나는 신경 써주는 사람이 없는 거야?" 하신다. 그때마다 컵에
있는 물을 마시고 또 달라고 하시든가 혈압과 체온을 다시
재달라고 하신다. 순이 어르신도 관심이 필요하다는 신호를
보내는 것이다. 그럴 때 순이 어르신 옆에 앉아 말벗을 해드리면
소녀처럼 해맑게 웃으시며 "고생이 많죠? 힘들죠?"라며 고마움을
표현하신다.

2022년 1월 29일 오전 12:05

노노케어

영이 어르신 보호자 오늘도 휠체어로 영이 어르신을 태우고 나오시는데 불편한 다리를 끌며 차 앞 발판 있는 데까지 휠체어를 바싹 대신다. 나름 나를 배려하시는 것 같아 마음이 흐뭇해진다. 하지만 발판에서 한 발자국 정도 떼어야만 어르신을 안전하게 일으켜 안정된 자세로 부축하고 차에 태울 수 있기에, 다시 휠체어를 일정한 간격으로 벌려 멈추고 영이 어르신을 차에 올리신다. 어젯밤에도 집에 간다며 엉금엉금 기어 온 집 안을 돌아다녀서 한숨도 못 잤다고, 차라리 빨리 갔으면 좋겠다고 하신다.

가끔 자식들이 와서 목욕도 시키고 미용실로도 모시고 가지만 날마다 어머니를 케어하는 아버지의 힘든 무게를 얼마나 알 수 있겠어, 하시며 씁쓸한 표정을 지으신다. 자식들은 아버지에게 어머니를 요양원에 모시든지, 아니면 충남에 있는 집으로 가 건물을 관리하면서 공기 좋은 곳에서 어머니와 함께 사시라고 권한다고 한다. 하지만 어르신은 아내를 요양원에 보내고 싶지 않다고 하신다.

"예전에 장모를 요양원에 보냈었는데 그곳은 사람 살 곳이 아닌 것 같았어." 어르신은 요양원에 대해 안 좋은 기억이 있으신 듯 말끝을 흐리신다.

정찬미

"왜요? 요즘엔 시설도 좋아지고 괜찮은 곳이 많아요."

"그래도 내가 살아 있는 동안에는 내가 돌봐야지."

넋두리처럼 말씀하시며 돌아서는 어르신의 뒷모습이 힘겨워 보인다.

2022년 1월 29일 오후 6:48

우리 센터에는 편마비인 어르신이 세 분이나 계셨는데 혼자서는 아무것도 할 수 없어 모든 일상생활에 도움이 필요한 어르신들이었다. 휠체어를 타고 오셔서 두 사람이 겨우 안다시피 태우고, 내릴 때에도 두 사람이 부축하여 휠체어로 이동했다. 특히 이○○ 어르신은 건장한 남자 어르신이므로 더 힘이 들었다. 어르신을 이동시키고 나니 땀이 비 오듯 쏟아져서 구석에서 숨을 고르고 있을 때, 어르신이 나를 잠깐 부르시더니 "나 때문에 많이 힘들죠? 미안해요" 하신다. 원망했던 마음이 안쓰러움으로 바뀌고, 어르신과 대화하는 시간도 늘었다. "어쩌다 이렇게 되신 거예요?" 어머니가 병원에 입원하셔서 병문안 갔다가 혈압으로 쓰러졌다며 자신의 아픔보다 병상에 계신 어머니가 받으셨을 충격이 더 걱정된다고 대답하신다. 그때부터 나는 기꺼이 전심으로 어르신의 손과 발이 되었고, 감각이 없으신 왼쪽 팔다리를 마사지하며 빨리 회복되시기를 기도했다. "어차피 감각도 없는데 그만해도 돼요" 하시는데도 날마다 10분씩은 시간을 따로 내어 마사지와 운동을 시켜드렸다. 다른 할 일도 많은데 여유 부리고 있다는 다른 직원들의 나무람에도 아랑곳 하지 않고 계속했다. 앉아서 하는 체조 영상 자료를 틀어, 음악에 맞춰 운동을 할 때 감각이 없는 팔을 들어 올려드리고, 다리 운동을 할 때에는 다리를

정찬미

억지로라도 들어 올려드렸다.
두 달쯤 지났을 때 "선생님, 발이 이상해요" 하고 이○○ 어르신이 다급히 부르셔서 "왜요? 어디 아프세요?" 했더니 왼쪽 다리가 뭔가 저린 것 같다고 하셔서 주물러드렸더니 감각이 조금 느껴진다고 하셨다. 너무 기뻐서 함께 눈물을 흘리고 감사하며 축하해드렸다. 일대일 케어는 아니지만 틈나는 대로 신경을 더 써드렸더니 이제는 혼자서 신발도 신으시고, 지팡이를 놓고 걷는 연습 중이시다. 조금만 더 관심을 두고 함께 노력한다면 이렇게 결과가 좋아질 수 있음을 안 사례였다.
어느 날엔 어르신들끼리의 다툼을 말리는데 흥분하신 어르신이 내 팔을 물어서 피가 났다. 소독을 하고 약을 바르고 있자니 센터에서 연세가 가장 많으신 왕언니 남○○ 어르신이 다가와 "많이 아프지? 호오 해줄게" 하며 상처 부위를 불어주신다.
왈칵 눈물이 쏟아져서 화장실로 들어가 눈물을 훔치고 나오니 어르신이 가방에서 요구르트 한 개를 꺼내 주시며 "이거 먹어, 이거 먹으면 나을 거야" 하신다. "어르신 드셔요. 저는 괜찮아요." "아니야, 동생 주고 싶어서 그러는 거야." 급기야 목에 두르고 있던 목도리까지 풀어서 내 목에 감아주시며, "이렇게 하면 따뜻해. 새것은 못 사줘도 옛날에 비싸게 주고 샀던 거야."
일단은 "감사합니다" 하고 받고 나서 보호자분께 돌려드렸더니 어머니께서 꼭 주고 싶은 사람이 있다고 가지고 가신 거라며 새것이 아니라 미안하다고 사과까지 하셨다. 어르신과

보호자분의 따뜻한 마음이 고스란히 전해져서 팔의 상처뿐만 아니라 마음의 상처까지 치유되는 기분이었다.

정찬미

2022년 2월 13일 오후 3:38

잔존 기능 유지

강○○ 어르신은 40년 동안 음식점을 운영해온 어르신이다. 청력이 약화되었지만 눈높이에 맞춰서 천천히 또박또박 말을 해주면 의사소통에도 전혀 문제가 없으시다. 음식점을 해서 위생에도 철저하셔서 하루에 스무 번 이상 손을 씻으신다. 신체 활동 원활, 프로그램 참여와 호응도 상, 대인 관계 원활. 그런데 고민이 생겼다. 우리 센터는 항시 책상 위에 컵을 두고 언제든 물을 마실 수 있도록 하고 있다. 옆 어르신의 물이 없으면 강 어르신이 일어나 물을 가져다 드린다. 식사 후에는 자신의 식판뿐만 아니라 어르신들의 식판까지 주방으로 가져다주신다. 하지 마시라고 말씀드리지만 먼저 몸이 반응하신다. 어찌 보면 직원들은 직무 유기를 하고 어르신을 일 시키는 꼴이다. 하지만 40년 동안 몸에 밴 서비스를 습관적으로 하시니 계속 못 하게 한다면 어르신의 자존감이 상할까 봐 고민이다. 어르신들이 할 수 있는 것은 하실 수 있도록 잔존 기능 유지를 위해 노력해야 한다고 배웠다. 어찌해야 할까?

동행 글

이토록 성실하고 끈질긴 마음 곁에서 _ 전희경

정찬미를 만나게 된 건 우선은 인터뷰를 통해서였다. 요양보호사들이 겪는 불합리한 상황을 개선하는 데 도움이 된다면 "뭐라도 해야겠다는 마음으로" 응했다는 그 인터뷰에서 그의 이야기는 일목요연했다. 부당한 상황에 목소리를 낸 경험을 이야기하며 "아닌 건 아닌 거니까"라고 말하던 그의 목소리가 지금도 귓가에 쟁쟁하다. 하지만 1년이 넘는 시간 동안 글쓰기 과정을 통과하며 만난 그의 글들은 두 시간 남짓 인터뷰 때의 인상과는 좀 달랐다. 덜 일목요연하고, 때로는 서로 충돌하기도 하는 더 여러 겹의 이야기들. 분노를 내비치는 문장과 애정이 듬뿍 담긴 문장이 교차하다 가끔 "완전 반전"도 있는 하루하루를 따라가다 보면 글이라기보단 계속되는 삶 그 자체를 읽고 있는 기분이 든다. '이러저러해서 힘들'었다거나 '이러저러해서 뿌듯'했다거나 하는 선명한 단색의 이야기들도 있지만, 모두 지속되는 돌봄 관계를 구성하는 조각들이지 전부는 아니다.

지금 여기, 지극한 현재

'치매'가 있고, 혼자 걷기 어렵고, 몸의 한쪽이 마비되고, 뼈가 잘 부러지는 몸으로 살아가는 노년들은 바로 그 취약성 자체로 환원되기 쉽다. 심지어는 진단명이나 요양 등급 그 자체로 인식될 때도 있다. 그리고 돌봄 받는 이들이 전형화되는 만큼 돌보는 이들 역시 전형화된다. '벽에 똥칠하며 사는 것'이 모두가 두려워하는 노년의 모습을 상징하는 만큼, '똥 치우는 아줌마'라는 표현은 끈질기게 멸칭이 되어왔다. 옥희살롱이 만났던 많은 요양보호사들이 '돌봄은 그게 다가 아니'라고 힘주어 강조했던 이유가 바로 이 때문일 것이다. 매 순간 고민하고, 때로는 실패하고, 매일 다시 추스르면서 지탱하는 하루하루가 있다. 지금 내 앞에 있는 취약한 노년을 돌보는 일에 최선을 다해 임하는 사람들이 있다. 그 하루하루의 최선들 덕분에, 취약한 노년들은 그저 익명의 이용자가 아니라 나름의 개인사, 자부심과 수치심, 역정의 이유와 욕심의 배경을 지닌 '바로 그 사람'일 수 있게 된다. 정찬미의 글 덕분에 "포청천 어르신"의 평생의 직업을, 양이 할매가 어떻게든 잠들지 않으려 했던 경험을, 순이 어르신이 자꾸 물을 달라고 하시는 이유를 이해하게 된다.

10년 차 요양보호사이자 '주임'. 이 책의 저자들 중 유일하게 데이케어센터(주야간보호센터)에서 근무하는 정찬미의 글은, 매일 아침에 모여 하루를 같이 보내고 저녁에 다시 집으로 돌아가는 데이케어센터의 리듬만큼이나 성실하다. 이 성실한 글들 속에는 하루하루가 쌓여 서로 '아는 사람'이 되어가는 각양각색의 과정들이 씨실과 날실처럼 엮여 있다. 그 씨실과 날실이 엮여 만들어진 어떤 면적 위에서 우리는 취약한 이를 밀착해서 돌보는 치열하고 첨예한 무늬들을 만나게 된다. 보호자와 신뢰를 쌓기가 얼마나 어려운지, 밉다가도 걱정되고 파이팅을 외치다가도 섭섭해지는 묘한 사이가 되어가는 게 어떤 건지 같은 것들 말이다.

여러 마음들이 차례로 내게 다가온다. 한 걸음 떼는 것조차 마음대로 되지 않아 "형편없어!" 하고 스스로를 질책하고, 색칠이 제대로 되지 않아 자기 머리를 쥐어박으며 "똥멍충이가 되어버렸어" 한탄하는, 화를 냈다가도 한나절 만에 다시 알사탕을 건네며 잘 지내자고 손 내미는, 돌봄 받는 노년의 마음. "내가 살아 있는 동안에는 내가 보살펴야지 (요양원에) 어찌 보내누"라고 말하는 보호자의 마음. 그리고 "보호자들의 표정만 봐도 스물한 분 어르신이 밤새 어찌 지내셨는지 짐작이 간다"라고 헤아리는 요양보호사의 마음. 읽다 보면 어느새, 종종 엇갈리고 가끔 통하는 이 서로 다른 마음들 사이에 나도 서 있게 된다. 그리고 생각한다. 편마비 재활을 위한 걷기 운동을 "모든 게 귀찮은 표정으로" 하는 심경은 무엇인지. 집에 가서도 또 '집에 가겠다'고 고집 피울 때의 그 '집'은 무엇이고 어디인지.

정말 이럴 땐 어떻게 해야 하나 싶은 진땀 나는 상황들도 자주 펼쳐진다. 양이 할매가 다른 어르신이 입고 있는 빨간색 옷을 잡아당기며 내 것이라고 우긴다. 아니라고 하자 잃어버린 옷을 찾겠다고 생활실을 엉금엉금 기어다니신다. 다칠까 봐 일으켜 세우면 주먹으로 때리고 발로 차고 머리로 들이받아 직원들

부상자가 속출한다. 오늘 하루는커녕 지금 이 순간을 어떻게 넘어가야 할지조차 난감한 이런 순간에 매뉴얼에 따라 할 수 있는 일은 많지 않다. 어떻게 해야 할까. 어떻게든 해야 한다. 그 순간을 '어떻게든' 함께 통과하는 장면들은 놀랍고 감사하다. 멍이 들고 팔을 물리면서도 노쇠의 험준한 골짜기들을 동행해주는 돌봄노동자들이 있다. 정면으로 돌파할 수 없을 때에는 측면으로, 아니면 빙 둘러서라도, 어떻게든.

돌보고 돌봄 받는 이들이 만들어내는 '사회'

끊길 듯 이어지는 에피소드들 속에서 시간은 하나가 아니라 여러 겹으로 흐른다. 순이 할매와 양이 할매가 싸웠다가 다시 만나는 시간, "아빠 송영 시간이 8시 30분인데 왜 지금 나오라고 하는 거냐"라고 말하는 보호자의 바쁜 시간, 눈이 오기 시작하면 머리가 산발이 되도록 허겁지겁 송영을 서둘러야 하는 돌봄의 시간. 그렇게 한참을 읽다 보면 '아까 신일전기 다녔던 그분이 바로 포청천 어르신이구나' 하고 뒤늦게 퍼즐이 맞춰지기도 한다. '나는 30대'라고 말하는 90대의 시간은, 그것을 그저 익명의 '증상'으로 병리화하기보다 당면한 삶으로 바라보고 전면적으로 임하는 요양보호사들의 행동 덕분에 의미 있는 오늘의 이야기가 된다.

정찬미가 썼듯, 데이케어센터에는 '일상'이 있다. 매일 여덟 시간 이상을 함께 보내는 사람들이 공유하는 것들의 물질성. 웃다 울다 때렸다 걱정했다 하며 흘러가는 정찬미의 기록을 단지 요양보호사의 '서비스 제공 일지'라고만 읽을 사람은 없을 것이다. 직업으로서의 돌봄에서도 돌봄은 반드시 돌봄 관계를 만들어낸다. 함께 살아가는 것. 함께 겪어내는 것. 돌보는 이들과 돌봄 받는 이들이 하루하루 함께 보내며 서로에게 연루되고 있는 이 삶의 갈피들을 하나의 '사회'라고 부를 수 있지 않을까? 아픈 곳 없이 바쁘고 생산적으로 살 때에만 '사회인'인 것은 아니다. 돌보고 돌봄 받는 일상들이 엮여 만들어내는 다른 '사회'가 있다. 이 사회의 일원이 된다는 건 '특정한 방식으로' 아는 사이가 되는 것이기도 하고(변비 여부와 병력부터 알기 시작한다), '다른 방식으로' 아는 사이가 되는 것이기도 하다(생애 이력과 나이를 몰라도 짝꿍이 될 수 있다).

돌봄의 행동들을 통해 서로가 서로의 '사회'가 되는 이곳에서, 인지증 노년들 역시 각자의 방식으로 '사회생활'을 한다. 밥값 낼 돈이 없어 걱정하고, 욕심냈던 자리를 양보하고, 다른 사람 일에 참견하고 때로는 중재도 한다. 강 할배가 느닷없는 욕설로 데이케어센터 분위기 전체를 험악하게 만든 날, 점점 커지는 싸움을 중단시킨 것은 "어르신은 신사잖아요! 오늘 오후에 내가 어르신 모시고 송영 갈 건데, 형님한테 센터에서 정말 잘하셨다고 칭찬해드리려고 했는데 욕하고 싸우시면 칭찬 못 하잖아요!"라는 요양보호사의 말이다. "알겠어요"라며 어깨를 으쓱하는 강 할배는 지금 데이케어센터에서 사회생활 중인 것이다.

전희경

다른 요양보호사들의 존재를 적극적으로 불러내고, 말을 걸고, 스스로를 '그들 중 한 사람'으로 위치 짓는 것 역시 정찬미가 만들어온 '사회'의 일부다. 바빠서 사례 회의를 할 시간이 없는 동료의 사정을 알기에 기꺼이 "해결사"가 되어 뛰어든다. 이럴 땐 이렇게 해볼 수 있다고, 자신이 몸으로 터득한 노하우를 나누고 싶어 하는 정찬미의 마음은 진심이다. "똥 파티 속에서도 웃을 수 있는" 것은 이런 시간들이 쌓여 만들어낸 동료십 덕분이다. 같은 일을 한다고 해서, 같은 곳에서 근무한다고 해서 저절로 동료가 되지는 않는다. 어쩌면 옥희살롱과 함께한 글쓰기의 기간 동안 다른 요양보호사들보다 두세 배나 많은 글을 올린 것 역시, 글쓰기를 통해 다른 요양보호사들과 연결되고자 하는 정찬미의 '활동'이었을 것이다. 그리고 긴 시간 요양보호사들의 글쓰기에 동행하는 과정에서 우리 옥희살롱 연구활동가들 역시 이 글에 등장하는 이들과 조금은 '아는 사이'가 되었다. 낙상사고 이야기에 가슴이 덜컥 내려앉고, 부음에 슬퍼하기도 하고, 한동안 글에 등장하지 않으면 '그분은 잘 지내시는지' 안부가 궁금해지기도 하면서 말이다.

경험과 구호 사이에서

실은 요양보호사에게 듣고 싶은 이야기와 요양보호사가 하고 싶은 이야기가 늘 일치하는 것은 아니다. 정찬미의 글들이 담고 있는 어떤 '규범성'이 있고, 그 규범성이 마지막 문장이 아니기를 바라는 나의 기대가 있다. 고관절 골절이 되고 만 옥이 할매의 수술 결과를 걱정하고, 함께 퇴원해서 집으로 갔다는 딸 보호자의 소식에 '어쩌려고……' 싶어 걱정하고, 옥이 할매와 옥이 할매의 보호자 둘 다를 걱정하고 있는 요양보호사의 마음 씀을 느껴보려는 찰나, "하루빨리 정부의 돌봄 공공성이 강화되고 치매 국가책임제가 되어 돌봄이 통합 서비스로 전환되기를 바라봅니다"라고 이어지는 문장을 만날 때…… 뭐랄까, 펼쳐지려던 마음을 얼른 접어 넣고 약간의 당황을 감추며 고개를 끄덕이게 되는 것이다.

경험이 너무 곧바로 구호가 되면 그 경험은 도구화되기 쉽다. 노년 돌봄의 애타고 고단한 경험이 어떤 구호를 뒷받침하는 '사례'나 '근거'로 거론될 때, 뿌듯함과 함께 약간의 스산함이 깃드는 건 아마 그 때문일 것이다. 그러나 구호가 없다면 수많은 경험이 사소화되거나 개인화되어버리는 것 또한 분명한 사실이다. 노년 돌봄의 현실이 개인의 불행, 인생 말로의 우울이 아니라 함께 논하고 변화시킬 수 있는 사회적 의제라는 것을 우리는 그 구호들 덕분에 알게 된다. 정찬미의 글들은 때로 규범적이고, 그래서 성큼성큼 지나치는 장면들이 있지만, 바로 그 규범성이 돌봄 현장을 조금씩이나마 변화시켜온 힘이기도 하다. 그러니 경험과 구호 사이를 더 깊이 이해하고 두껍게 이야기해나가는 것은 이제 나를 비롯한 독자의 몫일 것이다.

2022년, 정찬미는 10년간 일하던 데이케어센터를 그만두고 요양보호사협회 회장으로 출마하여 당선되었다. 이 글을 쓰고 있는 2024년, 돌봄의 공공성은 답보를 넘어 퇴보 중이고 정찬미는 여전히 쉼 없이 움직이고 있다. 수많은 요양보호사의 지속가능한 돌봄을 온몸에 이고 지고 뛰어다니는 그의 어깨를 잠시 주물러 주고 싶다. 그리고 "어찌해야 할까?"라고 자문하는 그의 마지막 문장에 나도 함께 머리를 맞대어본다. 지금 내 앞에 있는 바로 이 사람을 위해 좋은 돌봄이 무엇일지 고민하는 마음, 그 마음을 지키는 것보다 중한 '노후 준비'가 있을까 싶다.

이분순

2021년 9월 5일 오전 12:40

벌초

추석 명절 벌초를 갔다. 간만에 맑은 하늘과 반가운 얼굴들을 보니 기분이 한층 UP되었다. 역시 만남은 좋은 것이다. 그럼에도 내 머리를 맴도는 돌봄 할아버지. 식사는 잘하실까? 짧은 하루를 지겹다고 탄식하지는 않으시는지. 직업은 나를 질기게 묶어두는 껌딱지 같은 것인가?

2021년 9월 6일 오전 10:26

알찬 일상

친구가 저보고 자기가 아는 사람 중에 제일 바쁘게 산다고 합니다. 제가 생각해도 참 많이 설치고 산다고 생각됩니다. '재가 돌봄'으로 세 분 어르신을 만나고, 장보기 해달라고 하시면 일 마치고 장도 보고, 텃밭 가꾸어 지인들과 나누고 삐약이 밥 주고 계란도 챙기고, 틈틈이 시간 내서 병원도 가고, 일일 영어도 중얼거려보고. 과하게 넘치는 시간보다 조각조각 열심히 사는 삶이 보람된 삶이 아닐지 생각하면서. Love what you do, 당신이 하는 것을 사랑하세요.

이분순

2021년 9월 7일 오후 8:14

눈 맞춤

K 할배는 95세시고, 혼자 생활하신 지 10년이 넘으셨다. 우울증 약과 수면제를 복용하신다. “내가 무슨 죄가 많아서 이렇게 오래 사는지 모르겠다”라며 지독한 외로움을 품고 사신다.
나와 매일 세 시간 만남의 첫인사는 눈을 마주 보며 “안녕하세요” 인사하기다. 턱 아래서 눈을 쳐다보며 인사를 하니 할아버지도 자동 웃음이 난다. 그러나 이런 날은 일주일에 이틀 정도. 누워만 계시는 날이면 커피 한 잔 타드리며 무슨 말이든 말씀의 실타래를 풀도록 해본다. 할배의 외로움의 주범은 말할 상대가 없다는 것이다. 이야기 주제가 잡히면 활기가 돌아 지나간 과거 기억의 도돌이표를 풀어놓으신다. 모쪼록 할아버지의 표정이 항상 즐겁고, 반짝반짝 눈이 빛나는 나날이 되기를 바라본다.
(원래 ‘할아버지’라고 글에 써야 하는데 말이 너무 길어서 ‘할배’로 줄여 씁니다. 양해 바랍니다.)

2021년 9월 11일 오후 11:58

삶 = 도전의 연속

K 할배는 오토바이맨이셨다. 면허증 갱신이 어려워 2년 전에 오토바이를 처분해버렸다. 발이 없어지니 영 서운해하시다가 두 달쯤 전 예쁜 전기 자전거를 구입하셨다.
이 자전거는 이동 수단이 아니라 드라이브용이다. 할배는 친구가 없다. 대화 상대도 없다. 돌아가셨거나, 동년배의 상대방이 귀가 어두워 자연 친구가 없어진 것이다.
할배는 시골길을 달리면서 산도 보시고 나무도, 사람 구경도 하신다. 이 자전거를 사는 데 반대가 왜 없었겠는가마는, K 할배는 일편단심으로 마음만 먹으면 이루고야 마는 능력자시다. 모쪼록 이 자전거 친구와 사이좋게 오래오래 잘 지내시길 빌어본다.

이분순

2021년 9월 12일 오후 9:55

전화합시다

어느 강의에서, 부모님을 자주 찾아뵙지 못하면 "매일 전화라도 하세요."
제가 나이 들고 보니 자식의 전화가 얼마나 위로가 되고 마음의 영양제가 되는지 크게 느낍니다. 별말이 필요한 건 아닌 거 같아요. 식사하셨나요? 오늘 날씨가 춥지요? 별일 없으시죠? 잘 주무세요. 부모, 친구, 친척, 지인에게, 당신의 전화 한 통이 한 끼의 식사보다 더 영양가 있는 역할을 할지 모릅니다. 아울러 나의 정신 건강에도, 푸른 하늘의 청량한 구름처럼 "참 잘했어요" 점수를 줄 거라 생각합니다.

2021년 9월 13일 오전 9:01

삼행시

이: 제사 돌아보니 찬 바람이 부네
분: 명한 것은 계절의 변화
순: 식간에 가을은 내 옆에 스며드네

2021년 9월 15일 오전 5:17

내 차 찾기

할아버지와 종합병원 갔어요. 지하 차고에 주차를 하고, 진료 후 집으로 돌아오려는데 차를 못 찾겠어요. 진료 시간에 꽂혀서 급히 가다가 그만 주차 장소를 안 보고 간 거예요. 여기가 거기 같고, 넓기는 왜 그리 넓은지 이리저리 헤매다가, 젊은 사람이 승차하려는데 시골 특유의 할머니답게 혼자 중얼거리는 말투로 “주차를 했는데 차를 못 찾겠어요” 했더니 주차 계산기에서 찾으면 된다며, 동승자를 기다리게 하고, 친절히 주차 계산기 앞까지 안내 후 ‘내 차 찾기’ 모드에서 찾아주는 겁니다. 세상에! 내 차 위치가 깨끗하게 나오네요. 어머, 신기한거. 이런 거 나만 몰랐죠?

이분순

2021년 9월 17일 오전 8:41

교감交感

K 할아버지, 오늘은 안색이 창백하고, 머리에서 발끝까지 기운이 하나도 없다고 하신다. 할배를 혼자 계시게 하고 돌아 나오니 오늘따라 마음이 무겁다.

도시에 사는 며느리에게 병원에 갔던 이야기와 근황을 알렸다. 잠시 후 할배에게서 전화가 왔다. "나 이제 괜찮아요. 내일 병원 갑시다"라고 말씀하신다. 목소리가 한결 밝아졌다.

이젠 전화로 어르신들 목소리만 들어도 건강 상태를 미루어 짐작할 수 있는 우리가 아니던가? 할아버지 전화 주셔서 감사합니다.

2021년 9월 18일 오후 7:50

반려닭鷄

지금은 가히 반려동물의 시대다. 나는 반려견이니 반려묘는 관심이 없다. 우리 집에는 토종닭과 멍멍이, 공작, 금계가 있다. 그중 닭 돌보는 일이 나의 담당이다. 일하고 와서 좀 떨어진 산 아래 닭장까지 올라가서 물 갈아주고, 사료 주고, 풀도 뜯어 주고, 계란도 꺼내 오고. 쉽다면 쉽고 어렵다면 어려운 이 일을 별다른 애정 없이 한다. 으레 하는 거니까, 10년 넘게 습관적으로 해왔으니까. 이젠 나도 생각의 각도를 약간 돌려서 좀 더 깊은 애정을 가져봐야겠다. 내가 지금보다 좀 더 관심과 사랑을 쏟는다면 내 옆에 있으나 산 밑에 있으나 공간의 차이는 문제가 되지 않겠지?

닭들아! 꼬꼬 할매(나의 별칭)가 너희에게 지금보다 더 잘할게. 오늘도 서로의 삶의 터전에서 룰루랄라 잘 살아보자.

이분순

2021년 9월 21일 오후 11:02

Thanks(고맙습니다, 고마워)

N 할배는 손재주가 좋으시다.
시골의 남정네들은 만능맨이 되어야 한다. 지하수, 농기계 등도 자력으로 고쳐야 된다. 비용도 그러하지만 기술자 부르기가 어렵다. 그런 면에서 내가 보기에 할배는 전천후맨이셨다.
대나무를 잘라 구두숟가락도 만들어주셨다. 나는 운동화를 신을 때 요긴하게 사용한다.
요양보호사 일을 하면서 많은 것을 배운다. 농사짓는 일 외에도 앞서 인생을 살아온 어르신들에게서 배울 점은 의외로 많다. 내가 이 일을 하게 된 것은 내 인생에 있어서 땡큐다.

2021년 9월 23일 오후 11:31

화투 놀이

J 할머니는 치매 환자시다. 그런데 신기한 건 화투 놀이다. 나는 10전 10패다. 하늘에 맹세코 일부러 져주는 행위는 없다.
이 놀이를 하는 시간은 많이 웃고, 많이 재미있고, 머리를 많이 굴려야 한다. 할머니는 그냥 되는대로 한다고 하시는데 그건 아니고, 약간의 머리를 써야 한다는 건 삼척동자도 아는 사실. 이 놀이가 할머니의 정신 건강에 도움이 된다면, 다소의 손해(?)가 있더라도 기꺼이 잃어드릴게요. 건강만 해주세요.

이분순

2021년 9월 24일 오전 10:30

아쉬움이 느껴지는 시간

새벽 0시 글을 올리면 어느새 '읽음'이 1, 조금 있으면 3, 정말 '깜놀'이다. 이 새벽 시간 나는 (글쓰기) 미션을 수행하느라 늦지만, 읽는 샘들은 아직도 자지 않고 무엇을 하고 있었을까? 일하고 계실까, 책 보고 계실까 여러 생각이 든다.
우리의 글쓰기 수업도 어느덧 깔딱고개를 넘어 종착역이 가깝다. 이제 어설픈 글을 읽어줄 샘들이 물안개처럼 없어진다는 사실이 많이 아쉽다. 우리 샘들 글 쓰시느라 애먹는데 댓글은 못 달더라도 '좋아요'라도 눌러, 잘 봤습니다, 수고했습니다 표시하는 게 상대방에 대한 예의처럼 느껴지는 건, 내가 어렵게 글을 쓰고 있기에, 이심전심 수고로움이 와닿기 때문이다. 사람은 자기가 경험해봐야 안다는 진리.
부지런히 사시는 샘들, 사랑합니다. 고맙습니다. 좋아합니다.
내일 수업 때 만나요.

2021년 9월 25일 오후 8:07

효자손

어르신들은 몸이 자주 가렵다. 대부분 홀로 계시는 까닭에 누구에게 등 좀 긁어달라고 부탁할 사람도 없다. 효자손은 어르신들께 등이나 몸을 긁는 고마운 기능 외에 거동이 쉽지 않는 어르신들께서 약간 떨어져 있는 물건을 당기는 기능도 한다.
이 효자손은 나이 든 어르신들에게는 참 고마운 존재이며 꼭 필요한 물건이다. 뒤집으면 구두숟가락 기능도 있다는 사실, 알고 계신가요?

이분순

2021년 9월 28일 오전 12:53

신나는 어느 날

K 할배, 농협 앞에서 노래하는 트랜지스터를 하나 사셔서 내가 집에 가니 뽕짝뽕짝 틀어놨어요. "흘러간 옛 노래"인데 박자가 빠르고 절로 신이 나는 노래였어요. 부엌에서 일하는데 이 트랜지스터를 문지방 위에 올려놓았더라고요, 저한테 더 잘 들리라고. 저는 일부러 목소리를 크게 띄워 말했습니다.
"제가 일하러 왔는지 놀러 왔는지 모르겠어요! 완전 다방 분위기예요."
저를 바라보는 할아버지의 얼굴에서 기쁨을 느꼈답니다.
할아버지의 기쁨이 나의 기쁨? 나의 기쁨이 할아버지의 기쁨!

2021년 9월 30일 오전 12:15

고만고만한 하루

키가 작거나 크기가 작은 물건들을 가리켜 고만고만하다고들 한다. 평소 사는 게 지겹다, 죽을 때가 지났다, 우리나라는 왜 안락사법이 없노, 라고 노래처럼 말씀하시던 K 할아버지. 허리를 다쳐 모든 생활이 불편투성이다. 대소변도 남의 손을 빌려야 한다. 그래도 일주일이 지나 허리 보호대를 하고 퇴원하셨다.

보세요, 고만고만한 하루가 행복 아닌가요? 작고 소소한 일상이 무지 고맙지 않으신가요? 아파보면 알게 되는 소중한 일상.

이분순

2021년 9월 30일 오전 4:14

할아버지와 공주 거울

할아버지께서 손거울을 하나 사 오라신다. 나는 두 개의 거울을 보여드렸다. 조그만 네모 거울과 손잡이가 달린 조그만 공주 거울. 할아버지께서는 어떤 거울을 집으셨을까요? 손잡이가 달린 검은색 공주 거울이었어요. 할아버지는 이 거울을 바지 뒷주머니에 꽂고 다니시며 수시로 보세요. 나도 잘 안 보는 거울을……. 할아버지는 거울을 보시며 무슨 생각을 하실까. 나처럼 입꼬리를 올리며 미소 지어보실까? 아니면 거울 뒤 세상과의 소통을 꿈꾸실까? 할배께서 돌아가시는 날까지 애장품으로 지니며, 거울을 보는 시간만큼은 마음의 평안을 누리며 행복하시기를 바라본다.

2021년 10월 4일 오후 8:15

오늘 같은 날

본의 아니게 오늘 일정은 오롯이 꽝이다. 이번 달은 이런 날이 하루 더 있다. 고기도 먹어본 사람이 먹는다고, 휴일 아닌 평일 날 난 무엇을 할 것인지를 잃었다. 친구들과 약속 맞추기도 어긋나고, 그래서 난 늦은 기상을 택했다. 휴식도 건강 지킴의 일등 공신이라 자위하면서. 그래도 점심때 혼자 계신 편찮으신 K 할배 집에 잠시 들러 식사 차려드리고, 친구 내외가 우리 집에 온다고 해서 집으로 귀가. 할배 집에 오래 머물지 못한 게 아쉽고, 우리 집과 할배 집이 가까운 게 크게 감사할 일.

이분순

2021년 10월 5일 오후 11:33

효소 폭탄

뼈와 관절에 좋다고 돌복숭아 엑기스를 담갔어요. 60일 만에 얌전히 떠서 페트병에 담아 얼마가 지난 후 보니까 아래가 볼록. 살짝 열려고 시도하다가 뻥~ 하면서 뚜껑은 날아가고 엑기스는 분수처럼 넘쳐났어요. 양을 너무 많이 담고, 뚜껑을 꽉 닫은 탓이지요. 내가 효소를 담근 건지 폭탄을 제조한 건지, 어쩌면 좋아요. 두 병은 열다가 반 이상 넘쳐 나가고 이젠 무서워서 열지도 못하겠어요. 겨울에 추워지면 어떻게 해볼까. 아니면 냉장고에 넣을까. 어떻게 하면 좋을지 모르겠네요.
효소야, 터지면 안 돼!

2021년 10월 6일 오후 8:59

내게도 이런 일이

K 할배(95세, 치매 없음)께서 어제, 일주일 전쯤 병원에서 퇴원할 때 정산한 봉투에서 10만 원이 빈다며 정색을 하고 말씀하셨어요. 내 말은 들으려고도 하지 않고, 표정이 평소와 다르게 너무 무서웠어요. 어제오늘 할배 집 가기 전까지 머리가 무거웠어요. 오늘은 저를 보더니 이 메모지를 보라고 하십니다. 제가 할배에게 물어보고 나름 해석을 해보자면,

1. 하룻밤이 지나고 나면 부부가 아니더라도 화가 좀 풀어진다.
2. 잠시를 참으면 모든 일이 편하다.
3. 불평과 어리광은 동물만이 가진다.
4. 오늘이 가면 또 다른 내일이 온다.
5. 다시는 안 볼 것같이 다투고 해도 또 그 사람을 보게 된다.

이용자 가정에서 도둑 취급 받는 남의 이야기를 들은 적은 있지만, 내가 당하니 많이 황당했고, 그러고는 지나갔어요.

이분순

2021년 10월 10일 오후 7:52

공사다망한 뿐순 씨?

할배 편찮으시니 나도 덩달아 몸이 아프고 정신도 오락가락. 게다가 대체 공휴일을 맞아 생활의 박자가 음 이탈 해버렸어요. 아침에 할배 집에 방문 후 친구들과의 점심 약속에 맞춰 편도 15분 걸리는 지하철역에 도착, 어려운 주차를 감수하고 역사로 들어서면서 뭔가 찝찝해서 친구에게 출발했는지 확인차 전화를 했는데, 아뿔싸, 내일 만나는 날을 오늘로 착각했어요. 다시 집으로 고고씽. 내일까지는 바쁘게 살고 모레 화요일부터는 컨디션 바로 세우고 일정을 차분히 해나가야겠어요.

2021년 10월 12일 오후 10:19

팥죽

모종판에 두 판 정도 팥을 심었는데 가지마다 주렁주렁 달려서 지금 수확하는 중입니다. 껍질 깐 팥을 보니 혼자 계신 K 할배가 생각나서 팥죽을 조금 끓였어요. 마트에서 파는 죽이나 며느리가 끓여주는 깨죽 등은 색깔이 깨끗한 죽들이라 컬러풀한 팥죽이 맛이 있을 것 같아서요. 금방 깐 햇팥이라서 그런지 빨리 물러졌어요.
할배께서는 한 그릇 다 잡숫기는 하셨는데, 컨디션이 안 좋아서 그런지 다 드시고 별말씀은 없었어요. 동지 때 끓여드리면 맛있다고 말씀하시며 잘 드셨는데, 지금은 물어보는 것도 내키지 않아요. 할배가 기력이 많이 없으셔서 말 걸기도 주저하게 되네요. 할아버지는 내일 다시 병원에 입원하실 예정입니다.

이분순

2021년 10월 15일 오후 7:57

말, 말, 말

H 할머니는 눈으로 보고 귀로 들으면 마을 회관 가서 다 이야기합니다. 눈에서 입으로 거리가 좁은 탓인지 옮겨지는 데 긴 시간이 필요치는 않은 거 같아요. 눈에 보이는 대로 말하면 괜찮습니다만, 귀가 많이 어두우니 대충 듣고 상상을 추가해서 전달합니다. 우리 아들이 한 달에 생활비를 500만 원 준다, 이 이야기를 옆에서 듣고 마을 회관에 가서는 그 집 아들은 생활비를 한 달에 5000만 원 준다는 둥. 시골은 대개가 집성촌이기 때문에 그 말이 동서, 시누, 아지매 등 친척들 귀에 들어가죠. 그게 또 와전되어, 마을에 말다툼을 넘어 분란까지 일어나고, 그런 일이 심심찮게 발생하고, 그러지 말라고 해도 고쳐지는 건 어렵습니다. 어떨 때에는 내가 하지도 않은 말을 우리 집 요양사가 카더라며 이야기한다네요. 인간미가 물씬 느껴지지 않나요? 처음에는 요만했는데 조금 지나면 이만해지고, 또 굴러가다 보면 이~만해져요.

2021년 10월 16일 오후 7:21

감

감이 가지가 부러질 정도로 많이 달려 있고, 땅에 떨어져도 줍지 않아요. 먹을 게 흔해서 그런 거 같아요. 어르신들 홍시랑 곶감 좋아하시죠. 우리 어머니 세대가 젊은 시절 감꽃 필 때쯤 생활 나기가 어려웠던가 봅니다. "엄마 감꽃 핀 거 못 봤나." 엄마가 모처럼 딸네 집에 오셨는데 딸이 대접할 게 없어서 이런 말을 했다고 하네요. 가슴이 짠한 느낌이 들고, 친구가 그랬어요, 뭐라도 부족하고 귀하기만 했던 그 시절 돌아가고 싶은 단 하나의 이유는 엄마, 그냥 우리 엄마.

이분순

2021년 10월 20일 오후 11:07

K 어르신은 밤에 섬망 증세가 있으신 듯합니다. 집에서는 그런 증상이 드문데 병원에 입원만 하면 밤에 그러신다고 하네요. 어젯밤에도 밤 3시경 보호자가 불려 나가고 간호사들과 입원실 환자들이 많이 고생하셨나 봐요. 가족들이 돌봐줄 처지도 아니고, 아니 본인이 가족들 집에는 안 가겠다, 요양원에도 안 가겠다 하시고. 다친 허리에 기관지병에 감기까지 걸리셔서 혼자 계시는데, 보기에 너무 딱한데, 그래도 종국으로는 요양원에 가셔야 되겠건만, 잠시 요양원에서 지내시다가 몸이 좀 나아지면 집으로 돌아오자고 식구들이 설득을 하고 있나 봅니다.
허리만 안 다치셨으면 백수는 너끈히 넘기실 어르신인데 오늘 밤은 또 어떻게 보내실지, 앞으로는 어떻게 하실지 염려됩니다.

2021년 12월 12일 오후 7:23

태그 찍기

재가 방문 시 이용자 집에 도착했을 때 태그(부착형 카드) 찍고 활동 후 나오면서도 태그를 찍어야 하는데 깜빡 잊어버리는 때가 있다. 그러면 사무실 업무 평가에 지장을 주게 된다. 평상시에는 안 잊어버리는데 환경에 변화가 있을 때, 뭔가 다른 생각을 할 때, 거기에 더해 나의 감성적인 성격이 실수의 한 요인이기도 하다.

2022년 1월 11일 오후 10:23

꼬꼬 할매의 일상

나의 본캐는 요양보호사, 부캐는 농산물 팔기. 우리 집, 마을 사람들, 지인이 농사지은 농산물들을 친구들과 지인들에게 소개해 판다. 떡고물이 떨어지면 지는 대로, 아니면 아닌 대로 신경 쓰고, 몸고생 등 안 한다 하면서도 막상 부탁이 들어오면 나의 내면의 원초적 근성이 발동한다.

지금은 겨울, 시골은 조용하다. 본캐는 코로나로 일을 덜 가니 본업에는 시간을 여유롭게 쓰는 편이다. 우리 엄마, 친구 엄마 중 살아 계시는 분들은 방문 요양, 주간보호센터 등 장기요양보험 혜택을 누리고 계신다. 고생고생하면서 살아오신 어머니들 세대, 못 누린 혜택을 조금이라도 누리시고, 남은 생 보다 여유롭게 사시면 좋겠다.

부캐는 봄이 되면 내 본성에 의하여 또 즐겁게 할 것 같다. 내 컨디션도 적절히 조절하면서.

이분순

2022년 1월 16일 오전 8:21

정서 지원

재가 방문 업무 중 정서 지원 활동이 있다. 가사 및 일상생활 지원과 달리 눈에 보이지 않는 다소 추상적인 면이 있다.
어르신 중 특히 할아버지의 경우 일정 나이가 지나면 갈 곳도 친구도 없는 것이 현실이다. 할아버지는 누워 계시는 날이 많고 앉아 계시는 날도 있다. 종일 대면할 사람이 없으니 말을 잊어버릴 지경이라고 하신다. 나는 할아버지 댁에 방문 시 먼저 어르신의 이마를 짚어본다. 열이 있는지도 그러하지만, 어르신을 좀 더 살갑게 대해드리고 싶은 마음에서다. 일정 시간 대화의 말문을 여시도록 이야기를 유도하고 맞장구도 쳐드리면, 말씀 후 한결 유쾌해진 할아버지의 컨디션을 느낄 수 있다.
나이 들어서 배우자와 자식들의 관심과 정서적 돌봄을 받고 생활하는 어르신들은 참 복 있는 노인이란 생각이 든다. 정서 지원은 우리 어르신들께 깊은 만족감도 드리면서, 어르신들이 우울증에 빠져들지 않도록 한다. 위로와 격려의 말들을 지혜롭게 나누며 어르신도 사회에서 꼭 필요한 존재라는 인식을 심어드리는 게 좋겠다는 생각이 든다.
나는? 늙으면 로봇 요양사의 정서 지원을 받으며 인생 말년을 지내게 되지 않을까 생각한다. 밤사이 잘 주무셨나요? 식사는 맛있게 드셨나요? 어르신, 약 드세요~

오우! 나는 다소의 섭섭함이 있을지라도 사람 냄새 나는 말랑말랑한 정서 지원과 교감을 느끼며 살고 싶다.

이분순

2022년 2월 5일 오후 8:03

여러 직업을 파도타기하던 시절, 어린이집 조리사 샘의 권유로 요양보호사 시험을 보게 되었다. 그때만 해도 내가 요양보호사를 하리라고 전혀 생각하지 못했다. 어린이집 선생님이 정년퇴직이 있는 것도 몰랐다. 나이가 정년에 해당된다고 군청(수당 지급관계)에서 전화가 왔는데 원장 샘도 몰랐다며 미안스러운 표정으로 이야기한다.
그렇다면 내 나이에 맞는 일이 무엇일까 생각해보다가 언젠가 미용실 옆자리 앉은 분이 이야기하던 그 일, 장애 아동 등하교 보조 일, 요양보호사 자격증과 장애인활동지원사 수료증이 있으니 나도 그런 유의 일을 하면 되지 않을까 생각했고, 그래서 노인 돌봄 일을 시작하게 되었다.
사람이 살면서 이런 인생을 살아야지 마음먹고 그렇게 맞추어 사는 사람이 몇 명이나 될까? 살다가 보면, 무슨 일을 하다 보면 길이 열리지 않나 생각된다. 난 요양보호사 일에 보람을 느낀다. 나의 일을 소중히 생각하며 활동하고, 할아버지, 할머니 어르신들께 세상 사는 지혜, 농사짓는 일, 음식 만드는 일 등 수업료 지불하지 않고 배우는 일들이 참으로 많다. 그러면서 항상 앞날을 내다보고 준비해두는 것이 좋지 않나 생각도 되고. 요즘은 할배가 거동이 불편하시니, 머리가 덥수룩한 채로 있는 것도 보기가 좋지 않아 hair cut도 배우고 싶다.

단순하게, 편하게, 그러면서 정신 똑바로 차리고, 앞으로도 나한테 맞는 일이든 취미 생활이든 짬짬이 배우며, 익히며 살고 싶다.

이분순

2022년 2월 7일 오후 10:30

꿈 이야기

잠을 평소보다 많이 자면 아침에 얼굴이 붓고 자면서는 꿈을 꾸게 된다.
오늘은 일 관련 꿈을 꾸었다. 꿈에 일을 한참 하다가 태그를 안 찍은 사실이 생각나 태그를 찾으니 보이지 않는다. 그 집 사람에게 물으니 태그를 구석에 꽁꽁 숨겨두었다. 그러고는 내 태그도 막 찾았다. 가방을 뒤지고 지갑을 다 뒤져도 태그는 보이지 않았다. 시간은 자꾸 가는데 이 일을 어떻게 하지, 하는 생각이 자꾸만 들었다. 꿈의 배경은 이용자 집이 아니고, 그냥 자주 가는 시장의 떡집이었다. 낯선 집이니 꿈에서도 태그의 위치가 생각나지 않았나 보다.
문득 꿈을 깨서 생각해보니 나의 태그란 건 원래 없고 내 휴대폰에 장기요양보험 앱이 깔려 있다는 사실이 생각난다. 재가 방문 시 이용자 집 벽에 태그가 붙어 있는데 내 휴대폰에 복잡한 비밀번호를 입력 후 휴대폰을 태그에 뽀뽀시키면 비로소 일이 시작되고, 그날 마치는 시간에 1초도 어긋남이 없이 또 비밀번호 넣고 휴대폰을 태그에 키스하게 하면 한 집의 업무가 종료되는 것이다. 치매 이용자는 그날 어떤 인지 활동을 했는지를 해당란에 입력하고.
흐흐흐, 우습다. 내가 이런 꿈도 꾸다니. 가끔 다른 생각 하다가 일의 시작과 끝에 태그 찍는 과정을 빠뜨려서 난감했던 일들이 주마등처럼 생각난다.

이분순

2022년 3월 9일 오전 8:07

마음의 여유

N 할아버지는 노인 돌봄 때 만난 어르신이시다. 해학과 위트가 넘치는 분이셨다. 지금은 다른 요양보호사의 재가 방문 돌봄을 받고 계신다. 장날 시장에 가면 좀 무거운 물건은 본인이 들고 가시며 “내가 요양보호사다”라고 말씀하고 웃으신다.

일을 하면서 어르신들은 청각 상실이 특히 빠르게 진행되는 걸 느꼈다. 안타까운 일이다. “일 너무 많이 하지 마라.” 일을 놀기 삼아, 놀기를 일삼아 하라던 말씀이 생각난다.

식사, 방문, 모임, 모든 것이 코로나라는 불청객으로 인하여 주저하게 되는 일상이다. 산수유나무에 파란 새싹이 돋아나고 있다. 즐겁고 여유로운 마음을 가지고 봄 햇살을 즐겨야겠다.

2022년 3월 26일 오후 2:39

봄의 근황

아침 비가 촉촉이 내리는 토요일 아침, 부풀었다 터진 풍선껌처럼 몸은 늘어지고 있다. 코로나가 잠복 중인지 몸이 찌뿌둥하고 콧물이 날 듯 말 듯 하더니 연이틀 푹 자고 나니 괜찮다. 어제는 증상이 없어도 감기약을 더운물과 함께 삼키고 잤다. 나는 괜찮지만 혹여 고령의 어르신들께 이상 있을까 봐 맘이 쓰인다. 그러면서 아이러니하게도 책을 세 권이나 빌려다 놨다. 혹시 하는 마음에. 마음 같아서는 단숨에 읽을 거 같은데, 하루 중 자투리 시간은 그리 넉넉하지 않다.

이 시기만 지나면 겨울을 굿바이할지. 덥지도 않고 약간 옷깃을 여미게 하는 지금 날씨가 1년 중 가장 좋다는 생각이다. 작년 3월 29일은 머위도 올라오고, 두릅도 촉이 올라오고, 취나물은 한 번 무쳐 먹었다고 기록되어 있다. 홍매화도 활짝 핀 사진을 구글에서 상기시켜주더만, 올해는 비님이 귀해서 그런지 아직 그 친구들의 출연은 감감 미정이다.

나물이 올라와야 집에서 사람 구경도 할 텐데, 코로나와 반대로 적막하다. 어제는 저녁에 오랜만에 친구에게 전화했더니 저녁 식사 중이라 급히 끊었다. 가끔은 현재 상황에 맞는 친구와 수다 떨고 싶을 때가 있다. 코로나가 오락실의 놀이기구처럼 도처에서 고개를 내밀어도 살랑살랑 잘 헤쳐나갈 수 있기를 기원해본다.

이분순

2022년 3월 30일 오후 11:44

즐거운 마음

사람은 아프면서 늙는다고 하던가? 나는 50대 후반에 암 수술을 했었다. 수술이 잘못되어서(봉합 자리가 풀려서) 재수술 후 3주 동안 병원에 있었고, 퇴원하면서 장루(인공항문)도 하고, 이후 많은 시간 항암 치료와 방사선치료를 거치고 6개월도 더 지나서는 장루 복원 수술도 했다.
퇴원 시 몸무게는 입원 전보다 8킬로나 빠져 있었다. 그래도 요즘은 의술이 좋아서인지 좋은 의사 샘을 만난 덕분인지 현재까지 살고 있다. 나는 지금도 변에서 자유롭지 못하고 삶의 질은 낮은 편이다.
이후 1년 정도 쉬다가 현재의 요양보호사 일을 시작했다. 사람은 경험하지 않은 일은 잘 모른다. 내가 아파보니 할머니 할아버지의 심정을 더 잘 이해할 수 있고, 대소변 처리 등에 더 부담 없이 다가갈 수 있지 않았나 싶다. 일도 처음 할 때보다 요령도 늘고 일머리도 늘어난 것 같다. 지금도 부족한 면은 한없이 많다.
일은 삶에 활기를 더하고 시간을 zoom처럼 당겼다 늘였다도 한다고 생각한다. 사람은 움직이는 동물이라고 했던가. 노동과 운동은 다르다는데 사실 나는 운동을 잘하지 않는다. 요양보호사 일을 하면서 운동이라고 생각하며 마음속으로 하나, 둘, 셋, 구령을 붙이며 즐겁게 하려고 생각한다.

또한 사소한 일을 하더라도 일답게 해야지, 라고 생각한다. 내 나이가 있으니 일을 하기에도 남은 시간이 그리 여유롭다고 생각되지 않는다. 한창때에는 낮잠 시간도 아까워했지만 이제는 휴식도 건강을 위한 투자라는 생각이다. 인생 60킬로 후반, 과속하지 말고, 지나친 저속으로 민폐 끼치지 말고, 둥글둥글, 살랑살랑, 재미있게, 즐겁게 살아야지 마음먹어본다.

이분순

동행 글

요양보호사를 한 명의 개성 있는 개인으로 만나기 _ 김영옥

공사다망한 뿐순 씨

언젠가는 누군가의 돌봄이 필요해지겠지. 그때 나를 돌볼 요양보호사는 어떤 사람일까? 이분순의 글을 읽으며 이런 질문을 해보았다. 질문하는 마음이 무겁지 않았다. 오히려 즐거운 호기심이었다. 이분순 덕분이다. 글로 만난 그는 재치와 유머, 자기만의 관점이 또렷한 중년 후반의 여성이다. 한 편 또 한 편 읽을 때마다, 아, 요양보호사 이분순은 '이런 사람'이구나, 알아가게 되었다. 이런저런 특성이 있는 한 개인으로 말이다. 그는 새로운 기술과 정보의 홍수 속에서 뒤처지지 않으려 생각과 감각을 조련하는 사람이다. 본캐와 부캐라는 유행어의 사용도 어색하지 않다. 줌이나 밴드 등 인터넷 관련 소통 기술을 재미있게 일상에 접목하고, 일일 영어도 한다. 10년 남짓 키우던 토종닭을 반려동물의 개념으로 새롭게 대하겠다는 다짐을 하기도 한다. "반려닭"의 탄생이다. 텃밭에서 무와 배추, 가지, 깻잎, 토란을 가꾸며 수확물을 지인들과 나눈다. 닭장에서 나온 거름을 밭에 뿌리는 순환 농법의 현장이다. 그의 글은 옆에 있는 사람에게 말을 건네듯 조곤조곤하고 정겹다. 무엇보다 맛깔나다. 비유도 묘사도 반성도 자기만의 색깔로 반짝인다. 페트병에 담은 돌복숭아 엑기스가 발효 시 생긴 가스로 거의 터지다시피 흘러넘치는 모습을 보며 "내가 효소를 담근 건지 폭탄을 제조한 건지" 묻는 대목에선 그야말로 웃음이 터져 나온다. 감꽃을 음미하는 즐거운 돌봄의 현장에서 감꽃을 즐겨 먹던 어린 시절로 돌아가는 시간 여행은 읽는 이들의 감각을 자극해 각자의 감꽃 추억을 만나게 한다. 나는 그를 직접 만난 적이 없다. 그런데도 그가 돌봐주면 내 말년의 일상이 주름살 사이사이로 스미는 소소한 재미와 호기심으로 촉촉해질 것 같다. 그와 나는 나이가 비슷하니, 이것은 상상 속 일이다. 그러나 상상이라도 요양보호사를 흥미로운 개인으로 주목하게 되면서 맛본 흔치 않은 경험이었다.

현대사회는 사생활의 벽이 매우 느슨해진 사회다. 구멍이 숭숭 뚫려 있는 망처럼 꽤 많은 정보와 내밀한 감정이 안팎으로 드나든다. 예전이라면 일기장에 쓰거나 아주 가까운 사람에게나 털어놓았을 이야기도 스스럼없이 공개한다. 나를 내보이는 정도로, 다른 사람의 사생활을 시시콜콜 알고자 하는 욕구도 증가했다. 다양한 SNS 플랫폼이 촉진한 경향이기도 하다. 그러나 이런 상황에서도 모든 사람에게 호기심이 쏠리는 건 아니다. 요양보호사는 어떤 사람인지, 그가 왜, 어떻게 요양보호사가 되었는지, 돌볼 때 무엇을 중요하게 여기는지, 사적 개인으로는 어떤 삶을 살고 있는지 궁금해하는 사람은 거의 없다. 최근에 책이나 SNS를 활용해 요양보호사로서의 돌봄 노동뿐 아니라 자신의 사적 생활 속 다양한 돌봄 실천과 감정을 세세하게 알리는 요양보호사가 등장하기도 했다. 그러나 요양보호사는 직업군으로서나 개인 노동자로서나 궁금증을 별로 불러일으키지 않는다. 이것은 요양보호사의 일을 '하고 싶은 일'로 욕망하는 사람이 매우 적은 것과도 상관이 있다.

돌봄 노동은 분명 필수적인 경제사회 활동임에도 전문성에 대한 인정은 생략된 채 '누구나 그냥 할 수 있는 일' 정도로 치부되곤 한다. 돌봄 노동 중에서도 아마 가장 모순된 대접을 받는 게 요양보호사의 일일 것이다. 가사도우미나 육아도우미, 장애인활동지원사도 힘든 노동에 비해 턱없이 적은 경제적 보상이나 사회적 인정에 시달리기는 마찬가지다. 그러나 요양보호사 일에는 어떤 '비천함'이라는, 공식적으로 언어화되지 않은 그림자 평가가 따라붙는다. 이들이 돌보는 사람이 고령자이고, 이 고령자는 심지어 용변도 스스로 가리지 못하게 된 사람이고, 용변조차 스스로 가리지 못하는 사람은 비참할 뿐 아니라 비천하기도 하다는, 왜곡된 인간 이해의 연쇄 때문이다. 여기에 '인지장애' 증상까지 있으면 이 왜곡은 더욱 자명한 사실이 되어버린다. 이런 상투적 이미지는 요양보호사가 현장에서 개별 노년의 상태에 따라 수행하는 돌봄 노동의 복잡성과 다면성을 납작하게 눌러버린다. 요양보호사를 만나 그가 들려주는 '나의 일'에 귀 기울여야 할 이유다. 이 '나의 일'은 사적이면서 동시에 공적으로 잘 새겨들어야 할 이야기다. 이 이야기는 돌봄받는 노년의 (과거와 현재의) 삶이 돌봄자의 돌봄 수행 속에서 어떻게 '의미 있는 삶, 살 만한 삶'으로 거듭 새롭게 활성화되는지 들려준다. 돌봄자와 고령자 사이에서 미세한 감지와 배려의 선들이 거미줄처럼 이어진다. 이것은 돌봄자와 돌봄 의존자로 구성된 돌봄 현실을 가능한 한 최적화하려는 시도의 선들이다. 그렇게 어떤 관계가 형성된다. 이 이야기를 듣다 보면, '사회적인 것'이 어떻게 재생산되는지 몸으로 터득하게 된다.

요양보호사를 생활철학, 관심과 취향, 돌봄 노동 외에도 애쓰며 하는 일 등의 다양한 관점에서 '개인 누구'로 만나는 것은 그의 돌봄을 이해하는 데 매우 중요하다. 2018년 노인장기요양보험 제도가 도입되어 돌봄 서비스가 공적 보편 복지에 편입된 이래 15년이 지났다. 이 제도가 있다는 사실을 모르는 사람은 이제 거의 없을 것이다. 가족 중 누군가를 돌봐야 할 시점이 코앞으로 다가오면서 '일단' 요양보호사 자격증을 따놓는 사람도 꽤 많다. 2023년 2월 현재 자격증 소지자가 약 253만 명 정도인데, 실제로 일하고 있는 사람은 61만 정도에 머무는 이유 중 하나다(건강보험공단 통계). 물론 높은 비취업률과 이직률의 가장 큰 이유는 너무나 힘든 노동과 낮은 보상, 그리고 모멸과 모욕, 자괴감을 부추기는 무시와 편견이다. 15년이나 지난 지금쯤이면 '좋은 돌봄'의 맥락에서 요양보호사와 그의 일에 대한 사회적 지식과 문화적 이해가 어느 정도 정착되었어야 한다. 요양보호사에게 돌봄을 받는다는 게 무엇을 의미하는지 시민사회 차원에서 공통 감각이 형성되었어야 한다. 그 결과로 기존의 상투적인 선입견을 충분히 반성할 수 있는 어떤 수준 같은 게 마련되었어야 한다. 그러나 이런 선순환의 기미는 아직 감지되고 있지 않다. 돌봄노동자에 대한 사회적 편견은 절기 행사처럼 드문드문, 그러나 꾸준히 등장하는 요양원 노인 학대 사건 기사로 재확인되곤 할 뿐이다.

이런 전반적인 상황 속에서 이분순의 글은 요양보호사를 흥미로운 '개인 누구'로 만나고, 요양보호사의 일을 그 개인 누구의 구체적이고 다면적인 삶의 장 안에서 이해할 수 있게 돕는다.

방문 요양: 경북 성주 '지역'에서

현재 취업 중인 요양보호사의 90퍼센트 정도는 방문요양보호사로 일한다. 요양 등급을 받은 고령자는 상태가 어지간하면 본인의 집에서, 즉 본인이 살던 지역에서 요양보호사의 돌봄을 받으며 말년을 보낼 수 있다. 이 기간이 얼마나 될지는 모른다. 그러나 '요양원'에 가는 걸 그토록 꺼리는 시민들 대부분의 심리기제를 생각할 때 이 기간이 얼마나 중요한지는 분명하다. 요양보호사가 제공하는 하루 서너 시간의 돌봄으로 일상 유지가 안 되면 요양원이 고려의 대상으로 등장하기 때문이다. 방문요양보호사는 이 시점이 오지 않기를, 또는 최대한 미룰 수 있기를 희망하며 돌봄에 최선을 다한다. 방문 요양 서비스는 일대일 면대면의 노동이기에 구조상 데이케어나 요양원에서의 돌봄 노동보다 부정적으로든 긍정적으로든 더 관계적이다. 가족이 함께 거주하며 돌보는 예도 있지만, 고령자가 혼자 하루하루의 일상을 버텨내야 하는 경우도 많다. 이럴 때 요양보호사는 고령자와 가족 그리고 병원 사이에서 다리 역할을 하게 된다. 바깥출입이 어려운 고령자의 경우 봄 여름 가을 겨울, 바뀌는 계절의 정취를 집 안으로 스며들게 하는 일도 전혀 사소하지 않다. 그렇게 고령자와 고령자의 집이 지역사회와 풍경 안에 계속 통합된다.

누군가의 삶의 공간으로 '들어가서' 그를 돌보는 일은, 계약서에 적혀 있는 의무를 거의 언제나 초과한다. 돌봄 의존자가 사는 거주 공간의 갖가지 요소들은 물리적으로나 심리적으로나 모두 돌봄에 포함된다. 단순한 사물 하나도 돌봄 의존자의 생애 이력이나 현 상태와 관련되기에, 자연스럽게 그의 살아온 내력이나 현 상태에 관한 관심과 이해를 촉구한다. 이러한 순환 속에서 돌봄의 구체적 몸짓과 표정이 형성되고 또 변화한다. 돌봄의 장소 또한 집의 울타리를 넘어 동네로 시장으로 공원으로 확장된다. 주민들이 서로 참조하며 연결된 생활을 하고 동네에도 더 많은 애착을 지닐수록 이러한 특징이 눈에 띈다. 이분순의 돌봄 역시 이런 물리적 환경에서 수행되고 있다.

이분순은 경상북도 성주에서 마을 주민의 한 사람으로 생활하며 역시 마을의 '선배 어르신'인 세 분의 고령자를 돌본다. 그의 글은 돌봄 서비스 이용자 어르신의 면모와 함께 그 자신의 시골 생활 면면을 재치 있게 묘사하고 있다. 글을 다 읽고 나면 두 개의 서사가 씨줄 날줄이 되어 그린 어떤 특정한 삶의 윤곽이 감지된다. 바로 '지역에서 살며 늙으며 돌보고 돌봄 받는 삶'이다. 그의 글은 어렴풋하긴 하지만 이에 관해 일종의 감이 생기게 만든다.

그가 들려주는 N 할배와 K 할배의 돌봄에서 두 노년은 단지 취약해진 고령자가 아니라, 동네에서 그보다 앞서 인생을 산 선배 '어르신'이다. 앞으로 늙어갈 나의 미래 모습을 먼저 만나게 하는, 그야말로 선생先生이다. K 할배는 청력도 떨어지고 말할 대상도 없으며 몸 상태도 많이 안 좋아 앉아 있는 것보다 누워 있는 게 편한 분이다. 10년째 혼자 사는 95세의 할배는 "내가 무슨 죄가 많아서 이렇게 오래 사는지 모르겠다"라고 한다. 이분순은 K 할배를 이 "지독한 외로움"에서 일으켜 세우기 위해 소소하지만 살가운 시도를 한다. 손으로 할배의 이마를 짚어본다든가, 어떻게든 대화를 유도해 할배가 침묵의 더께를 뚫고 나오게 한다든가, 색깔로라도 먹는 즐거움을 돋우기 위해 팥죽을 쒀다 드린다든가. 이 모든 돌봄의 기저음은 K 할배가 살아온 인생에 대한 존경과 존중이다. 오토바이를 타던 할배가 이제 자그마한 전기 자전거를 타고 바깥 구경하러 나가는 도전을 힘껏 응원하거나, "공주 거울"을 바지 뒷주머니에 넣고 꺼내 보곤 하는 할배의 '자기애'에 지지를 보낸다.

N 할배는 해학과 위트가 넘치고 못 하는 게 없는 "전천후맨"이다. 대나무를 잘라 구두숟가락도 만들어주었다. 자신을 돌보

는 요양보호사에게 "일을 놀기 삼아, 놀기를 일삼아" 하라고 조언한다. 이 말에 독자인 나 역시 고개를 주억거린다. 시골에서 사는 이분순이 보기에 시골의 남성들은 살면서 모두 만능맨이 된다. 농사짓는 것은 당연하거니와 지하수나 농기계 등 문제가 생기면 모두 자력으로 해결해야 하는 삶의 환경 때문이다. 그렇게 전천후 해결사로 살아온 할배들은 자신보다 젊은 요양보호사에게 알게 모르게 다양한 지식을 (수업료도 받지 않고!) 전수한다. "요양보호사 일을 하면서 많은 것을 배운다. 농사짓는 일 외에도 앞서 인생을 살아온 어르신들에게서 배울 점은 의외로 많다. 내가 이 일을 하게 된 것은 내 인생에 있어서 땡큐다." 이런 문장을 읽으면 시민/주민의 자리에서 나도 진심으로 "땡큐"라고 말하고 싶어진다. 이렇게 느끼고 생각하는 요양보호사에게, 그의 인생 선배인 할배에게, 그와 할배가 이런 방식으로 돌봄 관계를 맺는 게 가능한 지역 환경에게. 제도로 디자인하는 커뮤니티 케어에서 정작 빠진 것이 자생적으로 형성된 커뮤니티라면, 이분순이 묘사하는 돌봄 현장은 바로 그 자생적 커뮤니티를 추측하게 한다. 이곳 자생적 커뮤니티 안에서 돌봄은 일이면서 동시에 삶/생명 돌보기 순환의 한 가닥이다. "요즘은 할배가 거동이 불편하시니, 머리가 덥수룩한 채로 있는 것도 보기가 좋지 않아 hair cut도 배우고 싶다"라는 자발성은 계약서에 적힌 노동시간이나 내용 밑에서 흐르는 삶 돌봄의 더 넓은 저류다. 이 저류가 마르지 않아야 "다소의 섭섭함이 있을지라도 사람 냄새

나는 말랑말랑한 정서 지원과 교감"을 포기하지 않는 돌봄이 모두에게 가능할 것이다.

이분순이 농사를 두고 한 말을 나는 돌봄에 대입하고 싶다. "돌봄을 하기 전에는 돌봄이 이렇게 힘든지 몰랐어요. 별로 할 일이 없을 때에나 돌보는 일 하지, 하는 말은 '천만의 말씀 만만의 콩떡'입니다." 이것이 시민 모두의 즐거운 깨달음이 되어야 한다. 나는 이분순이 요양보호사로 방문 요양을 하며 이웃으로 사는 모습에서 돌봄 사회로의 전환을 향한 조건을 본다. 시민이라면 누구나 적어도 하루에 서너 시간을 자격을 갖춘 돌봄자로 누군가를 돌보는 것, 이게 바로 그 조건이다. 이 활동이 시민임, 시민 됨의 기본값이 되어야 한다. 스스로 하나의 고리가 되어 돌봄의 동심원을 이루는 시민들이 "땡큐"라고 말하며 "둥글둥글, 살랑살랑, 재미있게, 즐겁게" 사는 사회를 조금 앞당기자!

박순화

2021년 9월 5일 오후 9:35

추석 연휴로 휴무라고 어제 토요일까지 근무하느라 집안일이 많다. 또 한 주를 열심히 뛰려면 먹을 음식을 만들어놔야 한다. 온전한 내 시간, <오케이 광자매> 주말극을 보며 휴식을 취한다.

2021년 9월 6일 오후 6:09

물세, 전기세 많이 나온다고 세탁기 사용 안 하시고 한두 개씩 손빨래하게끔 오늘도 깔끄미 어르신은 사장님 옷과 사장님 댁 청소한 시커먼 걸레를 삶아 빨라고 화장실에 던져놓으셨다. 긴 머리에 이마며 귀 옆에 흰 꽃이 피어 더럽다 하시며 오늘은 전체 염색을 바라시고 등 밀어 깨끗이 목욕하셨다. 구르프를 말아드리고 미스코리아 헤어스타일 만들려고 했는데 사장님 한의원 같이 동행하자고 전화 와서 젖은 머리가 마르기도 전에 구르프를 풀어야 했다.

박순화

2021년 9월 7일 오후 8:07

명품 사장님 말씀, “22일 날 온다네요.” 이번에는 “어느 분이 오신다고 그래요?” 여쭤보니 여군 43세. 미군 외과 의사이며 시리아에서 근무하는데 무서워서 은퇴하고 몇천억을 갖고 온다고 엊저녁에 영상통화했다고 하신다. 외국 분들과 카톡 채팅하시면서 몇만 불을 보내준다 했다고 구글 플레이 기프트카드를 사서 보낸 돈이 2000만 원이 넘는다고 얘기해주셔서 두 달 전에 알았다. 속았다는 걸 알았으니 다시는 안 하신다 하면서도 수시로 사람이 바뀌면서 달러를 보내준다 금을 보내준다 했다며, 식사를 하시면서도 핸드폰을 들고 채팅을 하신다.

2021년 9월 8일 오후 9:19

명품 사장님 무릎을 탁 치시며 “경사 났네, 경사 났어” 하신다. 일본에서도 돈을 보내준다고 하고 내가 복이 터졌나 보다고 신이 나게 좋아라 하신다. 복지사님이 방문하셨는데 또 자랑을 하시고 각시 될 사람이여 하시며 사진을 보여주신다. 채팅하는 건 좋은데 너무 빠져 있다. 또 속아서 머니 없앨까 봐 걱정이라고 했다.

2021년 9월 9일 오후 8:57

"100억 달러 보내준다고 했으니까 아줌마 아파트 하나 큰 것 사줄게요" 하신다. "고맙습니다. 저는 괜찮아요. 사장님이나 빨리 재기하셨으면 좋겠어요"라고 말씀드렸더니 머니 오면 왕십리를 다 사버릴 거라고 하셔서 한바탕 웃었다.

명품 사장님은 60대 중반인데 작년에 뇌경색으로 두 번이나 쓰러지셨다가 친구의 한의원에서 침으로 치료해서 좋아졌다고 하신다.

요즘 모기는 쇠하던데 통통한 모기 한 마리가 천장에 붙어 있어 (내가 더워서 문을 열어놔 들어왔나 미안하기도 해서) "사장님 피 수혈했나 봐요" 했더니 "아녀, 다른 사람 피 빨아 먹고 왔어. 난 살이 두꺼워 내 피는 못 빨아 먹어" 하셔서 "맞네요" 맞장구를 치며 큰 소리로 웃었다.

박순화

2021년 9월 12일 오후 7:02

"예배 끝나고 우리 차 있는 곳으로 오세요."
전달에 청소하느라 수고했으니 밥 같이 먹으려다 코로나로 먹기 힘들어 대신 떡을 했으니 가져가라는 문자가 왔다.
1부 예배 드리고 집에 왔기에 제일 좋아하는 권사님 드려야겠다는 생각이 들어 "고맙습니다. 먹은 거나 다름없으니 신 권사님께 드리세요" 문자를 보냈더니 그럼 집 가까이 와서 전화하신다고 문자가 와서 "저 집에 없어요" 하고 거짓말 아닌 거짓말을 했다. 그럼 어느 곳에 맡겨놓는다고 찾아가라신다.
엄마같이 먹이고 싶어 하시는 조 권사님의 마음에 감동해 결국 만나서 받아 오면서, 울 엄마도 이렇게 나를 먹이고 싶어 하며 키우셨을 텐데……. 오래전에 천국에 가신 엄마 생각이 나는 하루였다.

2021년 9월 14일 오후 5:26

명품 사장님 어제 하나은행 가서 일 보시다 은행 직원이 신고해 경찰 출동해서 핸드폰 보여달라니 인권침해라고 안 보여주고, 달러 보낸다는 것도 사기라고 잡아준다고 해도 싫다고 하고.
명품 사장님 말씀은 너무 잘하셔서 경찰도 어떻게 못 해보고 그냥 갔다고 자랑을 하신다. 나도 복지사님과 함께 명품 사장님께 말씀드리고, 경찰서에 계신 센터장님 지인을 사장님 댁에 모시고 와서 문제를 해결해주겠다고 했는데도 사장님이 협조를 안 하셔서 그만둔 상태다.
요즘 세상에 누가 머니를 공짜로 줄까? 2000만 원이 넘게 사기당해서 다시는 채팅 안 하신다더니 끊질 못하시고……. 명품 사장님 하루속히 꿈속에서 깨어나시기를 기도할 뿐이다.

박순화

2021년 9월 15일 오후 3:10

명품 사장님 서랍을 여시며 몇 개의 긴바지를 꺼내신다. 이거는 일제, 일제 몇십만 원짜리구요, 이거는 피에르가르뎅 명품. 누가 이런 바지를 입어보겠어요. 내 친구는 2만 원짜리 청바지 사 입고도 자랑을 해요.

잘나가던 시절에 옷이며 신발, 가방 들을 명품만 구입했다시며 새로운 물품 꺼낼 때마다 어디어디 명품이라고 말씀하시면서 흡족해하신다. 명품은 관리를 잘해야 된다시며 옷은 입지 않아도 계절이 바뀌면 세탁을 해둬야 한다고 드라이클리닝하시고, 애착을 갖고 관리를 하신다.

그래요, 옛날 좋았던 시절 회상하며 건강 되찾으시고 하루하루 웃으면서 살아가봅시다.

2021년 9월 16일 오후 10:00

명절은 돌아오나 보다. 명품 사장님 댁에도 어느 단체에서 떡을 핑크색 보자기로 예쁘게 싸서 한 박스 갖고 오셨다. 두 타임의 줌 강의를 듣고 추석에 사용할 생선 손질을 해야 하니 마음이 바쁘다.

2021년 9월 17일 오후 5:54

명품 사장님 외국에서 달러가 오면 나에게는 50평짜리 아파트를 사주고 당신은 4억짜리 스포츠카를 몰고 다니면서 직원 몇십 명 채용해 마장 축산물 중에서 제일 큰 가게를 운영하실 거라며 커다란 포부에 힘이 솟는다.(명품 사장님은 전에 축산물 가게 운영하셔서 머니 많이 벌었다고 한다.) 어제 기부의 떡을 받으신 것처럼 명절마다 떡도 돌리고 어려운 분들을 위해서 도움을 줘야겠다고 당찬 계획을 말씀하시며 행복에 젖으셨다.
명품 사장님의 꿈같은 말씀을 귀가 따갑게 듣고 퇴근길 하늘을 쳐다본다. 맑고 높은 하늘의 저 뭉게구름에 오늘의 힘듦도 날려 보내고 빠알간 신호등이 사라지자 나는 또 활기찬 발걸음을 내딛는다.

박순화

2021년 9월 18일 오후 10:31

옆지기 네 발의 도움을 받아 전통 재래시장인 경동시장을 갔다. 사람이 많을 걸 예상하고 갔지만 어느 곳에서는 걸어가기도 힘들 정도로 사람들이 많았다. 지나가던 어떤 분 혼잣말, "어이구, 사람이 지겹다." 난 혼자서 웃었다. 그래도 명절 분위기가 나서 좋았고 덩달아 마음이 설레었다.
허리가 90도가 다 되어가게 굽은 어르신도 동태포를 뜨러 오셨다. 혼자 드시려고 오신 것은 아닐 테고 가족, 자식들 먹이려고 저리도 힘든 발걸음을 하셨겠지. 그래, 힘이 들어도 명절이 좋구나, 얼굴 볼 수 있어서…… 함께여서…….
메모해 가지만 물건이 많고 좋기 때문에 많이 구매하게 된다.
나박김치를 담그는데 알람이 울린다. 18시 15분. 얘야, 오늘은 옥희살롱이 문 여는 날이 아니란다.

2021년 9월 19일 오후 5:29

정들었던 교회 성전에서 오늘이 마지막 예배란다. 어떤 이유로 임시 처소로 이사 가야 하고 다시 교회 터전을 마련해야 한단다. 내 어깨는 왜 이리 축 처지고 힘이 없고 넋이 나간 것 같을까…….
명품 사장님 사업 접게 된 뒤 한 번도 아닌 두 번이나 쓰러졌다 하셨다. 얼마나 충격을 받으셨으면 그러셨을까. 그래도 잘 견뎌내셨다고 말씀해드렸었다.
이 또한 지나가리라, 잘될 거야, 잘될 수 있어. 주문하며 다시 시작하는 거야.
이게 우리네 삶인가 되물어본다.

2021년 9월 20일 오후 8:44

명절이 돌아오기만을 기다렸던 어린 시절이었다. 마냥 좋고 즐거웠다.
오늘은 힘들고 피곤해 일찍 자리에 누우려는데 티비에서 영화 〈미나리〉를 한다.

박순화

2021년 9월 24일 오후 8:37

명품 사장님 식사 끝내시더니 은행 가서 돈 찾아 방세를 줘야겠다고 하신다. 반가운 마음에 "그래요. 제일 먼저 방세를 드리세요" 했다. 주거비도 연금도 나오는데 그 돈을 외국 채팅녀들에게 기프트카드 사서 주느라 방세도 못 내고 쫓겨날 판이었다.

전에는 사실을 몰랐기에 내가 주민센터 담당자에게 가서 방세를 못 내서 주인이 나가라고 하니 길거리에 앉게 생겼다, 저러다 죽는다고 말씀드리고 서류를 해다 냈더니 주인 통장에 한 달 치 35만 원이 입금이 되고 며칠 뒤 50만 원이 입금되어 해결을 봤었다. 그런데 또 방세를 지불 안 하기 시작하니 주인이 오후에 무슨 말씀을 하셨나, 오전 근무시간에도 아무 말 없었는데 갑자기 뒷날인 토요일, 이사를 간다신다. 마침 지금 살고 있는 이 집이 비어 있어서 이리로 이사한다고 오라 하셨었다. 더워서 힘들었었다.

그러니 방세 줘야 한다는 말씀에 귀가 번쩍하고 기분이 너무너무 좋았다. 그게 편의점에서 살 수 있는 기프트카드라는데, 10만 원 20만 원짜리다. 명품 사장님 말씀을 빌리자면 2000만 원을 넘게 사셨다 하신다.

2021년 9월 26일 오후 6:44

딸이 빵집에 빵을 주문해놨다고 가져다 먹으란다. 빵은 좋아하지만 되도록 안 먹으려고 하는데 하는 수 없이 갔다. 오는 길에 보니 주민센터 후문에 전에는 없었는데 아기자기하게 연못을 꾸며놓았다. 오가는 길은 똑같은데 갈 때에는 이게 왜 보이지 않았을까. 목적을 달성하고 나니 주위를 돌아볼 여유가 생겼나 보다.

2021년 9월 28일 오후 9:49

명품 사장님 댁 세탁기 용량이 작아 요와 이불은 우리 집으로 갖고 와서 빨아 가곤 했다. 이사를 한 새 동네 주민센터에 혹시나 하고 이불 세탁 서비스가 있느냐 문의하니 그 제도는 없어진 게 맞는데 예산 금액이 남아 있어 서비스가 된다고 했다. 담당자분이 직접 오신다더니 오늘 오셨다.

요 위에서 염색을 하셔서 빨아도 지워지지 않던 염색약이 묻은 요와 이불 등을 세탁소에 직접 갖다 맡긴다시며 가져가셨다.

염색약이 지워져 깨끗해졌을 요와 이불을 생각하니 기분이 좋다.

박순화

2021년 9월 29일 오후 9:19

깔끄미 어르신 아는 분이 관절에 좋다고 얘기해주셨다고 어디에서 뜯어 오셨는지 시골에서 흔하게 볼 수 있는 풀을 많이도 뜯어 오셨다. 말려서 달여 드신다고 깨끗하게 손질하라셨다. 몸에 정말 효과가 있을까, 드시고 괜찮을까 의구심이 생겼지만 여쭤보지 않았다. 지금 이 글을 쓰면서, 내일은 가서 풀을 찍어 인터넷에 검색을 해봐야겠다는 생각이 들었다.

2021년 9월 30일 오후 5:00

깔끄미 어르신 풀 뜯어 오신 것을 네이버에서 찾아봤다. 다행이다. 닭의장풀(달개비)이란다. 효능도 있다고 나온다.

2021년 9월 30일 오후 5:34

구글 기프트카드

명품 사장님 면접 시 내가 맘에 안 든다고 바꿔달라고 했지만 센터장님 권유로 근무하게 되었다. 나는 대상자분이 마음에 든다고 말씀하실 수 있게 근무할 자신이 있었기 때문에 개의치 않고 근무를 하기로 했고 이틀 만에, 멀리 떠나시기 전까지는 함께 해달라는 부탁의 말씀을 들었다. 사업하시다 잘못되어 혼자 살고 계신다 하셨다.

밥상을 차리려면 찬이 있어야 하는데 반찬 만들 재료도 없다. 정말 돈이 없는 줄 알았다. 돈을 쓰는 흔적이 없었다. 남들은 기부도 하며 사는데, 하는 생각으로 출근 때마다 밥상 차릴 수 있게 집에 있던 것이나 마트를 들러 사비로 사갖고 간 재료로 음식을 만들어 밥상을 차릴 수 있었다.

사장님께서 돈이 없는 게 아니고 있는 것을 뒤늦게 알게 되었다. 본인을 위해서 사용하지도 않고 SNS상에서 만난 외국 사람들과 카톡을 주고받던 중 달러를 보내줄 테니 택배비를 보내라고 사기를 치는 데 속아서 구글 기프트카드를 사서 보내느라 돈을 다 없애셨다며 카드를 보여주셨다. 속았다는 것을 알고도 잡으려고 카드를 계속 사서 바코드를 찍어 보내셨단다.

센터에 말씀드려 도와드리려고 경찰서에 계신 분까지 동행해 댁에 갔지만 명품 사장님 생각이 맞다고 협조를 안 하시기에

박순화

지켜보고만 있는 중이다.

나는 곰곰이 생각한다. 내가 잘한다고 성의껏 했는데 좋은 돌봄을 못한 걸까? 돈 없애는 데 동조한 걸까? 의문이 생기기도 한다. 그래서 이제는 부식 재료를 사 가지 않으려고 노력한다. 명품 사장님 스스로 식생활도 해결할 수 있도록 하기 위해서고 돈을 헛되이 사용 못 하시게 하기 위해서다.

2021년 10월 4일 오후 3:10

어르신과 전통 시장을 가다

깔끄미 어르신께서 엊그제 토요일에 월요일 날 전통 시장을 가자고 말씀하셨다. 전에는 시장 봐서 가방에 짊어지고 손에까지 들고 왔는데 너무 힘들어서 오늘은 장바구니 카트를 집에서 갖고 출근했다.

지하철을 환승해가며 시장에 도착했다. 살아 있는 꽃게, LA갈비, 조기 등등. 카트는 이미 포화 상태가 되어간다. 갖고 갈 생각 하니 걱정이 앞선다.

설탕, 간장, 고추장까지 사신다 하셔서 동네 마트 가서 사자고 말씀드리니, 나왔으니 아예 사갖고 가야 편하시다며 물건값을 치르신다. 한 손으로는 끌지도 못하겠고 두 손으로 끌어도 무거웠다. 내가 택시비 지불하고 택시 이용하자고 말씀드리고 싶었지만 어르신 마음 상해하실까 봐 또 지하철을 환승해가며 두 손으로 밀면서 조심조심 오는데 다행히도 어르신 댁 골목에 와서야 바퀴가 작살나버리고 말았다. 지나가던 아주머니께서 “어머, 저 바퀴도 부서지네” 하신다.

박순화

2021년 10월 5일 오후 4:13

명품 사장님 침대 위에 앉아서 고개를 이불 위에 박고 계셔서 박수를 치면서 "사장님" 불렀다. "응?" 하고 일어나시더니 "어제도 안 오고 오늘도 안 오고, 나 죽겄어" 하신다. "그래서 오늘 왔어요. 뭐가 제일 불편하셨어요?" 여쭤보니 "밥 먹는 것." 어머나, 한 번도 하시지 않던 말씀을 하신다.

식사 준비를 하면서 보니 계속 비몽사몽이시다. 식사를 하시면서도 고개가 밥상에 박치기하게 생겼다. 약에 취하신 것 같았다. "약을 어떻게 드셨어요?" 하니까 엊저녁에 한 번 드시고 또 드신 것 같다신다.

서울대병원에 일곱 개 과 진료를 다니신다. 전에는 더 많은 과를 다녔다고 하신다.

2021년 10월 8일 오후 6:33

7500만 달러를 보내준단 글을 믿고 활력이 넘쳐 옛날처럼 멋지게 살아본다고 하셨는데, 달러가 오지 않으니 실망감이 크신지 명품 사장님 한숨을 내쉬며 "돈 없으면 다 떠나" 하신다.
고시원에서 살다 주택으로 옮기면서 동생이 방세를 주인한테 다달이 보내줬었는데, 목사님이란 분한테까지 200만 원 빌려서 기프트카드를 사셨다 한다. 금방 갚는다고 하다 안 갚으니 목사님이 동생분한테 사정 얘기를 하셨다 한다. 동생은 형이 정신 못 차린다고 방세도 안 보내고 연락을 단절해버린 상태다.
동생이 혹여 추석 때나 오려나 하고 기다리셨나, 안 왔다고 씁쓸해하셨었다. 형과 동생도 사장님 덕에 돈을 많이 벌어서 잘 살게 되었다 하신다. 누가 오가는 사람이 없으니 그런 생각이 드시나 보다.

박순화

2021년 10월 13일 오후 7:23

출근을 하니 마당에 담배꽁초가 있더니 문턱부터 거실이며 방 안에 담뱃재까지 지저분하다. 깔끄미 어르신은 안과에 가셨다고 안 계시고 사장님만 계셨다. 이제 정말 끊을 거야, 하시면서도 구름과자와 연을 이어가고 계신다. 청소를 하는데 또 방에서 피우신다. 난 술은 먹으라면 먹겠는데 담배는 돈 주면서 피우라 해도 못 피울 정도로 담배 냄새가 싫다.
냄새가 나서 문을 열어놓고 밖을 쳐다본다. 어르신이 생강을 다 떼어낸 줄기를 버리라고 했던 것을 화분에 심어놔봤다. 생각 외로 무럭무럭 잘 크고 있어서 볼 때마다 신기해 웃음이 난다. 과연 생강도 생겨서 크고 있을까. 엄청 궁금하다.

2021년 10월 14일 오후 7:15

명품 사장님 요즘 생동감이 없으시다.

복지사님이 방문하셨다. 때는 이때다 하고 "달러 보내준다고 해놓고 안 보내주고 있으니까 사장님 요즘 너무 힘이, 활력이 없어졌어요" 하니까, "10월 29일에 보내주기로 했어" 말씀하신다. "사장님, 그럼 그때에도 안 보내주면 이제 더 이상 미련 갖지 말고 다 잊어버리기로, 이젠 완전히 끝내고 다른 취미를 갖기로 해요" 했더니 "응, 그래요" 하신다. 제발 늪에서 하루빨리 빠져나오셨으면 좋겠다.

박순화

2021년 10월 15일 오후 10:53

문밖에 없던 널찍한 판자가 있다. 방을 둘러보니 침대에 깔았던, 주민센터서 줬다던 두꺼운 전기장판도 접혀 벽에 세워져 있었다. 엊그제 엉덩이에서 고름이 났다고 하셨다. 엉덩이에서 뭔 고름이 나와요, 그럼 병원에 가보시라고 했더니 병원에 다녀오셨단다. 매트리스 위에 판자를 놓고 위에 전기장판을 깔았다고 했더니 너무 딱딱해서 욕창이 생기셨다고, 다 빼라고 했다신다. 몇 년째 그렇게 생활했다고 하시면서 미제 매트리스라 최고로 좋은 거라고 자랑을 하셨고 괜찮았는데.
요즘 온다던 달러가 안 와 무기력증에 빠진 것처럼 잠을 많이 주무셔서 그런 현상이 생긴 것 같다. 맘대로 활동할 수 있는 사람이 욕창이 생겼다고 하니 이해가 안 간다.

2021년 10월 16일 오후 5:18

깔끄미 어르신 웃으시면서 “어제 아저씨 돌아가시는 줄 알았어. 오늘 못 볼 줄 알았는데 보는 거여” 하신다. “무슨 일 있었어요?” 하니까 어제 두 번이나 넘어져서 동네 의원 가셨는데 “엑스레이도 안 찍어줘.” 아픈 데가 없으니 치료해줄 게 없다면서 요양 병원에 가시라 했다시며 “거긴 죽으러 가는데 뭐 하러 가. 저인 거기 가면 며칠 못 살고 죽어” 하신다. “사장님도 장기 요양 등급을 받아보시면 어때요?” 하니 그 돈 있으면 내가 해줄게 하신다.
갑자기 사장님이 걷는 게 많이 안 좋아지셨다. 미국에 부인, 가족 다 계시고 따님 한 분만 며칠에 한 번씩 큰 진돗개 데리고 집 드나들면서 개도 집 안으로 끌고 들어와 난장판 만들어놓고 간단다. 가면 깔끄미 어르신이 가셔서 치우신다. 따님은 두 분 관계를 모르신다.
깔끄미 어르신은 힘들다고 하시고 돈도 안 준다고 하시고 사장님 빨래도 나한테 맡기시면서 왜 등급을 못 받게 하시는지 이해가 안 된다.

박순화

2021년 10월 19일 오후 8:56

명품 사장님 이사 온 집이 저번 집보다 창문이 커서 커튼이 작다. 그래도 되는대로 달아보자고 했더니 이사 가야지 하신다. 어디로 또 이사 가요, 하니 "돈 와, 온다 했어. 29일 날."
아파트 60평짜리 사서 리모델링 1억 5000 주고 하고 내 것도 40평 사서 리모델링까지 해주신단다. 돈이 오면 좋은데 혹시나 안 오면 이젠 정말 그런 것 믿지 말고 아예 손 떼기로 해요, 하니 "응" 그러신다.
요즘 인삼녹용즙, 천마즙 이런 것도 사고 돈은 쓰는데 반찬 만들 재료는 안 사놓으셔서 정말 밥상 차리기가 민망하기까지 해도 하루하루 참아본다. 재료를 갖고 가야 되나 말아야 되나 갈등이 생긴다.

2021년 10월 21일 오후 9:41

명품 사장님 일찍 일어나셨다고 씻고 아침밥까지 해놓고 티비까지 틀고 핸드폰 보고 계셨다. 새벽 4시에 축산물 시장 나가시던 습관이 몸에 배셔서 시간만 되면 일어나게 된다고 하셨다. 티비도 외국 선수들 레슬링하는 것만 보셨는데 뉴스를 틀고 계셨다. 계속 주무시려고만 하시고 힘이 없으셔서 걱정됐는데 컨디션이 회복되신 것 같아 기분이 좋다.

2021년 10월 22일 오후 11:24

깔끄미 어르신 아파서 동네 병원 가셨는데 담석증으로 나와 큰 병원 가시라 해서 119 타고 한대병원에 어제 입원을 하셨다. 사장님과 한의원 가신 줄 알고 설거지 빨래 다 하고 나니 입원해야 한다고 약 갖고 오라셨다. 복지사님한테 전화해서 일정 빼달라 했다. 준비물 챙겨다 드리고 병원을 세 번이나 갔다 왔다.
오늘 수술을 하셨는가 전화해보니 수술하셨단다. 제가 간다, 했더니 오지 말라신다. 혼자 계실 텐데 마음이 편치 않다.
보호자도 코로나 검사하고 출입증이 있어야 병실에 갈수 있다.

박순화

2021년 10월 25일 오후 3:16

깔끄미 어르신 오늘 퇴원하신다며 오후에 사장님한테 돈 좀 타갖고 오라고 전화를 하셨다.

"알겠습니다."

한참 후 또 전화를 하시더니 퇴원 못 한다고 오지 말라신다.

사장님한테 출입증 받아서 병원을 가보려고 전화를 드렸더니 식사하고 집에 계신다 하셔서 갔더니 문을 안 열어줘 전화하니 어르신 댁에 계신단다.

방에서 담배를 피우고 계셨다. 출입증을 받고 어르신께 제가 병원 가려고 하니 필요한 것 있으시냐고 전화를 하니 내일 퇴원하니 사장님께 돈 좀 달라 해서 내일 오라신다. 난 사장님께 "어르신 내일 퇴원한다시는데 제가 갈까요, 사장님이 가실래요?" 여쭤봤다. "내가 가야지" 하신다.

어르신께 얼른 전화를 드렸다. "어르신 퇴원하실 때 사장님이 가신대요. 이제 돈 걱정하지 말고 계세요."

어르신 "알았어" 하신다.

2021년 10월 26일 오후 9:16

“나 지금 퇴원했어. 오늘 와.”
깔끄미 어르신께서 전화를 하셨다. 출근하니 수술 자리를 보여주신다. 배꼽 위로 세 군데 구멍 자국 있고 배꼽 바로 밑에 세로로 5, 6센티 정도 수술 자국이 있다. 거즈도 안 붙이고 투명 접착 본드로 붙인 것처럼 처치가 되어 있었다. 병원에 뜨거운 물이 잘 나와서 자꾸만 샤워하고 싶은 생각이 들었다고 하신다. 160 정도가 나왔는데(2인실 사용) 사장님께서 병원비를 지불해주셨다며 미안해하신다. 그래도 다른 큰 병 아니고 담석증이라 다행이라시며 긍정적인 생각을 하셨다.

2021년 10월 27일 오후 6:52 9

깔끄미 어르신 팥죽을 끓여놓고 드시고 싶다고 팥을 사야 한다 하신다. 경동시장 가서 사 올까요, 하니까 수입인지 국산인지 알 수 없다시며 사장님과 한의원 다니시는 곳에 농협이 있다고, 농협에서 사야 진짜 국산을 살 수 있다신다.
지하철을 타고 갔다. 농협은 있는데 은행 업무만 하는 곳이어서 헛걸음만 하고 되돌아왔다. 동네 마트 가니까 국산 팥이라고 봉지에 적혀 있어서 전화드리니 사지 말라신다. 끝내 팥은 못 사고 다른 채소들만 사 왔다.

박순화

2021년 11월 1일 오후 10:07

작년 2월에 운동하다 코로나19로 환불해주고 수영장 문을 닫았다. 중간에 두 번 문을 열었다 며칠 못 하고 또 문을 닫았다. 위드 코로나가 시작되었다고 오늘부터 수영장 재개장을 했다. 'AM 06:00 시작 반'을 수강했다. 한 시간 일찍 일어나려니 힘이 들었다. 도착해서 보니 또 대학생부터 젊은 사람들이 많다. 어쩜 그렇게들 부지런한지, 그 무리에 있으면 게으름 피우고 늦잠 자지 말아야겠다는 다짐이, 각오가 생긴다. 제발 계속 쭉 다닐 수 있었으면 좋겠다.

2021년 11월 2일 오후 5:36

출근하니 명품 사장님 주방에 서서 식사를 하고 계신다. 배고파서 드시고 있다신다.
10시 반쯤 되니 밥을 달라신다. 드신 지 얼마 안 됐으니 조금 더 이따 드시라고 했다. 전에는 밥량이 비슷했는데 요즘은 엄청 많이 드시는 날도 있어서 걱정이 된다.
달러 보내준다던 10월 30일이 지나도 조용하셔서 이제 잊기로 하셨나 했더니 오늘은 "돈을 보내준다고 하면서도 계속 미루네" 하신다.
"절대 택배비 보내지 마세요."
"택배비는 보내달라 안 해." 이 사람들은 전에 사람들하고 틀려, 하신다.

2021년 11월 3일 오후 7:48

깔끄미 어르신 병원 입원해서 담석 수술비 160 정도 나온 결제 내역서를 갖고 동 주민센터에 가서 돈이 없다고 사정을 하니 병원 진단서, 입퇴원 확인서, 통장, 집 계약서를 갖고 오라면서, 퇴원을 했기 때문에 100만 원 정도만 나온단다. 병원에 사회복지과가 따로 있는데 거기에서 아무 얘기 안 했느냐며 입원해 있을 때 얘기해야 병원비를 더 지원해준다고 한다.

박순화

2021년 11월 5일 오후 7:03

깔끄미 어르신 배꼽 밑 담석 수술 자리가 당뇨 때문에 잘 아물지 않아서, 대학병원 오지 말고 외과 의원 가서 치료를 받으라고 하셨다. 사장님 한의원 가시는 길에 함께 마을버스를 타고 가다 우리는 먼저 내려 외과에 가서 수술 부위 치료를 했다. 잘 낫고 있다고 월요일에 오란다. 어르신 말씀, "우리, 사장님 한의원 가자" 하신다. 또 차 타고 거기까지 가서 기다리다 같이 오자는 거였다. "사장님 끝나고 혼자 오시라고 놔두세요" 하고 말았다. 그럼 나는 초과 시간이 되어 일지 쓰고 사유 쓰고 번거롭다. 내가 출근하면 "으응으응" 하고 앓고 계시던 분이 사장님은 알아서 오시는데도 그렇게 신경을 쓰신다.

2021년 11월 8일 오후 11:21

명품 사장님 좋은 소식을 말씀해주시네요. 동생분이 주인댁 보증금 덜 준 것도 입금해주고 사장님 통장에 50만 원도 입금해주었다네요. 앞으로 월세도 입금해준다고 했다네요. 그러면서도 외국에서 달러는 꼭 보내준다고 했다는 말씀은 하시네요.
동생분의 되돌린 마음이 변하지 않기를 빌어보며, 사장님의 생활이 안정되셨으면 하네요.

2021년 11월 9일 오후 7:55

띠리링, 전화벨이 울린다. 명품 사장님께서 전화를 받으시더니 스피커를 켜고 대화를 하신다. 친동생분이 전화를 하신 것이다! 식사하셨느냐부터 병원 잘 다니고 운동도 잘하시고 드시고 싶은 것 사서 드시라고 하는 것이다.
동생분의 목소리를 처음 들었다. 나는 얼마나 기쁜지 소리 나지 않는 박수를 치며 웃었다. 그렇게 기다리던 동생의 연락이 와서 도움의 손길을 뻗으니 사장님 마음은 얼마나 더 좋겠는가. 이젠 동생분이 도와준다고 하니까, 그것 이제는 다 잊고 아예 하지 말았으면 좋겠어요. 사기당해서 그동안 얼마나 힘들었어요. 또 기프트카드 사서 그러시면 이젠 제가 동생분한테 다 얘기해버릴 거예요, 하면서 신신당부를 드렸다.

2021년 11월 10일 오후 8:46

명품 사장님 웃으시면서 "돈이 있으니까 먹고 싶은 것도 없어. 돈 없을 때에는 먹고 싶은 것도 그렇게 많더니" 하신다. 모처럼 만에 마음의 안정을 찾으신 것 같다. 앞으로 쭈욱 평안한 생활이 되셨으면 좋겠다.

박순화

2021년 12월 2일 오전 7:45

옥희살롱의 책을 받고

와~ 한 장을 넘기니 어서 오세요 하고 대문을 열어주신다. 또 한 장을 열어보니 대문이 있다. 어? 기분 참 좋다. 한 분 한 분의 글을 하얀 종이의 대문을 만들어 열네 권의 책을 만드신 느낌이 든다. 감사의 인사 글에 "이 책의 공동 창작자인 박순화 선생님께"라고 적혀 있는 내 이름을 읽고 또 읽었다. 뭉뚱그려 하는 인사가 아닌, 한 분 한 분 존중으로 섬겨주시는 세세함에 감동이다. 대접을 받는다는 게 이런 거구나. 배려와 존중으로 요양보호사의 현장의 소리를 대접해주시는 옥희살롱에 감동이다. 이런 희열과 감동을 받게 길을 알려주신 정찬미 선생님께 다시 한번 고마움을 전한다. 선생님들, 함께 늘 씩씩하게 뛰어갑시다. 파이팅!

2021년 12월 7일 오후 6:39

깔끄미 어르신, 내 눈썹을 보고 이쁘다고, 눈썹 하고 싶다고 하셔서 전화를 해서 날짜를 잡았다. 일요일 날은 눈썹 하시는 선생님이 종일 집에 계셔서 아무 때나 가셔도 되는데 일요일은 어르신이 어느 곳 다니시는 데가 있어서 시간이 없다신다. 거리는 가깝지만 지하철을 갈아타고 버스를 타고 가야 된다. 근무시간 안에 다 할 수 있을지 걱정도 된다. 지하철을 타러 가시면서 난 어디 갈 때 택시 타고 가지, 힘들어서 지하철 못 탄다 하신다. 근데 왜 나와 어디 가실 때에는 택시 타실 생각은 안 하시고 대중교통만 이용하시는지 아이러니하다.

박순화

2021년 12월 10일 오후 4:49

어제 명품 사장님.

“온대요, 내일 오전 11시 인천공항 도착이래요.”

“누가 와요?”

“시리아에서 무서워서 못 살겠다고 온다네요. 한 번에 마누라와 애를 얻게 생겼어요” 하신다. 이분은 돈 같은 것 달라고 하는 사람이 아니고 채팅을 오래 한 43세 미국인 의학박사고 여군이고 열두 살 딸이 있는, 시리아에 가서 근무하는 분인데 사장님한테 살러 온다고 했다고 나한테 수시로 얘기했었다.

“내일은 미역국 좀 많이 끓여놓고요, 나물 같은 것 좀 해놔요” 하신다. 명품 사장님은 인천공항으로 마중 나가신단다.

미역은 있는데 나물 같은 것은 사야 되는데요, 했더니 무나물 하게 무 사 오신다더니만 안 사 오셨다.

오늘 출근해서 보니 채소는 보이지도 않고 드시다 만 커다란 과자 봉지만 있다. 사장님, 공항 가신 줄 알았더니 어떻게 된 거예요, 했더니 전쟁이 나서 못 온다고 해서 “니가 먼저 죽겠다” 그러고 말았다신다.

2021년 12월 19일 오후 4:03

고무장갑

처음 어르신 댁에 방문해서 보면 필수품일 수도 있는 고무장갑이 거의 물이 새는 구멍 난 장갑이거나 장갑이 없다. 장갑이 물이 새네요, 말씀드리면 어르신 하시는 말씀, "지금까지 장갑 끼고 일해본 적이 없다." 옛날에 장갑이 어디 있어, 맨손으로 다 했지, 하시며 장갑 끼면 답답해서 안 끼신단다. 그러고 장갑 구비해주실 생각은 아예 안 하신다.

처음 요양보호사로 근무할 당시 어느 어르신 댁에 가서 겪은 일이다. 어르신께서 고무장갑을 사줄 수 없으니 일을 하든지 그만두든지 하라고 말씀을 하셨다. 좋은 게 좋다고 난 근무를 했다. 일을 하다 보니 이 댁은 세탁기도 없어 손빨래를 해야 하는 댁이었다. 고무장갑은 주방 것 하나, 빨래용 하나, 두 켤레는 있어야 한다.

그 뒤부터는 처음부터 마음 상하지 않고 근무하기 위해서 한 번에 열 켤레씩 구입해놓고 가지고 가서 사용하고 있다. 그런데 장갑 사 와서 사용하느냐 물어보는 어르신은 한 분도 없으시다.

박순화

2022년 1월 8일 오후 3:11

센터에서 대근을 좀 해달래서 다녀왔다. 77세 여자 어르신이시다. 젊어서 초교 앞에서 떡볶이 장사도 하시고 열다섯 명 한양대생 하숙집도 하셨다며 마른찬거리는 중부시장 버스 타고 다니시고 경동시장은 걸어서 장을 봐갖고 오셨다신다. 또 중앙시장도 이용하셨다신다. 매일 한 가지씩 특별한 요리도 손수 다 하셨다며 맛있다고 먹어주면 힘이 하나도 안 드셨다신다. 변호사가 된 학생도 있다며 힘듦이 없었던 것처럼 자랑스럽게 재미있게 말씀하셨다. 돈도 많이 벌어 집도 두 채나 장만했는데 남편분이 편찮으셔서 다 없앴다고 하신다. 생활력도 강하고 부지런해서 일을 많이 하셨다며, 그래서 허리 수술을 하면서 허리에 열다섯 개나 뭐를 박아놓으셨다고 하신다. 침대에만 앉아 계시고 넘어지실까 봐 이동식 변기도 사용하시고 기저귀도 착용하고 계셨다. 워커기는 신청했으니 오면 밀고 다니며 운동하신단다. 말씀은 쉬지 않고 계속 잘하셨다. 암도 없고 당뇨도 없는데 벌써 남의 손 빌리게 됐다며 젊어서 너무너무 많이 일을 했더니 이렇게 됐어, 하셨다.

동행 글

무엇이 '좋은 돌봄'이라고 말할 수 있을까? _ 이지은

노인을 돌보는 사람들의 이야기에서는 종종 그 노인이 지키고 싶어 하는, 혹은 되찾고 싶어 하는 삶의 면면이 드러나곤 한다. 박순화가 매일 오전과 오후에 각각 방문하는 "명품 사장님"과 "깔끄미 어르신"에게도 놓치고 싶지 않은 꿈이 있다. 젊어서는 큰 사업을 했지만 이런저런 불운으로 돈도 건강도 잃은 명품 사장님은 그가 재기할 수 있을 만큼 큰돈을 약속하는, 사기꾼임이 확실한 '외국인 친구들'과 카카오톡 채팅에 열중하고, 이들이 당장 필요하다고 하는 돈을 보내주기 위해 편의점을 돌며 구글 기프트카드를 사 모은다(구글 기프트카드는 편의점에서 손쉽게 구매할 수 있고 실제 카드를 소지하지 않아도 핀 번호만 알면 사용이 가능하기 때문에 각종 피싱 사기에 종종 활용된다. 사기범들은 피해자에게 핀 번호를 보내도록 요구하고, 그렇게 받은 번호를 직접 사용하거나 되파는 방식으로 돈을 사취한다). 빨래를 하고 장을 보는 등의 자잘한 집안일을 꾸려가는 데 도움이 필요한 상황이지만 여전히 누군가로부터 온전히 사랑받고 싶은 깔끄미 어르신은 자신이 사랑에 빠져 있는 "사장님"(명품 사장님과는 다른 사람이다)의 집에 찾아가 걸레가 새까매질 때까지 방을 닦고, 밥과 반찬을 챙겨 가 거기서 식사를 한다. 박순화의 글들은 이렇게 각자의 꿈에 매달리는 노인들의 삶에 생기는 크고 작은 균열을 감당하는 이의 고뇌를 담고 있다.

박순화는 월세가 밀리곤 하는 넉넉하지 않은 살림에도 주머니를 털어 일면식도 없는 외국인들에게 송금을 하는 명품 사장님의 텅 빈 냉장고 앞에서 어떻게든 반찬거리를 만들어내고, 걸레도 삶아 빨아야 직성이 풀리는 깔끄미 어르신을 대신해 사장님 집에서 나온 걸레며 속옷 빨래를 한다. 그는 곤궁한 두 노인이 경제적으로 어려울 때 주민센터에 달려가 도움을 청해 급한 불을 끄기도 하고, '채팅'에 푹 빠진 명품 사장님이 더 이상 돈을 잃지 않기를 바라는 마음에 여기저기 도움을 청해보기도 한다. 여전히 곱게 보이고 싶은 깔끄미 어르신의 머리를 염색해주는 일도, 채팅 상대로부터 돈을 받으면 집을 사주겠다는 명품 사장님의 호기로운 약속을 들어주는 일도, 그렇게 소소한 일상의 벗이 되어주는 일도 박순화의 몫이다.

박순화가 하고 있는 일들은 통상적인 요양보호사의 '업무 범위'를 한참 넘어선다. 어떤 일들은 박순화가 선의로 하는 일이지만, 다른 사람을 위한 빨래 같은 일은 서비스 대상자의 '부당한 요구'임에도 일을 그만둘 각오를 하지 않는 한 손쉽게 거절할 수 없다. 박순화가 거절할 수 없는 것은 재가방문요양보호사의 취약한 지위 때문이기도 하지만 '대상자'와 맺고 있는 관계 때문이기도 하다. 깔끄미 어르신이 갑자기 입원을 해서 방문 요양 서비스가 중단되고 졸지에 일시적 '실업자'가 되었을 때에도, 박순화는 "혼자 계실 텐데 마음이 편치 않다"라며 걱정을 한다. 한동네 살아 가까우니 즐거운 맘으로 할 수 있어 다행이라며 깔끄미 어르신의 입원 생활에 필요한 준비물을 챙겨다 드린다. 고용 관계에서는 '사용자'이지만 돌봄 관계에서는 돌봄의 대상이라 할 수 있을 노인들과의 관계가 단순하지만은 않다. 박순화는 노인들의 마음을 잘 돌보고자 노력하지만, 문득문득 그것이 그들을 해하게 되는 것은 아닌가 하는 의문에 빠진다. 그럴 때마다 그는 '좋은 돌봄'이 무엇인가 하는 고민을 마주한다.

박순화는 두 노인의 일상에 생기를 불어넣는 사랑, 꿈, 기대 같은 것들이 실은 그들을 배반하는 순간들을 목도하고 이러한 상황들에 곤혹스러워한다. 여러 이유로 이 책에는 실을 수 없었던, 깔끄미 어르신의 연애 이야기와 여기 실린 글의 많은 부분을 차지하는 명품 사장님의 사기 피해 이야기는 노인들의 삶을 목격하고 또 함께하는 요양보호사로 하여금 여러 질문을 던지게 한다. 명품 사장님은 이미 여러 차례의 사기로 제법 큰돈을 잃었지만, 그럼에도 또 다른 로맨스 스캠에 휘말려버렸다. 박순화가 보기에는 사기임이 분명해 보였지만, 그 약속에 들떠 있는 명품 사장님을 보는 박순화의 마음은 복잡하다. 명품 사장님은 자신이 상상하는, 바라는, 혹은 가능하다고 믿는 미래에 대한 '꿈' 속에서 산다. 옷장 안에 가득한 명품 의류를 정성껏 관리하고 자랑하면서 과거의 영화를 떠올리곤 하는 명품 사장님은, 큰돈을 벌게 해주겠다는 상대의 약속이 이루어지면 자신의 삶이 지금과는 전혀 다른 어떤 것이 될 수도 있다는 기대 속에서, 그가 과거처럼 빛나는 존재로 살 수 있는 현재를 발견한다. 어떤 날은 40평짜리 아파트를, 어떤 날은 50평짜리 아파트를 사주겠다고 하는 명품 사장님의 패기 넘치는 말에 박순화는 사장님의 재기를 빌어주기도 하고, 이번에 돈이 오면 좋겠지만 오지 않으면 더 이상은 채팅을 하지 말자고 타이르기도 한다. 정작 월세조차 밀려 다른 사람들의 도움을 받아 겨우 위기를 모면하곤 하지만, 채팅 상대가 만들어낸 명품 사장님의 꿈속 세계에서 그는 곧 부자가 되어 그 지역 땅 전체를 사버릴 수 있는 사람이다. 그리고 그 꿈은 그가 월세를 내기 위한 돈을 탕진하게 하는 이유이기도 하다. 명품 사장님과 그런 이야기를 나누는 순간 박순화는 그가 그 꿈에서 빨리 빠져나오기를 바라지만, 동시에 그 안에서 그가 얼마나 밝게 빛나는지를 본다. 그렇기에 박순화는 과거에 일어났던 사기를 상기시키면서도 지금 그 모든 것이 다 거짓이라고 하지는 않는다. 명품 사장님의 채팅 상대가 다음 날 한국에 온다며 국거리와 반찬거리 장을 보아달라고 부탁을 할 때에도 박순화는 다음 날이면 헛된 것이었음이 밝혀지겠지만 기대의 순간 자체는 깨지 않으려 그의 요청을 들어준다. 응답이 어려운 순간들에 적극적으로 맞장구치지도 단호하게 부인하지도 않으면서, 이 기대 안에서 활기를 찾는 현재 안에 함께 있어 준다.

그 시간 안에 함께 있는 것은 쉽지 않은 일이다. 사기를 당했다는 것을 알면서도 범인을 잡겠다며 다시 구글 기프트카드를 사 상대에게 바코드를 찍어 보내는 식으로 돈을 탕진하는 일을 반복하는 명품 사장님을 보면서 무엇을 할 수 있었을까. 이 반복되는 사건들 속에서 박순화는 "내가 잘한다고 성의껏 했는데 좋은 돌봄을 못한 걸까? 돈 없애는 데 동조한 걸까?" 하고 스스로에게 질문한다. 반찬 만들 재료도 없는 냉장고를 보며 명품 사장님이 돈이 정말 없는 노인이라고 생각하고 "남들은 기부도 하며 사는데, 하는 생각으로" 집에 있는 것이나 마트에서 사비로 산 부식 재료를 살뜰히 챙겨 가곤 했던 박순화다. 그는 자신이 이 노인에 대한 돌봄이라고 생각했던 일이 실은 노인의 자기파괴적인 행동에 일조한 것은 아닐까 되묻는다. 이런 생각은 "이제는 부식 재료를 사 가지 않으려고 노력한다. 명품 사장님 스스로 식생활도 해결할 수 있도록 하기 위해서고 돈을 헛되이 사용 못 하시게 하기 위해서다"라는 결심으로 이어진다. 여기서 반찬거리를 자기 돈을 들여 사 가지 않는 것은 명품 사장님에 대해 마음을 쓰고 있는 박순화에게는 '노력'이 필요한 일이다. 그는 온갖 건강식품을 사들이는 데에는 돈을 쓰면서도 반찬 만들 재료는 사놓지 않아 "밥상 차리기가 민망하기까지" 한 상황을 하루하루 참아가며 반찬 재료를 가지고 가야 할지 말아야 할지 갈등한다. 이 갈등은 박순화가 바라는 것처럼 명품 사장님이 꿈에서 깨어나지 않는 한 계속될 것만 같다. 박순화에게 윤리적 질문은 어떤 중대한 결정에 관한 것이 아니라, 반복되는 일상, 식사 준비를 위해 냉장고를 열어보고 반찬거리가 하나도 없음에 한숨짓는 순간, 그럼에도 정성을 다해 밥상을 차려내고 그 초라함에 스스로 '민망함'을 느끼는 순간, 그런 상황에도 호기롭게 돈이 오면 당신에게도 40평 아파트를 사주겠다고 말하는 노인의 생기가 반가우면서도 안타까운 그런 순간들에 불쑥 불쑥 찾아온다.

더 나은 삶에 대한 노인들의 기대와 소망이 그들에게 크고 작은 실망을 주는 것을 보는 박순화의 마음은 복잡하다. 그럼에도 불구하고 박순화는 그 기대로부터 그들을 끄집어내지 못하고 그들의 기대가 만들어낸 크고 작은 문제들을 감당하고 있다. 그는 '좋은 돌봄'이 과연 무엇인지, 자신의 일이 어디까지인지 물으면서도 그들이 하루하루를 잘 살아갈 수 있기를 바라며 자신이 할 수 있는 일들을 하고, 그럼으로써 이 두 노인의 기대와 믿음에 찬 일상이 이어지게 한다. 그렇게 이어지는 일상이 그 노인들을 배신할지도 모르지만, 박순화는 그들이 기대로 가득한 현재를 이어갈 수 있도록 지켜보고 또 돕는다. 무엇이 '좋은' 것인지 말할 수 없는 그 상태에서 최선을 기도하는 시간으로 박순화는 우리를 초대한다.

글쓴이 소개

김영희

포항에 있는 양로원과 요양원 등에서 15년 이상 일해왔다. 그에게 '시설'은 각기 다른 개성을 가진 노인들이 함께 웃고 함께 살아가는 삶의 여정이 있는 곳이다. 그 여정에 함께할 수 있다는 사실에 감사하며 일하고 있다.

김춘숙

서울 마포구에 거주하는 64세의 9년 차 요양보호사. 젊어서 봉제공장 등에서 일하다 간병인 파견 사업에 참여한 것을 계기로 독거노인 생활지원사를 거쳐 요양보호사로 일하게 되었다. 변수가 많은 일이지만, 돌봄에 대해 더 많이 공부하고 소통하려고 항상 노력 중이다.

김홍남

요양보호사 경력 9년 차. 사방이 자연림에 둘러싸인 산속 요양원에서 일하고 있다. 집에 가겠다며 복도를 헤매는 노인들을 살뜰히 챙기고, 꽤나 예리한 노인들의 입담에 감탄하기도 하며 매일을 보내고 있다.

박순화

서울 성동구에 거주하는 65세의 8년 차 재가방문요양보호사. '내가 받고 싶은 돌봄'을 하기 위해 노력하며, 그 일환으로 돌봄노동자 지원센터 등을 통해 꾸준히 교육을 받고 있다.

오귀자

요양보호사 경력 15년 차. 돌봄을 받는 이와 일대일의 긴밀한 관계를 맺게 된다는 점이 좋아 재가방문요양보호사로 일해왔다. 마음속에 가득한 글을 써내고 싶어 글쓰기 워크숍에 참가했다. 서울요양보호사협회 창립 멤버이며, 서울 은평구에 거주 중이다.

이분순

경북 성주에 거주하는 68세의 7년 차 요양보호사. 일을 할 수 있는 시간에, 또 앞서 세상과 부딪치며 살아온 어르신들과의 소통과 공감에 감사하며 하루하루 일하고 있다. 10년 남짓 키운 '반려닭'이 있다.

정찬미

13년 경력의 요양보호사. 요양보호사협회 임원으로 활동하면서 정책과 현장 사이의 괴리를 느꼈고, 이에 2022년부터 9년 반 동안 일했던 주간보호센터를 떠나 서울요양보호사협회 및 전국요양보호사협회 협회장으로 일하고 있다.

김영옥

60대 중반의 당사자로서 노년 연구 활동을 하고 있다. 몸의 경험을 중심에 둔 노년 인권과 세대 간 연대에 특히 관심이 많다. 돌봄 관련 당사자 글쓰기 워크숍을 여러 차례 진행하면서 돌보는 몸-언어와 돌봄 역량 간의 상호 영향력에 매번 새롭게 눈뜨고 있다. 이 즐거운 놀라움의 기회를 앞으로도 계속 조직하고 싶다.

이지은

치매와 노년의 삶에 대한 호기심과 두려움에 돌봄을 연구하게 되었다. 돌봄로봇과 함께할 노년에 대한 공상에 빠져 있던 중, 글쓰기 워크숍을 통해 요양보호사 선생님들을 만나 돌봄의 미래를 다시 생각하게 되었다. 연세대 문화인류학과에서 일하고 있다.

전희경

돌보는 이들의 성실하고 위태로운 얼굴을 떠올린다. 그리고 나는 지금 어떤 얼굴인가 생각한다. 늙음과 질병과 돌봄이 '내 얘기'에서 멈추지 않아야 한다고 믿지만, 방법과 방향이 점점 더 고민이다. 그래도, 옥희살롱을 통해 만들어낼 수 있었던 만남과 대화, 기록과 곱씹음의 시간을 세상에 보여줄 수 있어서 참 다행이다.

옥희살롱

나이/듦, 질병, 돌봄, 노년, 세대, 시간, 죽음 등을 페미니스트 관점에서 '문제화'하고 나아가 '의제화'하고자 하는 연구소다. 어떤 시대의 평범한 여자 이름 '옥희'가 주는 느낌처럼 더 많은 시민들과 편하게 소통하고 싶고, 제도 아카데미의 담을 허물고자 하는 '살롱'답게 의미 있는 연구와 활동을 통해 더 나은 사회를 만드는 데 기여하고 싶다.

돌봄의 얼굴

요양보호사들의 일기

초판 1쇄 발행 2024년 9월 5일
기획 옥희살롱
글쓴이 김영희 김춘숙 김홍남 박순화 오귀자 이분순 정찬미
김영옥 이지은 전희경

발행인 박지홍 **발행처** 봄날의책
등록 제311-2012-000076호(2012년 12월 26일)
주소 서울 종로구 창덕궁4길 4-1, 401호
전화 070-4090-2193 **E-mail** springdaysbook@gmail.com

기획·편집 박지홍, 이승학 **디자인** 공미경 **인쇄·제책** 한영문화사

ISBN 979-11-92884-38-7 03810